HEYNE <

Morden im hohen Norden

Eine Anthologie

Herausgegeben von
Jürgen Alberts

WILHELM HEYNE VERLAG
MÜNCHEN

FSC
Mix
Produktgruppe aus vorbildlich bewirtschafteten Wäldern und anderen kontrollierten Herkünften

Zert.-Nr. SGS-COC-1940
www.fsc.org

Verlagsgruppe Random House
FSC-DEU-0100
Das für dieses Buch verwendete FSC-zertifizierte Papier *München Super* liefert Mochenwangen Papier.

Vollständige deutsche Taschenbucherstausgabe 09/2006
Quellennachweise ab Seite 291

Printed in Germany 2006
Umschlagillustration: © mauritius images / age fotostock
Umschlaggestaltung: Nele Schütz Design, München
Satz: KompetenzCenter, Mönchengladbach
Druck und Bindung: GGP Media GmbH, Pößneck
ISBN-10: 3-453-43227-4
ISBN-13: 978-3-453-43227-7

http://www.heyne.de

Es riecht nicht angenehm in dieser Welt, aber es ist die Welt, in der wir leben, und gewisse Schriftsteller, die über genügend Distanz und kühlen Kopf verfügen, können sehr interessante und sogar amüsante Geschichten daraus machen.

Raymond Chandler

Vorwort

»Lies doch noch mal ...«, so höre ich manchen Moderator einer Kriminacht vor dem Auftritt eines Kollegen reden. Und dann soll man die olle Kamelle lesen, die immer so gut angekommen sei. Mancher Autor mag das gar nicht, weil er doch sein neues Buch präsentieren will, manche Autorin fühlt sich dadurch nicht ernst genommen. Aber andere lieben es gerade zu, ihre »beste« Geschichten zum Besten zu geben. Ich kenne einen Kollegen, da nenne ich lieber keinen Namen, der liest, wenn er zu einer Veranstaltung mit mehreren Kollegen eingeladen wird, seit 25 Jahren die gleiche Krimi-Geschichte. Aber auch Maj Sjöwall liebt es, immer wieder die Szene aus dem Roman »Verschlossen und verriegelt« vorzulesen, in der ein katastrophal schief gegangener Polizeieinsatz beschrieben wird. Die beiden gesuchten Einbrecher werden nicht verhaftet, mehrere Polizisten verletzt und auch der Polizeihund wird angeschossen. Maj liest das wunderbar in deutsch mit ihrem leichten schwedischen Akzent.

Was lag da näher als die Autoren zu bitten, ihre »besten« Texte zur Verfügung zu stellen, also eine best-of-authors-Anthologie, zumal im Herbst 2006 ein Krimifestival in Norddeutschland startet und die hier versammelten Autoren mit von der Partie sind.

Morden im Norden wird in mehr als 15 Städten beweisen,

wie beliebt das Krimigenre nach wie vor bei den Leserinnen und Lesern ist. Zugleich gibt es die Möglichkeit, die neuen Romane der Herbstsaison bekannt zu machen und mit internationalen Gästen und spannender Musik amüsante Kriminächte zu veranstalten. Ganz im Sinne von Raymond Chandler.

Und liebe Kolleginnen und Kollegen, da werdet ihr nicht nur eure olle Kamellen lesen müssen. Garantiert.

Jürgen Alberts

Inhaltsverzeichnis

Maeve Carels

Der falsche Film

Gabriel saß an seinem Mahagonischreibtisch. Seine Mutter hasste den Gedanken, dass das Holz einen Kratzer bekommen könnte. Gabriel war eher besorgt um das Mikroskop und den Computer. Außer ihm selbst hatte seit Jahren kein Junge dieses Zimmer betreten – nicht, seit sie begriffen hatten, dass er auf seinem Rechner weder Moorhühner schoss noch mit Lara Croft spielte.

Aus dem Wohnzimmer hörte er die Stimmen seines Vaters und des amerikanischen Geschäftspartners. Vor einer Stunde war Gabriel in Anzug und Krawatte zum Begrüßungskomitee gestoßen, um sein: »Nice to meet you, Sir« aufzusagen. Und dann war es passiert, das Magische. Ganz beiläufig hatte der Businessman mit der Aura eines leutseligen Mr. President den Football hinter seinem Rücken hervorgeholt. Gabriels Mutter hatte mit gequälter Stimme »oh« gesagt und hastig angefügt, das sei aber »very friendly«.

Gabriel hatte nie zuvor einen Football in der Hand gehabt. Aber da er eine Schwäche für amerikanische Filme hatte, wusste er, worum es ging. Er liebte den Moment, wenn sich aus dem Knäuel kämpfender Spieler einer hochrappelte, sich freilief und mit dem Lederei im Arm dem Heldenruhm entgegensprintete.

Er drehte und wendete den Ball in den Händen. Dann legte er ihn so vorsichtig ins Regal, als wäre es eine Bombe.

Gabriel gewöhnte sich an, mit dem Ball unter dem Arm hinauszugehen – nicht vorn, sondern durch den Garten in den Wald.

Normalerweise ging Gabriel langsam, die Augen auf den Boden und die Gedanken auf ein Problem gerichtet. Jetzt lernte er, mit einem Arm etwas festzuklammern, mit dem anderen das Gleichgewicht zu halten und dabei Geschwindigkeit zu entwickeln, während er nicht den Boden, sondern imaginäre Gegner im Auge behielt. Seine schlimmsten Widersacher waren Baumwurzeln und Kaninchenlöcher. Er musste eine Art Radar in den Sohlen entwickeln.

Darüber hinaus unterschieden sich die folgenden Schultage nicht von früheren. Er wurde jeden Morgen in den Rücken gestoßen, stolperte in die Klasse und wich Volker aus, der ihm ein Bein stellte. Wenn Gabriel seinen Tisch vor dem Lehrerpult erreicht hatte, stapelte er seine Hausaufgabenhefte am Rand, damit jeder sich zum Abschreiben daran bedienen konnte. Das Arrangement hatte den Nachteil, dass seine Hefte zerfleddert aussahen. Der Vorteil lag darin, mittags nicht mit blutender Nase nach Hause zu kommen.

Erst zwei Wochen später geschah etwas Ungewöhnliches: Volker wollte sich Gabriel aus Rache für eine spöttische Bemerkung auf dem Weg zum Bus packen – und griff daneben. Normalerweise pflegte Gabriel sich zitternd an die nächste Wand zu drücken. Diesmal rannte er dem besten Sportler der Schule mit der Tasche im Arm davon.

Das Problem war somit auf den nächsten Morgen verschoben und Zuspätkommen die einzige Möglichkeit, Volker auszuweichen. Gabriel schaffte es, den Bus zu verpassen, genoss einen friedlichen Spaziergang und erreichte die Schule eine halbe Stunde nach Beginn des Deutschunterrichts. Er klopfte kurz an und trat ein. »Entschuldigen Sie bitte, Herr

Herschenbroich«, murmelte er, als er sich hastig auf seinen Platz setzte. »Mir war heute Morgen nicht gut.«

Der Lehrer war nach dem Pausengong knapp zur Tür hinaus, als Volker zum Angriff überging. Gabriel hatte gerade das Lehrbuch einpacken wollen. Aus einem Reflex heraus schleuderte er es Volker mit Wucht entgegen.

Es entwickelte eine andere Flugbahn als der Football, aber Volker blieb stehen, als wäre er gegen eine Wand gelaufen. Er presste die Hände an die Brust und schnappte mit schmerzverzerrtem Gesicht nach Luft.

Gabriel hob das Buch auf, packte es in seine Tasche, holte seine Pausenlektüre heraus und ging nach draußen. Aber er konnte sich nicht aufs Lesen konzentrieren.

Er hatte genug amerikanische Filme gesehen, um die festgeschriebenen Rollen zu kennen: die Sportskanone und der mit der Brille. Entweder waren sie beide gute Kerle, dann wurden sie Freunde. Oder der Sportler war ein böser Kerl, dann würde er sich fortan damit beschäftigen, dem mit der Brille zu schaden. Und dabei irgendwann einen Reinfall erleben.

Oder der mit der Brille war der Böse. Dann wäre dies der Auftakt zu einer Horrorshow.

In dieser Nacht schlief er schlecht.

Der Deutschlehrer legte den Stapel Hausaufgaben auf das Pult und lächelte in die Runde. »Meine Herrschaften, ich habe zu meiner Freude festgestellt, dass diese Klasse Teamwork-begabt ist, was sich unschwer daran erkennen lässt, dass ihr alle dasselbe schreibt. Und damit ich mir anschauen kann, wie eure Hausaufgaben-AG arbeitet, wird sie ab morgen hier in der Schule stattfinden, und zwar jeweils von vierzehn bis fünfzehn Uhr dreißig. An jedem Tag, an dem Deutschunterricht stattfindet.«

Er hob die Hand wie ein Priester, um dem Zorn des jungen Volkes Einhalt zu gebieten. »Diese Maßnahme ist mit dem Schulleiter abgesprochen und gilt für eine Woche.«

Nachsitzen mit Schülern, die auf eine Gelegenheit warteten, ihre Wut an ihm auszulassen, und das zu einer Tageszeit, zu der sich sonst kein Mensch auf dem Gelände befand? Gabriel war nicht lebensmüde. Während die anderen nach dem Pausenzeichen aus dem Klassenraum stürzten, wühlte er umständlich in seiner Tasche. Der Lehrer wischte die Tafel und packte seine Sachen. Als sie allein waren, stand Gabriel auf. »Herr Herschenbroich? Ich wollte Ihnen nur mitteilen, dass ich an den zusätzlichen Unterrichtsstunden nicht teilnehme. Eine Entschuldigung von meinen Eltern reiche ich nach.«

Er wandte sich ab und war schon fast an der Tür, als Herschenbroich ihn zurückrief. »Gabriel, das kann aber so nicht weitergehen. Und wenn ich deine Entschuldigung durchgehen lasse, kommen die anderen auch nicht. Ich brauche deine Hilfe.«

»Und wo waren Sie«, fragte Gabriel, »wenn ich Hilfe gebraucht habe? Ich musste lernen, mir selbst zu helfen. Ich schlage Ihnen vor, das Gleiche zu tun.«

Filmreife Szene, dachte Gabriel, als er hinausging. Zu gut, um neu zu sein. Wahrscheinlich hab ich das schon mal irgendwo gesehen.

Er hüpfte die Treppe hinunter und kämpfte sich durch das Pausengewimmel zur Turnhalle. Dann wurde ihm klar, dass die so genannte Hausaufgaben-AG vor der Halle nicht nur auf den Beginn der Sportstunde, sondern auch auf ihn wartete.

»Petzer«, spuckte der Erstbeste, an dem er vorbeiging, ihm ins Gesicht.

»Petzer«, sagte auch Volker, und zwar so düster und so bitter, als sei eine Welt für ihn eingestürzt.

Gabriel wollte ihm erklären, er dürfe nicht wörtlich abschreiben, aber ein Tritt von hinten warf ihn halb in Volkers Arme. Er stieß einen wütenden Schrei aus. Gabriel mochte nicht angefasst werden. Er schlug statt sich festzuhalten, unwillkürlich um sich.

Angeekelt riss er den Kopf hoch, als der Boden ihm entgegenkam. Er versuchte sich abzufangen, jemand trat ihm den Arm weg und er prallte mit der Schulter auf den grauen Beton des Schulhofs. Im Bemühen, sein Gesicht vom Boden wegzuhalten, spürte er kaum den nächsten Tritt. Er schrie erst wieder auf, als jemand seinen Arm hochriss und hinter dem Rücken verdrehte. Dann lag seine Wange am Boden. Ein Tritt gegen die Stirn und zwischen Beton und Wangenknochen schrammte die Haut auf. Der vierte Tritt traf sein Ohr. Gabriel schrie, Staub und Steinchen im Mund.

Jetzt war es egal, wohin sie traten. Jedenfalls dachte er das und blieb still liegen, ein Universum aus Schmerz, bis jemand ihn herumrollte und ihn an eine Stelle trat, über die er sich selten Gedanken machte. Er übergab sich, bis das Universum sich zusammenzog und am Horizont wieder der graue Beton erschien, nass von Erbrochenem. Aber ansonsten leer – ohne Stiefel, ohne Turnschuhe, ohne Sandalen. Gabriel war allein.

Er stemmte sich mühsam auf die Knie hoch und tastete den Boden ab, um seine Brille zu finden. Dann sah er das, was davon übrig war, und musste lachen.

Er lag mit gesenktem Kopf auf den Knien, Blut tropfte aus seiner Nase auf seine Hosenbeine, und er hielt sich den

Bauch und versuchte keuchend, die unbeherrschten Laute aufzuhalten, die aus seinem schmerzenden Brustkorb aufstiegen wie Blasen und sich anhörten wie Hyänengekicher.

Jemand hatte auf seine Brille getreten und mit dem Absatz die Gläser zermahlen. Eine klassische Filmszene. Das Gestell war nur noch platter Draht mit Resten von rötlichem Lack und ein paar Plastiksplittern. Er hob es auf und steckte es in die Hemdtasche, die halb aufgerissen herunterhing.

Er musste sich waschen, und er brauchte saubere Klamotten.

»Ich bin gestürzt«, erklärte Gabriel, als seine Mutter ihn mit hervorquellenden Augen anstarrte. »Sieht schlimm aus, oder? Ist aber nichts passiert.«

Jetzt blieb nur noch, an die Tür von Papas geheiligtem Arbeitszimmer zu pochen.

Sein Vater blickte zerstreut auf und setzte dann irritiert seine Brille ab, während Gabriel das Problem der aufgeflogenen »Hausaufgaben-AG« schilderte. Er sah, wie sich ein Ausdruck der Abscheu in die Miene seines Vaters schlich und dessen Stirn sich furchte.

»Nun«, sagte sein Vater undeutlich, weil er vor unterdrücktem Widerwillen die Zähne schlecht auseinander bekam, »offen gesagt, ich kann den Standpunkt deines Lehrers nachvollziehen. Es wäre eine grobe Missachtung seiner Autorität, dich mit einem Attest aus der Affäre zu ziehen. Und es sähe ziemlich feige aus. Oder findest du nicht?«

Du bist im falschen Film, Dad, dachte Gabriel und stand mühsam auf. Er wollte um alles in der Welt von dieser eisigen Ablehnung fort. »In Ordnung, Papa«, sagte er und ging hinaus.

Daddy, wenn du willst, dass dein Sohn zum Helden wird

– glaubst du, mich mit einer teuren Bifokalbrille genügend dafür ausgerüstet zu haben? Wie wär's mit einem Colt? Wir werden ihn nämlich kriegen, den Showdown at High Noon. Und wenn's so weit ist, wirst du nicht auf der Straße sein – wie alle braven Bürger. Aber wenn's vorbei ist, weinst du und bist stolz. Pa, krieg ich ein Holzkreuz mit meinem Namen drauf? Du weißt, viele Söhne kriegen nicht mal das.

Wie dramatisch, Gabriel, dachte Gabriel, schloss die Tür seines Zimmers hinter sich und setzte sich an seinen Schreibtisch. Verlieren wir nicht ein bisschen den Blick für die Relationen?

Der Hausmeister schloss gerade erst die großen Doppeltüren auf, als Gabriel angerannt kam. Er war der Erste. Ein weiterer Weg, um Unannehmlichkeiten aus dem Weg zu gehen. Gabriel schlug sein Physikbuch auf und versuchte zu lesen. Sein blaues Auge schmerzte, und mit der alten Brille konnte er nicht gut sehen.

In der großen Pause fanden sie eine Ecke, in der sie Gabriel herumschubsen konnten, ohne aufzufallen. In der nächsten Pause überkletterte Volker mit zwei Freunden die Trennwand der Toilettenkabine, in die Gabriel sich eingeschlossen hatte. Sie entwickelten bei der Lösung der Frage, was sich auf so engem Raum mit einem Menschen anstellen lässt, erstaunlich viel Phantasie. Gabriels Schreie verklangen ungehört in den Wassern der Kanalisation.

Am nächsten Tag brachte Gabriel seinen Football mit zur Schule und stellte ihn für ein Spiel zur Verfügung. Er hatte keine Bedenken, ihn nicht zurückzubekommen. Sie waren zu weit gegangen, und sie wussten es. Er war für eine Weile sicher.

Volker warf die Pille in der letzten Pause durch ein geschlossenes Fenster und wurde zum Schulleiter zitiert. Er war noch nicht zurück, als der Gong das Ende des Schultages ankündigte und die Klasse überstürzt aufbrach. Herschenbroich rief Gabriel zurück und hielt einen ernsten Monolog über Jungen, die sich beliebt zu machen versuchen, indem sie verbotenerweise gefährliche Dinge mitbringen.

»Es ist ein Ball«, sagte Gabriel. »Wollen Sie ihn in einen Topf mit den Klappmessern werfen, die die Hälfte der Jungs in der Tasche trägt?«

»Dieser Ball war immerhin gefährlicher, als du dachtest, nicht wahr?«, sagte Herschenbroich. »Lass dir das eine Lehre sein.« Er reichte Gabriel das konfiszierte Lederei mit priesterlichem Ernst zurück.

Volker musste gewartet haben. Er stand auf der Treppe, oben, auf ihrer letzten Stufe.

Es war nur ein Moment, mehr nicht. Einfach eine Gelegenheit.

Gabriel bemerkte nicht einmal, dass er die Schultasche abgestellt hatte und den Ball in beiden Händen hielt. Dann hob er den Wurfarm. Die Pille flog mit der Spitze voran und drehte sich vorschriftsmäßig in der Luft um ihre Längsachse. Lehrbuchreif zog sie ihre Bahn und traf die Vorderseite von Volkers Sweatshirt genau dort, wo das kleine, goldene Kreuz hing.

Für den Bruchteil einer Sekunde schien Volker in der Luft stillzustehen, den Schwerpunkt des Körpers viel zu weit nach hinten verlagert. Sein rechter Fuß knickte über die Kante der Treppenstufe ab. Er stürzte hinterrücks und streckte instinktiv die Arme aus, bekam aber nichts zu fassen. Als er sich nach dem Aufprall überschlug, schlenkerten seine Glieder leblos wie bei einer Lumpenpuppe. Am Fuß der Treppe blieb er liegen, und die Winkel zwischen Kopf,

Hals und Boden waren grotesk. Der Football, von seiner Brust abgeprallt, sprang, kollerte ein paar Mal herum und blieb hoch über ihm auf einer Stufe liegen.

Gabriel rannte auf weichen Turnschuhsohlen lautlos hinab, hob im Vorbeigehen die Pille auf und verschwand um die Ecke, während er den Ball in seine Tasche stopfte und den Reißverschluss zuzog. Er hastete die Hintertreppe hinunter, stieß die Tür zum Nebeneingang auf, durchquerte die Grünanlagen, die den Schulhof von der Hauptstraße trennten, und stieg in den Bus. Er warf seine Tasche auf einen Sitz und ließ sich daneben fallen.

Gabriel dachte nichts, und er fühlte nichts. Er war sich nur seiner Schultasche bewusst, legte die Hand darauf und spürte die Rundung des eiförmigen Balls.

In seiner Vorstellung hörte er Beifall aufbrausen und zog den Helm von seinem Kopf, wie man einen Hut zieht – grüßend. Er winkte kurz zu den Tribünen hinauf. Gleich würde ihm jemand auf Schulterpolster klopfen. »Good job!«

Gabriel schloss die Augen.

Thea Dorn

VERSTRICKT

Seine Augen glänzten.

Mein Gott, Junge, dachte sie, reiß dich zusammen. Du bist keine zwölf mehr. Und Weihnachten ist auch nicht. Nur Geburtstag. Mein beschissener neunundzwanzigster Geburtstag. Wie eine Drohung lag das flache, in rotes Geschenkpapier eingeschlagene Päckchen zwischen ihnen.

Seine Augen glänzten.

Sie musste nicht in den Spiegel schauen, um zu wissen, dass ihre Augen nicht glänzten. So stumpf wie es in ihrem Innern aussah, wo hätte sie da Augapfelglanz hernehmen sollen. Und wenn nicht einmal der gewohnte weibliche Fassadenschwindel möglich war. Haarlack gab es. Glitterpuder. Nagelpolitur. Stattdessen hätte es ein Glanzspray für Augen geben sollen. Sie lächelte. Er tat ihr Leid. Sie wusste, dass ein Unglück bevorstand. Wenn die Augen des Schenkenden stärker glänzten als die Augen der zu Beschenkenden, stand immer ein Unglück bevor.

Er bewegte sich schwerfällig in seinem Sessel und rückte das Sektglas, das vor ihm auf dem Couchtisch stand, drei Zentimeter nach vorn. In Richtung Päckchen.

Sie hasste ihn dafür, dass er hier in ihrem Wohnzimmer saß. Sie hasste sich dafür, dass sie ihn hierher in ihr Wohnzimmer eingeladen hatte. Sie hasste ihn dafür, dass er sie seit Jahren mit seiner unerwünschten Hingabe verfolgte.

Sie hasste sich dafür, dass sie ihm seit Jahren exakt in dem Tempo davonlief, das ihm gerade noch erlaubte, ihr hinterherzujapsen. Die Idiotie der Geschlechter war kongenial.

Sie stellte ihr Sektglas mit einem Knall auf dem Couchtisch ab. Geburtstage waren schlimmer als Todestage. An Geburtstagen verwandelte sich Alleinsein in Einsamkeit. Und Einsamkeit schuf Dummheit.

»Wenn du mein Geschenk lieber später aufmachen möchtest«, sagte er und zupfte an seinem Hemdsärmel.

Sie sagte nichts.

Er schwitzte unter ihrem Blick. »Ich wollte dir nur noch mal sagen, ich finde es sehr schön, dass du mich eingeladen hast. Wir haben ja schon lange nicht mehr richtig zusammengesessen.«

Mit einer mühsam beherrschten Geste griff sie nach dem Päckchen. Ihre Finger zitterten, als sie das geschlungene Goldband über die Ecken schob. Das Päckchen war leicht. Und weich. Diesmal kein Buch.

Er trank nervös von seinem Sekt.

An der Stelle, wo sie das Papier aufgerissen hatte, kam rotes, matt glänzendes Gewebe zum Vorschein. Sie begriff nicht. Topflappen. Es sah aus wie Topflappen.

»Selbstgestrickt«, sagte er in die Stille hinein.

Sie entfernte das restliche Papier. Topflappen. Warum um alles in der Welt Topflappen? Und warum dreieckig? Und warum in zwei so merkwürdig unterschiedlichen Paarungen aneinander genäht?

»Aus Seidengarn«, fügte er hinzu. »Eigentlich wollte ich es dir schon letztes Jahr schenken, aber dann fand ich es nicht gut genug und habe noch ein Jahr geübt.«

Sie ließ das Ensemble aus knappen roten Dreiecken in den

Schoß gleiten. Fassungslos. Die Erkenntnis kroch ihr langsam die Wirbelsäule hinauf.

»Ich dachte, du findest es gut, wenn ich dir ein Geschenk mache, was nicht so ein typisches Männergeschenk ist. Dachte ich.«

Die Erkenntnis hatte ihr Hirn erreicht. Die dreieckigen, paarweise zusammengenähten Topflappen waren keine Topflappen. Sondern Reizwäsche. Er – er hatte es gewagt – er mit seinen schweißigen Fettfingern hatte es gewagt, sich zwei Jahre lang hinzusetzen und ihr rote Reizwäsche zu stricken. Irgend etwas in ihrem Kopf machte *knack*. Die Geburtstagskerzen, die noch schwach vor ihrem Auge geflackert hatten, wurden von einem Windstoß ausgelöscht.

Als es wieder hell wurde, saß der Mann reglos in dem weißen Sessel. Die Zunge hing ihm seitlich aus dem Mund. Rot. So rot wie der Seidengarnstrick-BH, der seinen Hals umschnürte.

Verwundert starrte sie von den roten Striemen auf ihren Handflächen zu dem Mann im Sessel. Und wieder zurück. Sie musste kichern. Aktuelle Herbstmorde, dachte sie. Und musste lachen. Aktuelle Herbstmorde für den aktuellen Mann.

Virginia Doyle

Böse Augen

Janka stieg aus dem Waggon dritter Klasse und taumelte, weil ihre beiden Koffer verschieden schwer waren. Ein alter Mann mit langem weißen Bart fing sie auf und murmelte: »Sachte, sachte, Mädchen.«

Sie hatte bis eben geschlafen und war noch völlig benommen.

»Wo sind wir?«, fragte sie.

»Hamburg, Endstation«, sagte der Alte.

»Hamburg?« Sie stellte die Koffer ab und blickte sich um. Jenseits des Bahndamms sah sie Wiesen und Felder. Auf der linken Seite erstreckte sich eine Siedlung. Sie bemerkte vereinzelte Türme und hohe Schornsteine.

»Hamburg habe ich mir viel größer vorgestellt.«

Der alte Mann schüttelte den Kopf: »Wir sind an Hamburg vorbeigefahren. Dieses Stedl haben sie extra für uns gebaut.«

Sie starrte ihn verständnislos an. »Ein Stedl?«

»Nicht nur für die Juden, für alle. Wer nach Amerika will, muss da durch.«

»Was ist das?«

Er zuckte mit den Schultern: »Ein Lager. Die Schifffahrtsgesellschaft hat es gebaut. In der Stadt will man uns nicht haben. Sie denken, wir bringen ihnen Krankheiten.«

Immer mehr Menschen stiegen aus den Waggons. Um sie herum wurde das Gedränge dichter. Frauen mit fransigen

Kopftüchern in gestreiften langen Kleidern, manche in Wolljacken, manche in grauen oder schwarzen Mänteln, verschlafene Kinder in verschiedenartigen Trachten, bärtige Männer in schweren Stiefeln mit Fellmützen oder breitkrempigen Hüten, die Hände in den Jackentaschen vergraben, Pfeifen im Mund sammelten sich auf dem Bahnhofsgelände, das eigentlich nur aus einem Bahndamm und einer Laternenreihe bestand.

Sie kamen aus Russland, aus der Ukraine, aus Polen, aus Georgien und vielen anderen Landstrichen. Ihr Ziel war die Neue Welt. Die meisten waren schon seit Wochen unterwegs. Die Auswandererhallen auf der Hamburger Elbinsel Veddel würden ihre letzte Station in Europa sein.

»Worauf warten wir denn noch?« Janka stieg auf ihre Koffer, um über die Köpfe der Menschen hinwegblicken zu können.

»Da.« Der Alte deutete auf ein quadratisches Gebäude, das von einem hohen Turm gekrönt wurde. Vor dessen Eingang hatte sich eine Kapelle zusammengefunden, die nun auf die Neuankömmlinge zumarschierte. Die Blasinstrumente und Zimbeln blitzten golden im Schein der aufgehenden Sonne. Auf halbem Weg begannen sie zu spielen.

Janka lachte. »Musik? Für uns?«, fragte sie verwundert.

»So scheint es«, brummte der Alte.

Alle wandten ihre Gesichter jetzt der heranmarschierenden Kapelle zu. Einige Männer nahmen ihre Kinder auf die Schultern, um ihnen zu zeigen, woher die Musik kam.

Janka sah ein paar lachende Kindergesichter. Sie lächelte und drehte sich auf ihrem Koffer um die eigene Achse. War da nicht schon das Wasser zu sehen und sogar ein Dampfer, aus dessen Schornstein dünner Rauch quoll? Sie drehte sich weiter.

»Vorsicht, Mädchen!«, sagte der Alte. »Du wirst noch fallen.«

Janka winkte einem kleinen Jungen zu, der über den Kopf seines Vaters hinwegschaute. Der Junge winkte zurück. Ihr Blick fiel auf einen Mann, der neben dem Jungen stand. Im Gegensatz zu den meisten anderen war er bürgerlich gekleidet, trug einen feinen Anzug unter seinem Mantel mit Pelzkragen. Janka starrte ihm jetzt direkt ins Gesicht. Es war schmal und länglich, mit spitzer Nase und schmallippigem Mund. Janka kannte dieses Gesicht. Sie taumelte, verlor das Gleichgewicht und stürzte.

Der Alte fing sie auf. »Hab ich es nicht gesagt?«, brummte er mürrisch.

Janka blickte ihn entsetzt an, wollte ihm erzählen, wen sie da gerade gesehen hatte. Aber wie und was? Und warum sollte dieser fremde Alte sich dafür interessieren? Sie stand auf, reckte sich, stellte sich auf die Zehenspitzen, spähte umher. Der Spitznasige war weg. Hatte sie ihn wirklich gesehen?

Jetzt kam Bewegung in die Menge. Uniformierte Beamte drängten die Menschen loszugehen, sich auf das Gebäude mit dem Turm zuzubewegen. Die Kapelle schwenkte um, führte die Masse an, die hinterhertrabte wie eine Schafherde, dankbar, endlich eine Richtung zu haben.

Janka griff nach ihren Koffern und trabte mit. Sie verlor den alten Mann, bemerkte gelegentlich ein bekanntes Gesicht aus ihrem Waggon und wurde mit allen anderen ins Lager geschwemmt.

Es war eine regelrechte Stadt, und wer sie betreten wollte, musste ein strenges Ritual über sich ergehen lassen: Zuerst zog man sich aus, dann wurde man in einem kahlen, kalten Untersuchungsraum peinlich genau von einem Arzt untersucht. Anschließend wurden die Kleider und das

Gepäck mit einem übel riechenden Mittel besprüht, um mögliche Krankheitserreger abzutöten.

Erst dann durfte man von der »unreinen« auf die »reine« Seite wechseln, wo man seinen Platz zugewiesen bekam. In Jankas Fall war das ein Bett zwischen vierzig anderen Betten in einem aus Backstein gebauten Pavillon zwischen zahlreichen anderen genau gleich aussehenden Gebäuden, zwischen denen eine breite, von kleinen Bäumen gesäumte Straße hindurchführte.

Erschöpft sank sie auf das saubere Laken und wurde wenig später von einer strengen Dame in hochgeschlossenem Kleid aufgescheucht und mit anderen nach draußen getrieben.

Das Mittagessen wurde früh serviert, in einem Speisesaal, wo man an weißgedeckten langen Tischreihen auf Bänken saß. Im jüdischen Speisesaal gab es koscheres Essen, das hatte ihr eine der strengen Damen mitgeteilt. Sie saß zwischen zwei aus Polen stammenden Familien mit zahlreichen Kindern. Die Frauen drängten ihr eine Extraportion auf, weil sie höflich sein wollten. Die Familienoberhäupter brachen das Brot für sie mit. Sie hatte Hunger und aß dankbar, so viel sie kriegen konnte.

Nach dem Essen ging sie die Hauptstraße entlang und gelangte zu einer Grünanlage, wo sie sich auf einer Bank ausruhte. Gemessen an den tristen Dörfern ihrer Heimat war dies hier wirklich ein hübsches Städtchen. War es in Amerika noch heller, noch sauberer, noch ordentlicher?

Später gesellte sie sich zu den Frauen, die in der Halle des zentralen Gebäudes in einer endlos langen Reihe darauf warteten, zur augenärztlichen Untersuchung vorgelassen zu werden. Ohne diese Untersuchung, hatte ihr eine der strengen Damen erklärt, würde man sie nicht auf das Schiff nach Amerika lassen.

Völlig übermüdet stolperte sie wieder auf die Straße. In der Allee zwischen den Pavillons hatte sich eine weitere Menschenschlange gebildet: Hier warteten die Männer auf ihre Augenuntersuchung, bewacht von Uniformierten, die streng darauf achteten, dass keiner aus der Reihe tanzte.

Sie sah den alten Mann wieder. Er winkte ihr zu. Sie wollte hingehen, aber ein Beamter trat ihr in den Weg und schickte sie zurück.

Während sie die Allee entlangging, musterte sie die endlose Reihe der wartenden Männer. Sie sah sie sich allesamt genau an, auch auf die Gefahr hin, ungehörig zu wirken.

Sie fand ihn, obwohl er von einem massigen Kosaken beinahe völlig verdeckt wurde. Der Spitznasige. Jetzt war sie sich ganz sicher, dass sie ihn kannte. Sie lief weiter, tat so, als hätte sie ihn nicht bemerkt. Drehte sich noch mal um und winkte dem alten Mann zu, der gar nicht mehr in ihre Richtung sah.

Da sie noch immer nicht in den Schlafsaal durfte, bummelte sie weiter die Straßen ab, um sich zu orientieren. Sie wusste ja nicht, wie lange sie hier noch bleiben würde. Wann sie auf welches Schiff gewiesen wurde, lag im Ermessen der uniformierten Beamten. Es konnte Tage oder auch Wochen dauern.

Sie entdeckte die beiden Unterkünfte für wohlhabende Auswanderer, die Hotel Nord und Hotel Süd genannt wurden. Wenig später warf sie einen Blick in den großen Speisesaal für die Christen, wo die Tische frisch gedeckt wurden. Frauen in Schürzen breiteten weiße Tücher aus und verteilten Teller und Besteck.

Auf der Promenade begegnete sie Gruppen von Männern und Frauen und ganzen Familien, die spazieren gingen und sich unterhielten. Hier gab es auch zwei Kirchen, eine evangelische und eine katholische und eine Synagoge. Sie trat ein, setzte sich auf eine Bank, richtete ihren Blick auf die Thora und begann zu beten.

Sie verließ das Gotteshaus und spazierte wieder die Promenade entlang. Ihr wurde bewusst, warum sie sich trotz aller Ordnung und Sauberkeit unwohl fühlte. Dies war eine gut funktionierende Stadt, hier wurde für alle gesorgt, aber diese Stadt hatte einen Makel: Es war unmöglich, sie zu verlassen. Immer wieder bemerkte sie Mauern und Zäune, die den Weg nach draußen versperrten. Der Weg ins Land der Freiheit führte durch ein Gefängnis. Wie frei würde sie sich wohl in Amerika fühlen? Sie hatte keine Ahnung.

Nach dem Mittagessen fand sich eine größere Menschenmenge vor dem Musikpavillon ein, der sich zwischen dem großen Speisesaal und der Maschinenzentrale befand. Während die Kapelle auf dem Dach des Pavillons spielte, beobachtete sie, wie die Wohlhabenderen unter den Auswanderern in dem Geschäft für Reisebedarf, das sich im Erdgeschoss befand, ein und aus gingen.

Es war nur eine Frage der Zeit, bis auch er das Geschäft betrat. Sie sah ihn kommen und hineingehen und wartete geduldig vor der Tür, bis er wieder herauskommen würde. Es dauerte lange. Nun hatte er einen nagelneuen Koffer bei sich. Sie stellte sich vor, dass er ihn mit nützlichen Reiseutensilien gefüllt hatte. Er war nicht mehr allein, sondern unterhielt sich mit einem Mann, der noch teurer gekleidet war als er. Der Mann bot ihm eine Zigarre an. Der Spitznasige schüttelte den Kopf. Der andere zündete sich umständlich die Zigarre an.

Janka ging zu ihnen hin und zupfte den Spitznasigen am Ärmel.

»Können Sie mir sagen, wie spät es ist?«, fragte sie ihn, ohne ihm direkt ins Gesicht zu blicken.

Der Spitznasige zog zerstreut eine goldene Uhr aus der Tasche seines Jacketts und las die Uhrzeit ab. Janka machte einen Knicks, drehte sich rasch um und rannte davon. Noch im Laufen begann sie zu schluchzen. Sie lief immer weiter, bis sie wieder bei der Grünanlage ankam, ließ sich auf eine Bank fallen und weinte.

Niemand der Vorbeiflanierenden kümmerte sich um sie. Weinen war in dieser Stadt an der Tagesordnung. Es gab genügend Gründe zu weinen: Alle hier hatten Hab und Gut hinter sich gelassen, Verwandte und Freunde verlassen, die Heimat verloren. Die meisten hatten beschwerliche Wege und schlimme Erniedrigungen hinter sich und eine ungewisse Zukunft vor sich, in einer neuen Welt, von der sie eigentlich überhaupt nichts wussten. Niemand hatte hier die Kraft, eine Fremde zu trösten, alle waren genügend mit sich selbst beschäftigt.

Der alte Mann tauchte wieder auf und setzte sich neben sie.

»Warum scharwenzelst du denn um den Spitznasigen herum?«, fragte er.

Sie blickte ihn aus verheulten Augen an. Hatte sie sich so deutlich danebenbenommen, dass es bemerkt worden war?

»Zweimal habe ich gesehen, wie du ihm schöne Augen gemacht hast«, sagte der Alte.

Janka schüttelte den Kopf.

»Es ist nicht recht für so ein Mädchen wie dich. Schon gar nicht bei einem Stutzer wie dem da.«

»Ich hab ihm keine schönen Augen gemacht«, sagte Janka.

»Ha«, sagte der Alte.

»Böse Augen«, sagte Janka. »Ich hab ihm böse Augen gemacht.«

Der Alte sah sie verblüfft an.

»Wegen diesem Mann«, sagte Janka, »bin ich hier.«

»Sag ich ja«, meinte der Alte. »Du bist ihm gefolgt. Machst ihm schöne Augen.«

Janka schüttelte den Kopf.

»Er hat eine goldene Uhr«, sagte sie.

»Und das macht ihn zu einem guten Menschen?«

»Nein, zu einem bösen. Es ist die Uhr meines Vaters.«

Der Alte kniff die Augen zusammen: »Erzähl!«, forderte er sie auf.

»Ich wäre mit meiner Mutter aus dem Dorf weggegangen, aber sie ist kurz vor der Abfahrt gestorben. Aus Kummer. Deshalb musste ich ganz allein auf die Reise gehen. Ich habe es ihr versprochen. Sie wollte nicht, dass ich dort bleibe, wo das Leben für uns Juden immer schwieriger wurde. Erst haben sie uns entrechtet, uns verboten unserer Arbeit nachzugehen, dann haben sie versucht, uns unser weniges Hab und Gut zu nehmen und schließlich begannen sie, uns nach dem Leben zu trachten.«

»Das ist das Schicksal von vielen von uns. Deshalb haben wir uns auf den Weg nach Westen gemacht. Aber wolltest du nicht von der Uhr erzählen und von deinem Vater?«

»Viermal haben die Russen unser Dorf überfallen, seit ich denken kann, viermal!«

»Einmal wäre schon zu viel gewesen, Mädchen. Aber was hat das mit der Uhr, deinem Vater und dem Mann zu tun, dem du böse Augen machst?«

»Der Spitznasige gehörte zu ihnen. Beim vierten Mal war er dabei. Er war einer von denen, die am lautesten brüllten, die am härtesten zuschlugen und die am meisten mitnahmen. Als er mich packte und mitzerren wollte, trat mein Vater dazwischen. Auf diese Gelegenheit hatte der Spitznasige nur gewartet und schlug mit dem Knüppel auf ihn ein, bis Vater blutüberströmt am Boden lag. Wir haben ihn monatelang gepflegt, aber er ist uns weggestorben, ohne noch einmal die Augen zu öffnen.«

Janka hielt inne und starrte vor sich hin.

»Die Uhr«, sagte der Alte.

»Er hat sie ihm aus der Tasche gezogen und eingesteckt, als er regungslos dalag. Dann ist er weggegangen.«

»Hat er dich wiedererkannt?«

»Ich glaube nicht. Wer weiß, wie viele Mädchen, Frauen und Männer er seitdem geschlagen hat.«

»Aber wieso ist er jetzt hier?«

»Vielleicht will er da hin, wo die Juden hingehen, damit er immer genug zum Erschlagen hat.«

Der Alte schüttelte den Kopf. »Es wird wohl eher so sein, dass er nicht nur Juden umgebracht hat. Er ist selbst zum Verfolgten geworden. Das ist es.«

»Das genügt nicht«, sagte Janka.

»Genügt nicht wofür?«

»Zur Sühne.«

»Nein«, sagte der Alte. »Das genügt wohl nicht.«

»Ich will die Uhr wiederhaben«, sagte Janka.

Der Alte stand auf: »Ich will mal versuchen, ob ich herausfinde, wie der Mann heißt.«

»Nein«, sagte Janka. »Ich will seinen Namen nicht wissen. Ich will die Uhr zurückhaben.«

»Gut«, sagte der Alte. »Wir werden ihm die Uhr abnehmen. Aber bis es so weit ist, wirst du mich Onkelchen nennen.«

Janka sah den Alten erstaunt an.

»Versuch es«, forderte er sie auf.

»Ja, Onkelchen, aber warum soll ich das tun?«

»Beachte ihn nicht mehr, tu etwas Unschuldiges, das dich ablenkt. Was immer dir einfällt. So lange, bis wir ihn in die Enge getrieben haben.«

»Ich werde stricken«, sagte Janka. »Ich hole mein Strickzeug aus dem Koffer und stricke.«

»Gut.«

Die Tage vergingen, und Janka strickte von morgens bis abends. Sie saß strickend auf einer der Bänke an der Promenade. Sie strickte und schaute auf den Flussarm hinaus, der am Lager vorbeifloss. Sie strickte im Aufenthaltsraum für die Juden, wo sie gelegentlich neben dem Alten saß, ohne viel mit ihm zu reden. Sie legte das Strickzeug nur weg, wenn sie im Speisesaal Platz nahm, um zu essen, oder wenn sie sich im Schlafsaal mit den anderen hinlegte.

Der Alte freundete sich mit dem Spitznasigen an. Pfeife rauchend gingen sie zwischen den Pavillons auf und ab und erzählten sich Geschichten aus ihrem Leben oder spekulierten über Geschäfte, die sie in der Neuen Welt zu machen gedachten. Sie wurden so vertraut miteinander, dass der Spitznasige den Alten sogar auf sein Zimmer im Hotel Süd einlud. Dort tranken sie Wodka.

Der Alte erzählte von seiner Nichte. Sie sei zwar schüchtern, aber durchaus willig, erklärte er dem Spitznasigen. Diesem gefiel es offensichtlich, das Mädchen in Verlegenheit zu bringen, wenn er es in Begleitung des Alten auf der Promenade traf. Janka vermied, ihm ins Gesicht zu sehen und presste das Strickzeug fest gegen die Brust wie einen Schutzschild, während der Fremde lächelnd das Wort an sie richtete und ihr Schmeicheleien sagte.

Schneller als erwartet kam der Tag der Formularausgabe. Janka und ihr »Onkel« halfen sich gegenseitig beim Ausfüllen der Papiere. Am nächsten Tag begaben sie sich gemeinsam in den Abfertigungsraum, wo an hohen Pulten Beamte mit Schirmmützen saßen, die Papiere entgegennahmen, prüften und schließlich die Dampfschiff-Fahrkarten aushändigten, auf denen die Nummer des Schlafplatzes im Zwischendeck gedruckt war. »Mein Feld ist die Welt«, stand als Motto der Schifffahrtsgesellschaft über der Eingangstür des Abfertigungsraums.

Am Abend vor dem Abfahrtstag wurden die jüdischen Auswanderer von drei Vertretern des »Israelitischen Unterstützungsvereins«, dem nicht wenige ihre Fahrkarten in die Neue Welt verdankten, verabschiedet und mit moralischem Rüstzeug versehen. Anschließend gab es ein reichhaltiges Abendessen.

Am nächsten Morgen fanden sich Janka und ihr »Onkel« zu früher Stunde zusammen mit Hunderten weiterer Zwischendeck-Passagiere auf dem Sammlungsplatz ein. Der Spitznasige war nirgends zu sehen, die Passagiere der höheren Klassen konnten sich ausschlafen und mussten erst später an Bord gehen. Bewacht von zahlreichen streng dreinblickenden Beamten drängten sie sich vor dem hohen Zaun und warteten darauf, dass die Tore geöffnet wurden.

Vorher jedoch musste das Gepäck auf bereitstehende Wagen gestapelt und abtransportiert werden. Dann wurde zum Abmarsch geblasen: Die Kapelle schmetterte einen flotten Marsch, und die Menschenmasse bewegte sich zunächst ungeordnet und träge, dann immer schneller und geradliniger die Straße entlang auf den Anleger zu.

In kleineren Gruppen wurden sie auf einen bereitliegenden kleinen Raddampfer gelotst und mit diesem Tender hinaus auf den Fluss gebracht, wo ein stählernes Monstrum auf sie wartete. Über eine glitschige Brücke stiegen sie vom Raddampfer direkt in den Bauch des Ozeanriesen, wo ihnen, aufgeteilt nach Männern und Frauen, die Schlafkojen im Zwischendeck zugewiesen wurden. Janka und der Alte vereinbarten, dass sie sich später an Deck treffen wollten.

Über endlose Stahltreppen und durch ein Gewirr von Gängen stieg Janka am Abend nach oben an Deck. Längst hatte sich das heftige Zittern des Dampfers in ein gleichmäßiges leises Wummern verwandelt. Das Schiff hatte den Hamburger Hafen verlassen und erreichte bereits das offene Meer.

Im vorderen Teil des Schiffes war ein Bereich abgeteilt worden, in dem sich die Passagiere des Zwischendecks bewegen durften, wenn sie frische Luft schnappen wollten. Als es noch hell war, hatten sich hier viele Männer, Frauen und Kinder gedrängt. Nun, am späten Abend, waren sie in ihre Kojen verschwunden. Vom hinteren Deck der ersten und zweiten Klasse wehten gelegentlich Klänge eines Streichquartetts herüber, manchmal auch helles Lachen und Gläserklirren.

Der Alte stand über die Reling gebeugt und blickte nach unten in die Gischt. Sie trat zu ihm. Er richtete sich auf und nickte über ihren Kopf hinweg ins Dunkle.

Der Spitznasige trat aus dem Schatten.

»Da wären wir«, sagte er.

»Ja«, sagte der Alte, deutete auf Janka und fügte hinzu: »Und da ist sie.«

»Fein«, sagte der Spitznasige, griff in die Innentasche seines Mantels und zog einen Briefumschlag hervor. Er reichte ihn dem Alten, der ihn sofort aufriss und die Geldscheine durchzählte. Dann nickte er zufrieden.

»Du wirst jetzt mit ihm gehen«, sagte er zu Janka.

Janka presste ihr Strickzeug gegen die Brust und nickte.

»Komm«, sagte der Spitznasige, packte sie am Oberarm und zog sie mit sich.

Sie taumelte hinter ihm her. Der alte Mann lachte.

Der Spitznasige drängte Janka in eine dunkle Ecke und presste sich gegen sie.

»Jetzt gehörst du mir«, sagte er. Er versuchte sie zu küssen. Janka wich ihm geschickt aus. Die Klinge des Stiletts bemerkte er erst, als sie schon tief in seine linke Herzkammer eingedrungen war und sein Herzschlag bereits aussetzte.

Seufzend glitt er an ihr herunter, würgte, zuckte ein wenig vor sich hin und blieb dann regungslos liegen.

Janka kniete sich neben ihn, drehte die Leiche auf den Rücken und nahm ihm die goldene Uhr ab. Der Alte kam dazu und durchsuchte den Toten, während Janka sich wieder aufrichtete. Er zog eine Brieftasche aus seinem Mantel und steckte sie ein.

»So«, sagte er dann, »nun haben wir beide, was wir wollten.«

Sie versicherten sich, dass niemand in der Nähe war, schleppten die Leiche zur Reling, hoben sie darüber und ließen sie in das schwarze Wasser der Nordsee fallen.

Janka warf ihr blutgetränktes Strickzeug hinterher.

»Mein Stilett hättest du mir ruhig wiedergeben können«, brummte der Alte.

Dann gingen sie auseinander.

Sie sprachen nie mehr miteinander. Als Janka in New York auf Ellis Island an Land ging, sah sie ihn noch einmal wieder, nachdem sie alle Kontrollen passiert hatte. Er wurde von einem jungen Ehepaar und einer Horde Enkelkinder abgeholt.

Janka fragte einen Beamten in gebrochenem Englisch nach der Zeit und stellte ihre Uhr auf die Sekunde genau ein. Um drei Uhr und siebenundvierzig Minuten nachmittags, am achtundzwanzigsten September des Jahres Neunzehnhundert-sieben begann ihr neues Leben in Amerika.

Horst Eckert

Teure Steine

Gierig sog Rabe die morgendlich kühle Herbstluft ein, als er mit seiner Reisetasche nach draußen trat. Die Freiheit inhalieren – fünf Jahre lang hatte er diesen Moment herbeigesehnt. Dann fiel sein Blick auf Rita, die ihren Opel-Corsa vor den Fahrradständern geparkt hatte. Sie hatte ihn nicht enttäuscht.

Er war sich nicht sicher, wie er sich verhalten sollte. Ein Händedruck – er spürte, dass sie ähnlich befangen war. Rabe stieg zu seiner neuen Freundin ein.

Sie startete den Motor und sagte: »Der Bewährungshelfer hat dir in der Stadt ein Apartment besorgt.«

Rita. Gewelltes Blondhaar, am Ansatz dunkel. Eine gute Figur, fand Rabe, zumindest an den Stellen, die wichtig waren. Und ein Profil, das Entschlossenheit ausstrahlte – diese Eigenschaft hatte er bereits in ihren Briefe erkannt.

»Nichts da. Bloß weg aus dieser Stadt«, antwortete er.

»Wohin dann?«

»Autobahn.«

Beim Losfahren kreischte der Keilriemen der alten Karre. Rabe vermied den Blick zurück. Dieser Knast war kein Ort, den man in Erinnerung behalten sollte.

Erst an der nächsten Kreuzung spähte er die Straßen entlang. Kein Mensch weit und breit, der sie zu beschatten schien, doch Rabe wusste nicht, ob er dem Frieden trauen konnte. Selbst an Ritas Motiven hatte er anfangs gezweifelt. Als hätte sie es auf die Steine abgesehen und nur deshalb auf seine Kontaktanzeige geantwortet.

Nichts ist sicher und auf niemanden ist Verlass – Rabes Credo seit der Kindheit.

Rita kurvte durch ein Wohngebiet, den blauen Schildern folgend. Sie sagte: »Ich hab Kuchen dabei. Selbstgebacken. Mit Mangos. Ich dachte, wir weihen dein neues Zuhause ein.«

»Eins nach dem anderen. Zuerst geht's nach Kreuzmoor.«

»Klingt nach 'nem gottverlassenen Kuhkaff in der Pampa.«

Er lachte. »Weißt du, dass du heute noch schöner bist als bei deinem Besuch im Knast?«

»Schmeichler.«

Als sie den Zubringer erreichten, beugte sich Rabe hinüber und küsste Rita auf die Wange. Er glaubte zu spüren, dass es ihr gefiel – das Eis war gebrochen.

Der Tag fing gut an. Und in wenigen Stunden würde er reich sein.

»Was willst du in dem Kaff?«, fragte Rita.

Sie hat keine Ahnung, stellte Rabe fest. Woher auch. In seinen Briefen hatte er nichts verraten, denn die Bullen überwachten die Post im Knast. Vor allem, wenn sie einen Einbrecher hatten, nicht aber seine Beute.

»Ich bin dort aufgewachsen«, antwortete Rabe.

Sie rauschten südwärts. Die Landschaft wirkte trist unter dem grauen Himmel. Keine Blätter mehr im Gestrüpp längs der Böschung. Dahinter drehten sich Windräder.

Rabe bemerkte, dass seine Freundin in den Rückspiegel blickte. Sofort meldete sich seine Paranoia wieder. Ein weißer Mercedes klebte an der Stoßstange. Endlich scherte der Bonzenschlitten auf die linke Spur und zog vorbei. Ein Mann mit Hut. Das Heck mit Sylt-Aufklebern bepflastert. Harmlos.

»Mit dem Kuhkaff liegst du richtig«, sagte Rabe. »Aber ein Kumpel von mir hat etwas für mich aufbewahrt.«

Sie warf ihm einen Blick zu. »Wenn du vorhast, rückfällig zu werden, wird das nichts mit uns.«

»Ich hab's kapiert«, sagte er. Es freute ihn, dass sie sich um ihn sorgte.

Er legte seine Linke auf ihren Schenkel. Festes Fleisch unter dem Jeansstoff, ein gutes Gefühl. Sie wehrte sich nicht. Eine Zukunft mit ihr konnte sich Rabe noch nicht ausmalen, aber er fand, dass sie auf dem besten Weg waren.

Wieder äugte Rita in den Rückspiegel. Als fürchte sie, dass jemand mitbekam, was seine Hand anstellte. Rabe küsste ihren Hals und blickte dabei nach hinten. Die Luft war rein.

»Du hast mir nie etwas über diesen Kumpel geschrieben«, sagte das Mädel und hielt sich am Lenkrad fest.

»Die Bullen. Postüberwachung, verstehst du? Bin gespannt, wie Kalle reagiert, wenn wir aufkreuzen. Nichts ist sicher und auf niemanden ist Verlass.«

Er befühlte ihre Brust. Sie sagte: »Willst du, dass ich einen Unfall baue?«

Rabe lachte und deutete auf ein Parkplatzschild. »Fahr hier raus.«

Das Mädel setzte den Blinker und gehorchte. Sie rollten an weißen Bänken vorbei. Betontische, die niemand nutzte. Hinter einem Lastwagen mit dänischem Kennzeichen stoppten sie.

Als Rabe mit klopfendem Herzen Ritas BH aufhakte, rollte ein roter Passat vorbei. Typen, die herüberglotzten. Blöde Spanner. Dann war der Passat verschwunden.

Der blinkende Punkt auf dem Monitor bewegte sich nicht vom Fleck. Ein feines Gerät, das die Kripo da besaß, freute sich Kaufmann. Sie hatten es nicht nötig, dem Zielobjekt auf Sichtweite zu folgen. Sie konnten sogar vorausfahren.

»Und jetzt?«, ließ sich der Praktikant vernehmen, der mit glänzender Gelfrisur hinter dem Steuer saß.

»Warten an der nächsten Ausfahrt.« Hauptkommissar Kaufmann musste aufstoßen. Nie wieder Wurstsalat, beschloss er. Zumindest nicht mit Zwiebeln.

Kaufmann dirigierte den Jungen. Sie fuhren ab, stießen auf eine Bundesstraße, wendeten nicht ganz vorschriftsgemäß und hielten am Rand der Auffahrt. Sogar für das Einschalten der Warnblinkanlage brauchte der Praktikant eine Anweisung.

Seinen Namen hatte Kaufmann vergessen. Aus dem Burschen würde nie ein richtiger Kriminalist werden – nicht mit dieser affigen Frisur.

»Was machen die so lange?«, fragte der Praktikant.

Kaufmann wandte sich nach hinten, wo Kommissar Olschewski mit den Akten raschelte. »Ein scharfes Luder, Rabes neue Freundin. Hast du die Figur gesehen, Olli?«

Der Kollege brummte nur. Seit Tagen stellte er schlechte Laune zur Schau. Dabei traten die Ermittlungen in eine wichtige Phase. Rabe musste beim Einbruch in das Juweliergeschäft in der Fußgängerzone Komplizen gehabt haben. Tippgeber, Handlanger, Schmieresteher. Die Diamanten waren nie aufgetaucht – todsicher war Rabe jetzt unterwegs, um irgendwo auf dem Land seinen Anteil einzufordern. Nur Olli hielt nicht viel von dieser These.

Der Praktikant räusperte sich.

»Is was?«, fragte Kaufmann.

»Offenbar hat es Rabe doch nicht so eilig.«

Klugscheißer, dachte der Hauptkommissar. Er sagte: »Sobald er abgespritzt hat, stellt Rabe die Peilung wieder voll auf die Klunker ein. Was meinst du, Olli?«

Wieder nur ein Brummen, begleitet vom Rascheln der Unterlagen.

Kaufmann raunte dem Praktikanten zu: »Kollege Olschewski ist neidisch auf Rabe, weil seine Alte ihn nicht mehr ranlässt.«

»Halt's Maul«, knurrte der Kollege auf dem Rücksitz.

Kaufmann wusste, dass Olli eine Geliebte hatte. Dass es deshalb Streit mit seiner Gattin gab. Aber er verstand nicht, warum der Kollege deshalb die Krise schob. Er selbst war seit fünfzehn Jahren Single ohne nennenswerte Erfolge beim anderen Geschlecht.

»Es blinkt nicht mehr!«, rief der Praktikant.

Zu dritt starrten sie auf den Monitor. Kaufmann drückte Tasten, ohne zu wissen, was sie bedeuteten. Der Bildschirm erlosch, dann war die Karte wieder da. Das Signal blieb verschwunden. Kaufmann gab den aufsteigenden Gasen nach und rülpste.

»Wie kann das passieren?«, erkundigte er sich bei Olli, der den Peilsender angebracht hatte.

»Batterie leer, was weiß ich.«

Vierspurig rauschte der Verkehr vorbei. Kaufmann überlegte, wie lange die Turteltäubchen brauchen würden.

»Ein Opel, oder?«, fragte er.

»Corsa«, antwortete Olschewski und blätterte in irgendwelchen Unterlagen.

Der Praktikant ergänzte: »Weiß, älteres Baujahr.«

Kaufmann beschloss, dem Jungspund klar zu machen, wer hier das Sagen hatte. »Worauf wartest du? Lass schon mal den Motor an!«

Dann kniff er die Augen zusammen, um die Autobahn ins Visier zu nehmen. Seine Speiseröhre brannte. Der Staatsanwalt würde ihn zur Sau machen, wenn Rabe entwischte.

Seit rund zwanzig Minuten waren sie nun wieder unterwegs, schätzte Rita, als Rabe das Schweigen brach. »Hier ab«, sagte er. Rita hasste den Befehlston wie die Pest.

Mit weißen Knöcheln umklammerte sie das Lenkrad und fragte sich, ob der Kerl ihr die Nervosität anmerkte. Auf dem Parkplatz hatte ihn seine Geilheit abgelenkt. Jetzt war es hoffentlich der Gedanke an die Diamanten. Sie beschloss, nicht darüber nachzugrübeln, was sie da tat. Das war nicht sie. Das war eine andere Rita.

Die Landstraße schlängelte sich ostwärts, die Gegend wurde einsam. Abgeerntete Felder und umgegrabene Rübenäcker. Kaum ein Auto kam entgegen.

Ein Dorf zog vorbei. Rabe zeigte auf ein Haus mit verwahrlostem Vorgarten. »Hier hab ich auch mal gewohnt.«

Sie bogen ein paar Mal ab. Rita hatte keine Ahnung, wo sie waren. Sie war ausgelaufen und die feuchte Stelle im Slip fühlte sich kalt an.

Plötzlich musste sie an ihre Jugend denken. An den Brief, den sie einmal geschrieben hatte, um einen pickligen Verehrer abzuweisen. Ihre Freundin hatte den Boten gespielt. *Je ne t'aime pas* – der Kerl ließ sich nie wieder blicken. So einfach war das damals gewesen.

Sie durchkreuzten ein Waldstück. Im nächsten Tal ein Feldweg. Rabe wies Rita an abzubiegen. Der Corsa rumpelte auf eine Art Baracke zu. Das Bodenblech streifte Unkraut und lose Steine, bis ein Tor die Weiterfahrt verwehrte.

»Warte hier«, raunzte Rabe. »Kalles Köter hat was gegen Fremde.«

Er stieg aus. Sofort kurbelte Rita das Seitenfenster hinunter, um den Geruch des Kerls loszuwerden.

Zweihunderttausend war die Beute angeblich wert – Rita

hätte sich nie darauf eingelassen, wenn ihr klar gewesen wäre, was sie dafür tun musste.

Rabe rief nach seinem Kumpel. Niemand antwortete. Kein Hund ließ sich blicken. Neben dem niedrigen Gebäude gammelten ein Bauwagen und einige Autowracks vor sich hin.

Die Gelegenheit, die Sache ohne Risiko abzubrechen, überlegte Rita. Sich einfach aus dem Staub zu machen.

Sie beobachtete, wie Rabe am Tor rüttelte, Steine gegen die Baracke schleuderte und den Bauwagen anbrüllte.

Ihr fiel auf, dass hohes Gras die Zufahrt überwucherte. Hier gab es keinen Kalle, schoss es ihr durch den Kopf. Seit Jahren nicht mehr.

Rita stieg aus und gesellte sich zu Rabe. Sie brachte es über sich, zu lächeln und seinen Arm zu berühren. Nachdem sie so viel investiert hatte, kam ein Rückzug nicht mehr infrage.

»Ich weiß nicht, was du vorhast«, log sie. »Aber vergiss deine Kumpels von früher. Sie bringen dich nur auf die schiefe Bahn. Der Bewährungshelfer verschafft dir einen Job. Lass uns zurück in die Stadt fahren.«

»Gib mir dein Handy!«, blaffte Rabe.

Rita zögerte, dann sagte sie: »Das halte ich für keine gute Idee.«

»Wieso?«

»Kalle war damals dabei, stimmt's?«

»Nein. Ich hab's ganz allein getan.«

»Aber er hat die Beute für dich versteckt?«

Rabe blickte sich um. Leise sagte er: »Wie kommst du darauf?«

»Ich kann mir vorstellen, dass sich die Bullen dafür interessieren. Und wenn sie die Post überwacht haben, dann wissen sie über uns Bescheid.« Rita zog ihr Mobiltelefon aus der

Jackentasche und hielt es ihm hin. »Womöglich haben die Bullen das Handy angezapft. Ruf lieber den Bewährungshelfer an. Zieh einen Schlussstrich, wenn es dir ernst mit uns ist.«

Er zeigte schief gewachsene Zähne. Seine schwielige Hand strich über ihre Wange. »Du bist wirklich ein Schatz.«

Als sie ins Auto stiegen, war wieder sein Geruch in ihrer Nase.

»In den Ort«, befahl Rabe. »Da kenn ich ein Café. Das Telefon dort hört garantiert keiner ab.«

Der locker sitzende Keilriemen hörte nicht auf zu lärmen, als sie ein Altenheim passierten und ein Schloss mit gelb gestrichenen Mauern. Das Ortszentrum bestand aus einer Kreuzung.

Das Café gab es nicht mehr. *Heidesonne* stand an der Scheibe. *Bräunen ab einem Euro.*

»Warte hier«, sagte Rabe.

»Vergiss die Beute. Das ist sie nicht wert.«

Er küsste ihre Wange. »Mach keine Sprüche, Süße. Es mag Leute geben, für die das Peanuts sind. Aber ich gehöre nicht dazu und du auch nicht.« Rabe sah auf die Uhr. »Der heutige Tag wird unser Leben verändern. Eine Million, verstehst du? Und glaub nicht, dass ich noch in Mark rechne, nur weil ich so lang hinter Gittern war.«

Rita rang sich ein Lächeln ab. Sie ballte die Fäuste, als er durch die Glastür des Bräunungsstudios verschwunden war. Eine Million Euro.

Wie hatte er es ausgedrückt? Nichts sei sicher und auf niemanden sei Verlass. Da war was dran. Der schöne Scheißkerl, für den sie Rabe ausspionierte, hatte nur ein Fünftel der Summe genannt.

Rita startete den Corsa. Nichts wie weg aus diesem Intrigenspiel. Sie legte den Gang ein. Doch dann überlegte sie es sich anders und würgte den Motor ab.

Sie würde es durchziehen, jetzt erst recht. So einfach haut mich keiner übers Ohr, dachte Rita.

Der Himmel verdunkelte sich und Nieselregen setzte ein. Sie hatten erwartet, dass Rabe sich zurückfahren lassen würde. Stattdessen gurkten sie nun quer durch das platte Land, unter der Autobahn hindurch und westwärts an Waldstücken und Feldern vorbei.

Kleinschmitt war es Leid, die beiden Kripoleute durch die Gegend zu chauffieren. Am schlimmsten war der Dicke neben ihm – doof wie ein Gullydeckel und trotzdem den Chef markierend.

Auf einer schmalen Straße mit frischgepflanzten Alleebäumen gondelten sie dem weißen Corsa hinterher. Nein, die Kripo war nicht sein Ding, überlegte Kleinschmitt. Noch eine Woche, dann war sein Praktikum beim Kommissariat für Raub und Eigentumsdelikte überstanden.

Neben ihm steckte Hauptkommissar Kaufmann das Handy weg und tat kund, was er herausbekommen hatte: »Vermutlich ist Rabe auf dem Weg zu Karlheinz Assauer, genannt Karossen-Kalle. Hat mit seiner Werkstatt in Kreuzmoor Pleite gemacht und lebt jetzt in Wilsberg. Dort läuft ein Betrieb auf dem Namen seiner Frau. Assauer und Rabe sind im gleichen Jahr geboren, vermutlich Schulfreunde. Wetten, dass dieser Kalle der Komplize ist, den wir suchen.«

»Oder auch nicht«, brummte die mürrische Stimme vom Rücksitz.

Kaufmann wandte sich an Kleinschmitt und verströmte Zwiebelgeruch. »Ollis Alte hat seit Wochen die Börse geschlossen, verstehst du? Wenn seine Aktien steigen, muss er sie unter der Hand verschleudern. Deshalb ist er so ungenießbar.«

Ein Schild zeigte an, dass sie Wilsberg erreicht hatten. Häuser aus roten Ziegeln. Eine Kapelle, deren Turm mit grünem Blech gedeckt war und spitz wie eine Nadel aufragte. Und gerade als Kleinschmitt sich fragte, wo hier die Kneipen und Geschäfte waren, führte die Straße schon wieder aus dem Ort hinaus. Fast hätte er übersehen, dass ihr Zielobjekt auf das Gelände einer ehemaligen Tankstelle bog, von der nur die Werkstatt geblieben war. Kleinschmitt ging vom Gas und rollte langsam vorbei.

»Zügiger, sonst bemerken sie uns«, blaffte ihn der dicke Kaufmann an. »Und in der nächsten Einfahrt stoppst du.«

Der Praktikant folgte der Anweisung und steuerte bis dicht an einen Zaun. Zwischen Bäumen hindurch erspähte er Rabe und seine Freundin, die ausgestiegen waren.

Ein hagerer Kerl im Blaumann stiefelte dem Pärchen entgegen, wischte die Hände am Overall ab und reichte den Ellbogen zur Begrüßung. Ein Kind rannte herbei. Rabe nahm es auf den Arm. Dann verschwand die Gruppe in der Werkstatt.

Lange Zeit tat sich gar nichts.

Karlheinz Assauer schluckte. Der Kloß im Hals blieb. Keiner hatte ihm gesagt, dass heute Rabes Entlassungstag war. Er selbst hatte den Gedanken daran verdrängt.

»Was soll das heißen, übermorgen?«, bellte sein Kumpel ihn an und griff nach der Bedienung der Hebebühne. Mit der Linken drückte er Julian wie einen Teddy gegen seine breite Brust. Dem Kleinen war anzusehen, dass es ihm nicht gefiel.

»Oder morgen«, antwortete Kalle. »Im Lauf des Nachmittags.«

Rabe drückte Knöpfe. Doch weil der Hauptschalter umgelegt war, tat sich nichts. Rabe wurde noch ungehaltener. »Ich will mein Auto wiederhaben! Jetzt, verstehst du?«

»Gib mir den Jungen«, bat die hübsche Blonde, mit der Rabe aufgekreuzt war.

Kalles Schulfreund ignorierte sie. »Wo steht die Kiste eigentlich?«

Der Kleine strampelte. Rabe packte ihn fester. Mit der freien Hand fegte er die Werkbank frei. Schrauben und anderer Kleinkram flogen durch den Raum.

»Komm, lass ihn los. Gib mir den Kleinen«, wiederholte seine Freundin.

Kalle wusste nicht, wie er reagieren sollte. Sein Kumpel war kein schlechter Kerl. Aber er konnte durchdrehen, wenn er in Wut geriet. Kalle streckte beschwichtigend die Hände aus. »Hör zu, Alter. Dein GTI muss erst auf Vordermann gebracht werden. Er war fünf Jahre eingemottet. Ich mach das gern für dich, aber gib mir einen Tag Zeit.«

»Jetzt!«, brüllte Rabe.

Julian begann zu weinen.

»Lass ihn los«, forderte die Blonde, jetzt mit Nachdruck.

»Halt's Maul, blöde Fotze!«

Rabe legte Julian auf die Werkbank, lockerte blitzschnell die Schraubzwinge und schob den Kopf des Jungen zwischen die eisernen Backen.

»Ich zähle bis drei.«

»Morgen«, versuchte Kalle ihn zu beschwichtigen. »Sag mir, wo ich den GTI hinbringen soll!«

»Eins.«

Rabe drehte die Kurbel ein kleines Stück. Der Junge wimmerte. Sein Kopf war jetzt eingeklemmt.

»Zwei.«

Der Junge rief nach seiner Mutter. Kalle konnte nicht glauben, dass Rabe imstande war, dem Kleinen etwas zu tun. Es war unmöglich.

»Drei.«

Rabe griff nach der Kurbel.

Die Blonde schrie, als sei der Teufel in sie gefahren. Julian kreischte. Kalle stockte der Atem.

Kleinschmitt glaubte, etwas gehört zu haben. Er kurbelte das Fenster herunter. Draußen war es still.

Der dicke Kaufmann fragte: »Habt ihr im Ort einen Imbiss gesehen? Unser Praktikant könnte was zum Futtern besorgen. Wer weiß, wie lang die Observation noch dauert.«

Kleinschmitt beschloss, nicht zu reagieren. Von hinten meldete sich Olschewski: »Dieser Karossen-Kalle hat sich die Diamanten jedenfalls nicht unter den Nagel gerissen. Sonst würd's hier anders aussehen.«

Der Regen machte Pause. Licht drang durch eine Lücke in den Wolken. Der Praktikant malte sich aus, wie ein Spezialeinsatzkommando das Gelände stürmen würde. In Sekunden wären Rabe und sein mutmaßlicher Komplize zu Päckchen geschnürt.

Ein schriller Klingelton riss ihn aus den Gedanken. Der Dicke fischte sein Handy aus der Ablage, lauschte und nickte dabei.

»Was gibt's?«, fragte Olschewski.

»Rabes Freundin telefoniert«, erklärte Kaufmann. »Die Kollegen im Präsidium zeichnen auf. Offenbar …« Der Hauptkommissar unterbrach sich und drückte das Gerät fester an die fette Backe. »Ja?« Sein Mund klappte auf. Er wurde blass. »Ach, du lieber …«

»Was ist?«, rief Olschewski, ganz aus dem Häuschen.

»Die Lady …«

»Red endlich!«

»Sie hat den Notruf gewählt. Da drin ist angeblich jemand schwer verletzt.«

Mittag war längst vorbei und die Kantine hatte sich geleert. Nur Kleinschmitt hockte noch vor einem Becher Kaffee und studierte die Reste einer BILD-Zeitung, die ein Uniformierter liegen gelassen hatte. Am liebsten hätte er sich wie Olschewski per Bahn vom Acker gemacht, zurück in die Stadt, nachdem klar geworden war, dass die Kripo der nächsten Kreispolizeibehörde den Fall übernahm.

Doch aus irgendwelchen Prestigegründen nahm Hauptkommissar Kaufmann an der Vernehmung der Zeugen teil. Und als Fahrer des Dicken musste Kleinschmitt warten.

Er malte einen Schnurrbart auf das Foto von Angela Merkel und verlängerte das Haar von Oskar Lafontaine. Als er im Taschenspiegel seine eigene Frisur überprüfte, schwang endlich die Kantinentür auf.

Der Hauptkommissar walzte herein und stieß einen Pfiff aus, als rufe er einen Hund. Kleinschmitt hätte ihn am liebsten ignoriert.

Sie stiefelten hinaus auf den Parkplatz. Endlich ging es nach Hause. Der Dicke fegte sich Krümel von der Wampe – offenbar hatte es bei der Vernehmung belegte Brötchen gegeben.

»Wie geht's Rabe?«, fragte Kleinschmitt, als sie in den Passat kletterten.

»Ist im Krankenhaus seinen Verletzungen erlegen. Ein Kerl wie ein Baum, aber die Lady hat mächtig draufgehauen. Was ein Wagenheber ausrichten kann …«

»Wegen der Beute?«

»Nein, um den Jungen zu retten.« Kaufmann klappte die Sonnenblende nach unten, begutachtete seine Zähne im Schminkspiegel und stocherte mit dem Fingernagel nach Essensresten. »Rabe hat gedroht, Assauers Jungen umzubringen.«

Der Praktikant fuhr los, ohne sich in diesem Ort auszukennen. Auf einem Schild stand *alle Richtungen,* und er meinte, das könne nicht falsch sein.

Kaufmann sagte: »Wenn du mich fragst, hat Kalle die Klunker veruntreut. Die Kollegen werden sich den Betrieb in Wilsberg gründlich vorknöpfen. Vielleicht können sie ihm etwas nachweisen. Für uns ist die Geschichte jedenfalls gegessen.«

Hinter dem nächsten Dorf lösten sich die Wolken auf. Die Sonne stand bereits tief. Der Dicke lehnte sich zurück und schien zu dösen.

Plötzlich schreckte er hoch und knurrte Kleinschmitt an: »Wo fährst du eigentlich hin, du Penner? Zur Autobahn geht's dort entlang! Und setz gefälligst den Blinker, wenn du mitten auf der Straße wendest.«

Dass der Dicke Recht hatte, wurmte Kleinschmitt am meisten. Minutenlang herrschte Funkstille. Als sie die Auffahrt erreichten, wagte der Praktikant, das Thema wieder aufzugreifen. »Also hat die Frau aus Nothilfe gehandelt? Kein Totschlag oder Mord?«

»Sieht so aus. Wir haben sie erst einmal auf freien Fuß gesetzt. In ihrer Haut möcht ich trotzdem nicht stecken.«

»Wieso?«

»Tu nicht so, als hätte dich das Blutbad in der Werkstatt kalt gelassen.«

Sie erreichten die Stadt und passierten die Kreuzung, an der es zum Knast für schwere Jungs ging, wo Rabes Reise am

Morgen begonnen hatte. Kleinschmitt fragte: »Was sind die Diamanten eigentlich wert?«

»Eine Million. Hat zumindest der Juwelier behauptet. Danach hat er übrigens den Laden verkauft und sich an der Agave zur Ruhe gesetzt.«

»Algarve«, verbesserte Kleinschmitt und genoss den kleinen Triumph.

Rita hatte plötzlich das Gefühl, von einem Punkt außerhalb ihres Körpers zuzusehen, wie sie ihren quietschenden Corsa durch die Gegend lenkte. Empfindungslos gehorchte sie Kalles Anweisungen. Sie hatte den Mechaniker gebeten, sie zu Rabes Auto zu führen. Irgendeinen Sinn musste der Schrecken der letzten Stunden doch haben.

Ein großes Kruzifix an einem Baum. Hinter der nächsten Kurve das Wartehäuschen einer Bushaltestelle, ausgeblichene Plakate auf grauem Beton. Kalle ließ sie abbiegen. *Meierhof* stand auf dem Wegweiser.

Es dämmerte. Nebel auf den Feldern. Rita schaltete das Licht ein. Die Polizei hatte sie nicht behandelt wie eine Frau, die man ins Gefängnis stecken wollte. Rabe weinte offenbar keiner eine Träne nach, aber sie musste mit weiteren Vernehmungen rechnen.

Ein paar hundert Meter vor dem Dorf verließen sie die Asphaltpiste. Durch Schlaglöcher schaukelten sie auf ein Waldstück zu, das wie eine schwarze Wand aufragte. Die Scheune zur Rechten hätte Rita übersehen, wenn Kalle sie nicht darauf hingewiesen hätte.

Sie stiegen aus. »Dreh dich um«, bat der schlaksige Kerl.

Rita tat ihm den Gefallen. Heimlich verbog sie den Außenspiegel und beobachtete, wie Rabes Freund an der Holzwand tastete und von irgendwo einen Schlüssel zutage förderte.

»Du kannst kommen!«, rief Kalle, stocherte im Vorhängeschloss und schob das Scheunentor zur Seite.

Rita folgte. Der Typ im Blaumann drückte einen Lichtschalter. Vor ihr glänzten drei nagelneue BMW.

Sie sagte: »Ich möchte lieber nicht wissen, welche Geschäfte du betreibst.«

Rabes Schulfreund schlurfte zum vierten Fahrzeug, das unter einer Plane verborgen war, löste die Verschnürung und raffte das steife Tuch zur Seite. Ein metallicblauer, mit Rostflecken übersäter Golf-GTI kam zum Vorschein.

Rita konnte es noch immer nicht begreifen. »Warum hast du ihm nicht verraten, wo sein Auto steht?«

»Siehst du das nicht?«

Sie trat näher. Die Radkappen des Golf fehlten. Die Sitze ebenfalls. Die Türen waren abmontiert und lehnten am Karosserieskelett. Keine Verkleidungen im Innenraum, keine Bodenmatten. Nacktes Blech. Leer.

»Rabe hätte sofort gedacht, dass ich sein Vertrauen missbraucht hätte«, erklärte Kalle. »Du kanntest ihn nicht. Er konnte eigen sein in solchen Dingen.«

Rita dachte daran, dass sie Rabe näher kennen gelernt hatte, als ihr lieb war. Sie widersprach: »Aber es ging um deinen Jungen!«

»Dem hätte er nichts getan. Das war nur Bluff. Rabe ist … er war Julians leiblicher Vater. Gerlind, meine Frau, war früher mit ihm zusammen. Sicher dachte er, sie hätte mir nichts davon erzählt.«

Rita kämpfte gegen aufsteigende Übelkeit an. Was hatte sie getan? Jemanden erschlagen, der nicht ernsthaft gedroht hatte. Einem Jungen den leiblichen Vater geraubt. Das war nicht sie gewesen, redete sie sich ein. Die Rita, die sie kannte, konnte keiner Fliege etwas antun.

Ihr war, als bestürmten sie alle Eindrücke des Tages zugleich. Rabe, der auf dem Parkplatz an ihrer Wange keuchte. Das Wimmern des Jungen in der Werkstatt. Rabe in all seinem Blut.

Nicht durchdrehen. Nicht so kurz vor dem Ziel. Der Kerl war ein Monster gewesen, schärfte Rita sich ein. Er hatte nicht geblufft. Sie hatte den kleinen Julian gerettet – ein Junge, wie sie sich selbst einen wünschte.

Rita fiel der Mann ein, der jetzt auf ihren Anruf wartete. Nie hätte sie geglaubt, dass er sie belügen würde, als er sie auf Rabe ansetzte. Im Gegenteil. Sie hatte gehofft, dass er ihr Partner fürs Leben sein könnte.

Doch die Wahrscheinlichkeit, dass er sie nur benutzen wollte, um sich die Juwelen unter den Nagel zu reißen, war seit heute klar zu beziffern: eine Million zu Zweihunderttausend.

Wetten, dass er in Wirklichkeit nicht daran dachte, sich scheiden zu lassen? Mit einem hatte Rabe Recht gehabt: Nichts ist sicher und auf niemanden ist Verlass.

Kalle begann, die Plane über das zerlegte Auto zu ziehen.

»Warte!«, rief Rita.

Sie umrundete den Golf, ging in die Hocke und inspizierte die Radkästen.

»Da ist nichts«, beteuerte Kalle. »Glaub mir, mit Autos kenne ich mich aus.«

Rita beschloss aufzugeben. Vorerst.

Nachdem sie den Mechaniker bei seiner Familie in Wilsberg abgesetzt hatte, machte sie sich erneut auf den Weg zur Scheune am Waldrand. Zwölf Stunden waren vergangen, seit sie Rabe vor der Haftanstalt an Bord genommen hatte. Ihre Rechnung war noch nicht beglichen.

Im Licht der Scheinwerfer erkannte sie das Kruzifix, dahinter das Wartehäuschen. Der gelbe Wegweiser blitzte auf und bald darauf fand Rita den Feldweg.

Der Corsa krachte durch die Schlaglöcher. Der Keilriemen kreischte nicht mehr. Kalle hatte ihn mit wenigen Handgriffen repariert. Der Kerl war einfältig, aber nett.

An der Holzwand tastete Rita nach dem Schlüssel. Sie fuhr die Ritzen entlang und riss sich Splitter unter die Haut. Schließlich fanden ihre Finger ein Astloch und sie hatte das Ding.

Mühelos öffnete Rita das Vorhängeschloss. Das Tor rollte zur Seite. Beim Gedanken an die Steine pochte Ritas Herz bis in den Hals.

Eine Million! Wieder verfluchte sie den Schweinehund, der sie überredet hatte, auf die Kontaktanzeige des Juwelendiebs zu antworten.

Aber jetzt war sie am Drücker.

Rabes Rostlaube. Runter mit der Plane. Rita untersuchte das Handschuhfach. Sie stocherte in den Lüftungsschlitzen und lugte unter den Reservereifen im Kofferraum. Schließlich fand sie den Hebel, mit dem sich die Motorhaube öffnen ließ.

Beim Tasten zwischen Batterie und Motorblock verschmierte sie sich die zerschundenen Finger. Sie vermisste eine Taschenlampe. Das Deckenlicht war zu schummrig, um etwas zu erkennen. Dennoch machte sie weiter, bis sie einsah, dass da nichts war

Kalle hatte Recht: Er hätte die Steine bestimmt gefunden, wenn Rabe sie im Auto versteckt hätte.

Ein Scharren am Tor ließ sie herumfahren. Eine Gestalt tauchte in der Öffnung auf.

Rita duckte sich hinter den Golf und sah sich nach einer

Waffe um. Nur ein Regal mit Kleinkram. Kein Wagenheber in Reichweite wie heute Vormittag in Kalles Werkstatt.

Schritte, die näher kamen.

»Rita?«

Die Stimme kannte sie nur zu gut. *Seine* Stimme.

Olschewski stand vor ihr. Offenbar hatte der Kerl sein Auto geholt und war ihr seit der Vernehmung in der Kreispolizeibehörde auf den Fersen.

Er fragte: »Warum hast du mich nicht angerufen?«

Sie streckte die Faust in seine Richtung, als könne sie ihn auf Distanz halten. »Du Scheißkerl hast mich betrogen!«

»Ach?«, erwiderte Olli. »Und auf dem Autobahnparkparkplatz habt ihr Mau-Mau gespielt, du und Rabe?«

Schweigend starrten sie sich an.

Rita senkte den Blick als Erste. Sie ärgerte sich über das Zittern in der Stimme. »Rabe ist Pinkeln gegangen und ich hab währenddessen den Peilsender ausgemacht, wie du's mir gezeigt hast.«

Der Bulle wandte sich ab und durchstöberte das Regal.

Rita rief: »Mach mir bloß keinen Vorwurf!«

Olli kam mit einer Plastikwanne zurück, die er unter den Wagen stellte. Wortlos hackte er mit einem Schraubenzieher in den Eingeweiden der rostigen Karre. Es tat ihr weh, dass der Bulle so gefasst reagierte und sie zu ignorieren schien.

»Und jetzt?«, wollte sie wissen.

Es tropfte. Rita roch Benzin. Olli stocherte weiter. Nimm mich lieber in den Arm, dachte sie.

Der Treibstoff ergoss sich in die Wanne. Rita vernahm ein leises Prasseln. Kleine Steine, die aus dem Tank rieselten.

Olli fischte die Diamanten aus der Benzinbrühe und bettete sie auf eine alte Zeitung.

Rita fauchte: »Ein paar Hunderttausend, hast du mir weismachen wollen.«

»Was soll daran nicht stimmen?«

»Die sind mindestens eine Million wert.«

»Hat Rabe das behauptet? Der kannte die Summe nur aus der Zeitung. Der Juwelier hat übertrieben, um mehr von der Versicherung zu bekommen.«

»Ich glaub dir kein Wort.«

Olli teilte den Haufen in gleich große Hälften. »Du kannst die Steine abzählen, wenn du willst. Im Unterschied zu dir habe ich nicht vor, dich zu hintergehen.«

Er wickelte die Diamanten in Zeitungsseiten und trat auf sie zu. Rita wich zurück.

»Ich lasse mich scheiden«, sagte Olli.

»Das behauptest du, seit wir uns kennen.«

»Jetzt hab ich ernst gemacht. Heute früh bin ich ausgezogen. Ich dachte …«

»Was dachtest du?«

»Dass es mit uns beiden …«

»Rühr mich nicht an«, sagte sie.

Leise entgegnete er: »Sag, dass alles nur ein Missverständnis war. Dass du mich noch liebst.«

Sie schüttelte den Kopf, drückte sich an ihm vorbei ins Freie und rannte zu ihrem Auto. Mit dem Ärmel wischte sie sich die Tränen aus dem Gesicht.

Der Mond war aufgegangen und ließ den Nebel leuchten, der ringsum auf den Feldern lag. Es sah künstlich aus, fand Rita. Wie eine Filmkulisse.

Ihr fiel ein, dass die Juwelen dem Jungen zustünden, der seinen leiblichen Vater verloren hatte. Dann dachte sie, dass es gut sei, dass Rabe tot war. Nach einer Weile wurde ihr klar, dass nichts davon stimmte.

Am liebsten hätte sie den Tag aus ihrem Leben gestrichen. Er hatte sie verändert, und sie wusste nicht, ob ihr die neue Rita gefiel.

Sie startete den Motor und knipste die Scheinwerfer an. Olschewski stand vor dem Auto und blinzelte im grellen Licht.

Rita kurbelte die Scheibe herunter. »Behalt die Steine! Mach, dass du nach Hause kommst!«

»Geht nicht. Ich hab kein Zuhause mehr.« Er trottete näher. Die Tüten aus Zeitungspapier stanken nach Benzin. Seine wasserblauen Augen fixierten sie.

»Was willst du?«, fragte Rita.

»Sag du's mir.«

»Hast du Lust auf Mangokuchen?«

Als sie auf dem Rückweg die Autobahn entlangbretterte, zappte sie durch die Kanäle des Radios, um die Reste der schrecklichen Bilder aus ihrem Kopf zu verscheuchen. Sie fand einen Sender, der ruhigen Jazz spielte. Olli folgte in seinem Wagen. Rita wusste, dass auch er diese Musik mochte.

Sie nahm sich vor, ihn auf dem Sofa pennen zu lassen. Morgen würde sie ihm sagen, wie sie sich entschieden hatte.

Dann würde sie wissen, wer die neue Rita war.

Jürgen Ehlers

Dick als Doof

Das Foto täuscht. In Wirklichkeit bin ich viel schlanker. Außerdem habe ich fast zwei Kilo abgenommen, seit die Aufnahme gemacht wurde. Und ich gucke auch nicht immer so grimmig. Aber im Augenblick gibt's leider kein besseres Bild. Und die haben gesagt, ich soll unbedingt ein Foto mit einschicken, die brauchen das für die »Public Relations«. Außerdem ist dies ja schließlich ein Buch und kein Modejournal, hat der Herr Alberts hinzugefügt, ich soll mich nicht so anstellen. Netter Kerl. Er heißt übrigens auch Jürgen. Wir haben uns gleich verstanden.

Dies ist also eine wahre Geschichte. Die Namen sind natürlich verändert, damit wir später keine Schwierigkeiten haben, das hat der Herr Alberts auch gleich zugesagt. Bei einer Lesung haben wir uns kennen gelernt. Zufällig. Und wie ich so ein bisschen aus meinem Leben plaudere, da sagt er doch glatt, das muss unbedingt in sein neues Buch. Das soll so eine Sammlung von Kurzgeschichten werden. Über Verbrechen und solches Zeug.

Nun bin ich natürlich kein Verbrecher, das nicht. Aber vor einem halben Jahr, da ist das Geld wirklich ein bisschen knapp gewesen bei uns zu Hause. Erst Kurzarbeit, dann Entlassung. Und dann liegt mir auch noch die Sigrid – das ist meine Frau – auf den Nerven; sie braucht unbedingt ein neues Kleid, für die Hochzeit ihrer Kusine, da kann sie nicht mit demselben Ding hingehen, das sie im letzten Jahr bei der Taufe schon anhatte. Nun gibt es natürlich bei C&A Kleider schon für unter hundert Euro, sehen auch gar nicht schlecht aus, aber das ist nicht das, was der Sigrid da vorschwebt. Sie zeigt mir ihr Traumkleid im Schaufenster. Ist sogar um 50 Euro heruntergesetzt. Leider bin ich aber gerade pleite. Die Krise ist da.

»Sprich doch mal mit dem netten Kundenbetreuer von unserer Sparkasse!«, sagt die Sigrid, und da kommt mir der Gedanke. Also, unser Kundenbetreuer ist wirklich nett, aber den kann ich jetzt nicht fragen; in der letzten Zeit hofft der eigentlich immer, dass er mal sein Geld von uns wiederbekommt, und nicht wir noch mehr von ihm. Da ist wohl nicht viel drin. Aber Sparkasse ist trotzdem eine gute Idee. Zufällig habe ich gerade in der letzten Woche den Bert getroffen, der ist wieder draußen und sucht auch Arbeit. Er ist eigentlich Schweißer; früher war er bei Blohm & Voss, genau wie die Sigrid, aber da mögen sie ihn nicht mehr. Sein Meister spricht heute noch schlecht von ihm. Spricht überhaupt schlecht, dieser Meister, seit ihm die Vorderzähne fehlen. Das war der Bert, heißt es. Eine Verkettung unglücklicher Umstände, wenn Sie mich fragen. Das ist schon zwei Jahre her. Die letzte Arbeit, die er hatte, da ging es um einen Tresor, die hat ihm dann die sechs Monate eingebracht.

Also hab' ich den Bert angerufen, ob er nicht Lust hat, auf ein Bier rüberzukommen. Hat auch sofort Ja gesagt, der Bert, das ist wirklich ein dufter Kumpel. »Schuhe ausziehen!«, ruft die Sigrid. Das müssen alle, die in die Wohnung kommen, ganz egal, ob ich das bin, oder ihr Kollege Kurt, ihr Squashpartner, oder sonst wer. Bert mault ein bisschen, und gleich darauf jault er, weil er auf die Nussschalen getreten ist, die ich hätte wegfegen sollen. Wir mögen Nüsse, die Sigrid und ich. Vor allem ich. Obst ist gesund.

Wir setzen uns also ins Wohnzimmer. Und wie ich dem Bert ganz behutsam klar mache, dass ich Geld von der Bank haben will, da legt er auch gleich seinen Ballermann auf den Couchtisch, dass die Sigrid ganz runde Augen kriegt und ich sagen muss: »Das ist doch nur ein Scherz, Sigrid, das verstehst du doch!« Ich weiß nicht, ob sie das glaubt. Aber nach dem dritten Bier schläft sie schließlich ein, und da können wir dann ungestört über alles sprechen.

Bert ist sofort Feuer und Flamme. »Das muss ich unbedingt den Kumpeln erzählen«, sagt er, ich kann ihn kaum noch bremsen.

»Bert«, sage ich, »ich kenne deine Freunde. Lauter nette Leute, wirklich. Aber wenn die von unserem kleinen Plan hören, dann wollen die auch mitmachen. Und dann geht die Beute durch fünf statt durch zwei. Dann kriegen wir nur noch die Hälfte.« Man muss bei den Zahlen etwas runden, damit der Bert das versteht. In Mathematik war er nie besonders gut. In den meisten anderen Fächern auch nicht. Aber »weniger Geld«, das begreift er. Das heißt »weniger Bier«. Wir sind uns also einig.

Der Ärger beginnt am nächsten Tag, mit diesen Masken. Natürlich kann man nicht einfach in so eine Bank reinstürmen und sagen: Ich bin Herbert Bastfoht, dies ist ein Überfall, her mit den Moneten, das sieht selbst Bert ein. Also müssen wir uns maskieren. Und wer besorgt die Masken? Ich natürlich. Ich bin der Planer. Wenn ich das nicht mache, dann geht sowieso alles schief.

Nun sind wir hier natürlich nicht im Rheinland, und maskieren tut man sich in Hamburg eigentlich kaum, außer wenn man mal 'ne Bank überfallen will. Dennoch finde ich schließlich einen Laden, wo man solche Dinger bekommt. Papierwaren und Comics. Direkt neben der Uni. Die Studis gucken ja ein bisschen dumm, dass ich alter Knacker in ihrem Laden auftauche und in den Faschingsartikeln herumwühle, aber fragen tun sie auch nicht weiter. Schließlich entscheide ich mich für Dick und Doof. So was geht immer. Gibt auch gleich ein bisschen fröhliche Stimmung, wenn man in die Bank reinkommt, und es kommt gar nicht erst Stress auf.

Aber den Stress gibt es dann schon am Abend, als wir uns bei Bert treffen, um die letzten Einzelheiten zu besprechen. Das habe ich vielleicht noch nicht gesagt: Bert ist so ein langer dünner Typ, nicht gerade hochintelligent, aber dafür ein bisschen brutal – genau das, was man braucht, damit bei so einem Banküberfall gar nicht erst Irrtümer aufkommen. Dass jeder gleich versteht, dass man es ernst meint, und dass sie die Scheine rausrücken sollen, sonst kracht's.

Wie nun der Bert die Masken sieht, sagt er: »Du glaubst doch wohl nicht, dass ich das Ding da aufsetze? Ich hab zwar vielleicht kein Abitur, noch nicht mal Mittlere Reife, so wie deine Frau, aber deswegen bin ich noch längst nicht doof. – Nee, damit geh ich nicht los!«

»Hör mal«, sag ich also. »Das sind doch nur Masken, verstehst du das nicht? M-a-s-k-e-n! – Damit man uns nicht erkennt! Damit die Leute einfach g-l-a-u-b-e-n, dass das Dick und Doof sind, die da die Bank überfallen!« Man muss ihm jeden Buchstaben einzeln erklären. Manchmal begreift er es dann, manchmal nicht.

»Alles schön und gut«, sagt er also. »Die Leute glauben, wir sind Dick und Doof. Schön. Aber dann bin ich Dick und du bist Doof!«

»Bert«, sage ich. »Denk doch mal nach! Dick ist dick, daher der Name, aber du bist doch nicht dick, du bist eher dünn, wenn ich das mal so sagen darf.«

»Dünn schon, aber nicht doof!«

Dabei bleibt er. Also ist das Ende vom Lied, dass ich als Doof gehe und er als Dick. Vertauschte Rollen. Dadurch wird das Komikerduo natürlich noch ein bisschen komischer. Aber das gefällt mir nicht. Von Anfang an habe ich das Gefühl, man kann das auch übertreiben. Mit der lockeren Stimmung, meine ich. Wenn die in der Bank glauben, dass man nicht mal das mit den Masken richtig ernst nimmt, dann klappt nichts.

Als ich nach Hause komme, sieht die Sigrid gleich, dass was nicht stimmt. »Du bist so ernst heute!« – »Unsinn«, sage ich, aber es stimmt doch, und sie glaubt mir kein Wort. Wir sitzen den Abend vorm Fernseher, sehen irgend so eine Unterhaltungssendung, trinken Bier dazu, knabbern Erdnüsse, dass am Ende wieder der ganze Fußboden voller Schalen liegt, aber wir fühlen uns mies. Die Sigrid ist genauso nervös wie ich. Wenn ich jetzt ein falsches Wort sage, kriegen wir gleich wieder Zoff. »Du säufst und frisst hier rum, vernachlässigst mich und machst nichts im Haushalt!« Das hatten wir alles schon, das kann ich jetzt nicht brauchen. Ich sage nichts, aber ich kriege von der Sendung dennoch so gut wie gar nichts mit. Ich guck nur die ganze Zeit Sigrid an und unsere Wohnung, und ich denk: Wer weiß, wann du das jetzt alles mal wiedersiehst!

Am nächsten Morgen stehe ich pünktlich vor der Bank. 10 Uhr hatten wir gesagt, damit wir gleich nach der Öffnung hineinkönnen, wenn noch nicht so viel los ist. Aber natürlich kommt Bert zu spät, sodass ich vor der Bank auf und ab gehen muss und schließlich in die Parkuhr noch ein paar Münzen einwerfe, damit uns nicht der Wagen abgeschleppt wird, während wir drinnen sind. Genau da kommt Bert.

»Los!«, sagt er nur. Wir kleben also das Schild »heute geschlossen« an die Eingangstür, setzen unsere Masken auf, Bert zückt sein Schießeisen, und dann stürmen wir in die Schalterhalle. Wir haben Glück; außer den Bankleuten ist überhaupt noch niemand da. Die sehen uns also hereinkommen, lachen sich halb schlapp, können sich gar nicht wieder einkriegen, und ich denke, sicher drückt dabei jetzt schon irgend so ein Lacher auf irgendeinen Alarmknopf.

Erst als Bert ein großes Loch in die Decke schießt, dass die Splitter der Schalldämmplatten nur so durch den Raum flitzen und mir der Kalk in den Nacken rieselt, da beruhigen sie sich. Ich erkläre ihnen, dass wir hunderttausend Euro brauchen, jeder von uns, und dass wir hier nicht eher wieder weggehen, als bis wir das Geld haben. Zeitsperre hin oder her. Und um unsere Entschlossenheit zum Bleiben zu demonstrieren, zieht doch der Bert tatsächlich ein Wurstbrot aus der Tasche, aber er kann es dann doch nicht essen, wegen der Maske.

Der Kassierer macht sich also an die Arbeit, die anderen sitzen dumm herum, Hände in der Luft, so wie ich das angeordnet habe. Allmählich wandern Scheine über den Tresen. Fünfzigtausend haben wir schon, dann sechzigtausend. Keiner kommt herein, keiner versucht irgendwelche Tricks, und dann haben wir die ersten hunderttausend, und Bert schiebt alles in seine Aktentasche.

Allmählich merkt man, dass diese Bankmenschen unruhig werden. Sie stehen nicht mehr ganz so still da, nehmen die Hände schon mal halb runter und starren nicht mehr dauernd auf die Pistole. Bert merkt das auch; er wedelt also noch einmal mit dem Ballermann herum und brüllt, dass sie ja nicht glauben sollen, dass die Polizei kommt und sie hier heraushaut. Er hat schon zwei Bullen umgelegt, sagt er, und auf ein paar lausige Banker kommt es ihm überhaupt nicht an. Alles gelogen, aber da nehmen sie die Hände wieder höher. Vielleicht klappt ja doch noch alles, denke ich.

Und da passiert es dann. Plötzlich fliegt die Tür auf und zwei Bullen stürmen mit gezogener Pistole in die Bank, ein Mann und eine Frau, und Bert hat schon seinen Ballermann weggeworfen und die Hände in der Luft, bevor überhaupt jemand »Hände hoch!« schreien kann. Wir werden also entwaffnet, Handschellen klicken, die Tasche mit der Beute wird inspiziert, und damit sind wir am Ende. – Stutzig werde ich erst, als der eine Bulle zu den Bankern sagt: »Bitte gedulden Sie sich einen Moment, bis die Kollegen kommen. Die beiden Verbrecher werden gleich abgeholt!« Irgendwie kommt mir der Typ bekannt vor, und die Frau auch, dabei verkehren wir sonst nicht mit Polizisten. Jedenfalls schnappt der, der gesprochen hat, sich die Tasche mit dem Geld, und dann sind alle beide wieder draußen.

Mir bleibt der Mund offen stehen. – »Eh, halt! Das sind ja gar keine echten Bullen!«, schreit der Bert plötzlich los; das ist den Bankleuten wohl auch inzwischen klar geworden, aber zu spät. Und wir sitzen in der Tinte. Denn die Handschellen sind jedenfalls echt; da gibt es keinen Zweifel. Bert flucht wie ein Seemann, aber das hilft nichts. Eine Viertelstunde später ist dann die richtige Polizei da, mit Tatü-tata. Die Jungs lachen sich auch halb schlapp, genau wie die Bankleute vorhin, aber dann nehmen sie uns mit auf die Wache. So komme ich also nach Santa Fu.

Und jetzt bist du dran. – Ich darf doch Du sagen? Also: wie kann das nun passieren, dass genau eine Viertelstunde nach uns diese Gangster in dieselbe Bank stürmen? »Zufall«, sagt Bert, dieser Döskopp. Aber ich kann das nicht glauben. So was gibt's nicht. Bestimmt hat er mal wieder die Schnauze nicht halten können, im Suff vor irgendwelchen Kollegen, die er vom Knast her kennt, mit unserem Plan angegeben. Und da haben die dann einfach nur noch abgesahnt. Schade, dass ich nicht weiß, wer das war, aber vielleicht komme ich ja noch drauf.

Die Sigrid hat sich erst natürlich ziemlich aufgeregt, als sie von der ganzen Geschichte gehört hat. Aber inzwischen hat sie sich wieder beruhigt. Das Kleid, das hat sie sich nun doch noch gekauft. Und obendrein noch die Wohnung renoviert. Jetzt braucht sie ja erst mal nicht mehr für meinen Lebensunterhalt mit aufzukommen, und da spart man viel Geld, sagt sie. Auch kommt der Kurt jetzt öfter vorbei. Nett, dass der ihr ein bisschen hilft. Auch finanziell. Der ist immer gut drauf, hat auch ein neues Auto, einen Daimler. Und offenbar lässt der auch keine Nussschalen auf dem Teppich liegen. Jedenfalls höre ich keine Klagen.

Eigentlich ist es gar nicht so schlecht hier in Fuhlsbüttel. Man wird sehr gut versorgt; eine Brille habe ich auch gleich bekommen. Und ein netter Zimmernachbar hat mir inzwischen erklärt, wie man mit Kreditkarten viel Geld machen kann. Wenn einen keiner erwischt, natürlich. Und er hat sich bei der Geschichte, wie er selbst sagt, ziemlich dumm angestellt. Wenn ich wieder draußen bin, vielleicht probiere ich das dann mal. Oder ich werd Schriftsteller. Das hat mir gefallen, wie locker der Herr Alberts das hier bei der Lesung im Knast so alles vorgetragen hat. Da kann man bestimmt viel Kohle bei machen. Und was mein Talent angeht, der Herr Alberts hat mir da richtig Mut gemacht. Obwohl: Ein bisschen enttäuscht bin ich von dem ja auch. Erst hab ich ihm mit großer Mühe dieses Knacki-Foto besorgt, und nun will der Verlag das doch nicht drucken. Nur das Bild des Herausgebers. Oder vielleicht noch nicht mal das. Beschissen wird man überall.

Kai Engelke

Der Grabredner

»Er war tatsächlich das Arschloch, für das er sich selbst immer gehalten hatte.«

Grabinschrift in England

Da saß ich also an meinem Schreibtisch und formulierte meinen eigenen Nachruf. Eigentlich ging es mir ja ganz gut. An ein Dahinscheiden in naher Zukunft überhaupt nicht zu denken.

Jedenfalls fing alles damit an, dass ich mal wieder auf der Suche nach einem Job war. Nun verspürte ich allerdings keinerlei Lust, irgendwo morgens um sieben Uhr dreißig auf der Matte zu stehen, um irgendeine stupide Arbeit zu verrichten, die mich für den Rest des Tages lähmte und die ebenso eine beliebige andere Person an meiner Stelle verrichten könnte. Das alles kannte ich ja schon. Nein, nein, es sollte schon eine Tätigkeit sein, die mich nicht erstickte, etwas, das meine Phantasie forderte. Vielleicht draußen an der frischen Luft. Na ja, und ein paar Euro fuffzich sollte es natürlich auch bringen. Und wenn ich das Ganze möglicherweise sogar mit meiner Schreiberei verbinden könnte, Mann, das wäre echt das Größte!

Ich überlegte und überlegte, köpfte eine Flasche Bier und noch eine, rauchte meine Pfeife heiß und grübelte – und dann hatte ich's. Bei so viel Einsatz muss ja etwas Positives herauskommen. Genau! Das war es! Da gab es eigentlich nur eins: ich musste Grabredner werden!

Ohne gründliche Vorbereitung lief da allerdings gar nichts, das war mir sogleich klar. Ein paar griffige Formulierungen mussten her, paar aussagekräftige Zitate, am besten von Goethe.

So nahm ich also eine Tageszeitung zur Hand, blätterte nach hinten und tat das, was ich in solchen Fällen immer zuerst mache: Ich suchte die Seite mit den Todesanzeigen heraus. Mal sehen, hier:

Nicht klagen, dass du gegangen, sondern danken, dass du gewesen. Hört sich ja ganz nett an, aber: Klischee!

Oder hier: *Wer im Gedächtnis seiner Lieben lebt, ist ja nicht tot. Tot ist nur, wer vergessen wird.* Ich sage nur: Binsenweisheit!

Was ist das? *Denn ich bin gewiss. Römer acht Komma drei acht* ...da soll einer schlau draus werden!

Nicht klagen, dass du gegangen ...hatten wir schon!

Und hier: *Gekämpft, gehofft und doch verloren.* Wem nützt solch ein Spruch?

Nächste Seite: *Als die Kraft zu Ende ging, war es kein Sterben, sondern Erlösung.* Ja, ist sie nun gestorben oder nicht?

Denen hier ist gar nichts eingefallen, hier steht auch nix, aber hier: *Nicht klagen, dass du gegangen* ...das darf doch nicht wahr sein!

Im heiligsten der Stürme falle/ zusammen meine Kerkerwand. Und herrlicher und freier walle/ mein Geist ins unbekannte Land. Hölderlin. Na, das ist doch schon eher was, oder?

Als die Kraft zu Ende ging ... kennen wir.

Wo du jetzt bist, ist es besser – na ja, das ist die Frage.

Nicht das Freuen, nicht das Leiden stellt den Wert des Lebens dar/ immer wird nur das entscheiden, was der Mensch dem Menschen war. Das ist doch gut, das merk ich mir.

Gekämpft, gehofft ...war schon.

Dein Weg ist nun zu Ende und leise kam die Nacht./ Wir danken dir für alles, was du für uns gemacht. Primanerlyrik!

Ein gutes Herz hat aufgehört zu schlagen. Ein erfülltes Leben ist zu Ende gegangen. Na ja!

Es ist so schwer, wenn sich zwei Augen schließen. Zwei Hände ruh´n, die einst so viel geschafft. Erinnert mich fatal an diese verstaubten Lesebuchtexte aus den Fünfziger-Jahren: Mutter hat zweiundzwanzig Hände, zwei zum Waschen, zwei zum Trösten, zwei zum Backen, zwei zum Fegen, zwei zum Kochen, zwei zum Beten, zwei zum ...muss nicht sein, muss nicht sein!

Hier, das kann ich schon eher gebrauchen: *Ein ewig Gesetzliches vollzieht sich, weiter nichts, und dieser Vollzug, auch wenn er Tod heißt, darf uns nicht erschrecken.* Ja, ja, der alte Fontane!

Oder auch das hier: *Die Seele des Menschen gleicht dem Wasser: Vom Himmel kommt es, zum Himmel steigt es, und wieder nieder zur Erde muss es, ewig wechselnd.* Na, Goethe, sag ich doch!

In derselben Tageszeitung fand ich, zwischen Anzeigen für Bruchbänder und Türrenovierungen auch die Adressen von acht verschiedenen Beerdigungsunternehmern. Ich setzte also ein Schreiben auf, in dem ich meine besonderen Qualitäten als Wortakrobat rühmte und bot meine Dienste als konfessionsunabhängiger Grabredner und Spezialist für Nachrufe an.

Vier Tage später antwortete das erste Institut – »Pietät

von 1898«. Man bekundete sein grundsätzliches Interesse und lud mich zu einem Gespräch ein. Die Sache kam ins Rollen. Ich telefonierte, und wir verabredeten einen Termin für den folgenden Tag.

Natürlich erschien ich dort nicht in Jeans und Lederjacke, meinem ansonsten bevorzugten Outfit, nein, ich zog eine dunkle Stoffhose mit Bügelfalten an – ziemlich eng geworden im Bund, ein weißes Hemd, Jackett. Der Verzicht auf meine geliebten Cowboystiefel fiel mir schon bedeutend schwerer, aber was tut man nicht alles für das berufliche Fortkommen.

Um es kurz zu machen: Das Gespräch verlief erfolgreich. Herr Warnecke, der Seniorchef des Bestattungsunternehmens – Seit fünf Generationen Helfer und Ratgeber im Trauerfall, klimatisierte, hauseigene Trauerfeierhalle, stilvolle Aufbahrungsräume, kostenlose Infobroschüre –, Herr Warnecke also, erwies sich als umgänglicher Mann, dem meine Unbekümmertheit in Sachen Bestattungswesen offensichtlich gefiel. Auf seine Frage, wie ich mir meine Arbeit denn vorstelle, hatte ich ihm geantwortet: »Sie geben mir die Adresse des Trauerhauses, ich besuche die Leute und führe ein Gespräch mit ihnen, wobei ich mich natürlich sehr verständnisvoll und sensibel verhalten muss. Ich versuche, in Erfahrung zu bringen, was die Verwandten über ihren lieben Verstorbenen hören wollen, na und dann schreibe ich meine Rede und achte natürlich darauf, nichts Negatives, auch nichts Verletzendes für irgendjemanden der Beteiligten zu sagen.«

»Hört sich gut an, junger Mann!«, meinte Herr Warnecke lächelnd. »Wissen Sie was? Ich versuch's mal mit Ihnen.«

Ich war sprachlos, so reibungslos hatte ich mir die Sache nicht vorgestellt.

»Ach ja«, hakte ich nach, »was würde denn für mich dabei herausspringen?«

»Na ja«, überlegte Herr Warnecke, »so zwischen zweihundert und dreihundert Euro, je nach finanziellen Möglichkeiten der Kunden.«

Donnerwetter, ein sozial eingestellter Mann, dachte ich. Insgeheim rechnete ich schon: Zwei bis drei Beerdigungen pro Woche, da waren locker sechs- bis achthundert Euro drin – in der Woche! Meine finanzielle Misere konnte ich vergessen, das war nun endlich der so lang ersehnte Silberstreif am Horizont.

Noch während ich überlegte, präsentierte Herr Warnecke mir die erste Adresse.

»Hier, ein besonders interessanter Fall. Vielleicht so etwas, wie eine Herausforderung für Sie. Wenn's so weit ist, werde ich kommen und mir Ihren Nachruf anhören. Wenn alles in Ordnung ist – ich habe keinen Zweifel, dass Sie das schaffen –, dann können wir einen Vertrag machen, okay?«

Mit diesen Worten schob er mir einen handgeschriebenen Zettel zu: Rudolf Stachinski, Grethe-Weiser-Straße 23, stand darauf geschrieben. Jetzt wurde es ernst. Ich hatte jedenfalls meinen ersehnten Job, wenn auch auf Probe.

Noch am selben Tag rief ich bei der Familie Stachinski an, um meinen Besuch anzukündigen.

Ein Reihenhaus in einer Wohnsiedlung, typische Bauweise der sechziger Jahre. Mutig öffnete ich das niedrige, metallene Gartentor und ging forschen Schrittes auf das Haus zu. Klingeln, warten, Schritte, die Haustür wurde geöffnet, eine ältere Dame stand in der Tür, und nachdem ich mich kurz vorgestellt hatte, bat sie mich herein.

»Zunächst möchte ich Ihnen mein Mitgefühl …«, stotterte ich etwas unsicher, worauf mich die alte Dame fast unwirsch unterbrach: »Nun mal nicht so eilig, junger Mann! So weit sind wir ja noch lange nicht! Leider!«

»Wie bitte?«, murmelte ich.

Statt einer Antwort stieg sie die Treppe empor, wobei sie mir mit einer Handbewegung andeutete, ihr zu folgen Ich verstand überhaupt nichts mehr. Oben angekommen öffnete sie eine Tür, schob mich in ein fast völlig abgedunkeltes Zimmer, und schon war die Tür hinter mir wieder verschlossen, die alte Dame verschwunden.

»Man nicht so schüchtern! Nun kommen Sie schon näher! Setzen Sie sich zu mir!«, forderte mich eine männliche Stimme auf. Die Stimme gehörte einem verknitterten alten Mann, der in einem altmodischen Bett lag und mit verschrumpeltem Finger auf einen Stuhl wies, der neben seinem Bett stand.

»Mein Name ist Stachinski, Rudolf Stachinski, Jahrgang Null Vier!«, bellte der alte Mann mit einer Stimme, die erkennen ließ, dass ihr Besitzer es gewohnt war, anderen zu sagen, was sie zu tun und was sie zu lassen haben.

Mir verschlug die Situation jedenfalls fast die Sprache.

»Mein Gott, ich dachte, ich dachte ...«, stammelte ich.

»Tja, da haben Sie wohl falsch gedacht! Sie schickt also mein ehemaliger Freund Warnecke, dieser Halunke. Sie sollen meinen Nachruf schreiben, stimmt's?«

»Ja, das stimmt«, murmelte ich.

»Sehen Sie«, sagte er, »ich pflege meine Angelegenheiten selbst zu regeln. Was an meinem Grab gesagt und was nicht gesagt wird, das möchte ich schon gerne selbst bestimmen. Sie sind neu in diesem Metier, richtig?«

»Richtig! Es ist mein erster Job«, erwiderte ich, nun völlig verunsichert.

»Na ja, man keine Angst, junger Freund. Ich bin Ihnen ja

behilflich. Kann eigentlich überhaupt nichts schief gehen. Fangen wir also an. Sie müssen wissen, ich lege keinerlei Wert auf versöhnliches Geschwätz oder nachträgliche Beschönigungen. Das ist doch auch in Ihrem Sinne, oder?«

»Natürlich, das ist auch meine Meinung, keine Beschönigungen«, stotterte ich.

»Wissen Sie, ich möchte in meinem Nachruf nicht als liebenswerter Trottel dargestellt werden. Das nimmt Ihnen sowieso niemand ab. Worauf es mir ankommt, ist vielmehr eine Abrechnung mit all dem Pack, das mir das Leben vorsätzlich schwer gemacht hat. Ich möchte, dass an meinem Grab Klartext geredet wird, haben Sie das verstanden?«

»Verstanden ...«

»Da ist zunächst meine durch und durch üble und verdorbene Familie, meine undankbaren Schmarotzerkinder, meine garstige, streitsüchtige Frau, Sie ham sie ja gesehen, und mein Bruder, dieser haltlose Säufer, ein Verbrecher. Die alle müssen in meinem Nachruf so dargestellt werden, wie sie wirklich sind. Denen muss der Spiegel vorgehalten werden. Ich sagte ja bereits: keine Beschönigungen! Wenn die an meinem Grab die eine oder andere Träne zerquetschen: pure Heuchelei!«

»Ja, aber ich kann doch an Ihrem Grab nicht Ihre gesamte Familie beleidigen! Dann kann ich meinen Job ja gleich vergessen«, gab ich schüchtern zu bedenken.

»Den können Sie ohnehin vergessen, wenn Sie nicht tun, was ich Ihnen sage!«, krächzte der Alte mit schriller Stimme. »Ich bezahle Sie ja schließlich. Dann kann ich ja wohl auch erwarten, dass Sie Ihre Arbeit in meinem Sinne tun!«

Ich wagte nicht, zu widersprechen.

»Also, passen Sie auf! Als Nächstes ist da meine Firma. Die werden natürlich den gewaltigsten Kranz anschleppen, den die überhaupt auftreiben können, nur, um ihr schlechtes Gewissen zu beruhigen. Mein Prokurist beispielsweise, ein begnadeter Betrüger! Jahrelang hat er die Bilanzen gefälscht und mein Geld ins Spielcasino getragen. Dachte, ich merk's nicht, der Idiot. Da hat er sich aber getäuscht, der kleine Miesling! Sie werden ihn in aller Öffentlichkeit bloßstellen. Die nötigen Fakten dazu, auch in Bezug auf meine Familie, die liefere ich Ihnen. Das wird ein Auftritt! Schade, dass ich all die blöden Fratzen nicht mehr sehen kann, wenn's so weit ist! Wir sind uns also einig?«

»Ich müsste mal ganz dringend auf die Toilette. Durchfall, verstehen Sie?«

Misstrauisch musterte mich der alte Stachinski.

»Da gehen Sie mal auf den Flur und dann nach links, am Ende des Flurs, letzte Tür. Ich suche Ihnen in der Zwischenzeit einige wichtige Unterlagen heraus. Und dann erzähle ich Ihnen noch was über Warnecke, die Ratte!«

Ich verließ das Zimmer, schloss die Tür hinter mir, rannte hastig den Flur entlang, stolperte die Treppe hinunter, riss die Haustür auf und stürzte aus dem Haus, fluchtartig.

Gierig inhalierte ich die klare Abendluft, froh, dem Bannkreis des Alten entkommen zu sein.

Doch augenblicklich packten mich böse Zweifel. Sollte bereits mein allererster Auftrag zum Scheitern verurteilt sein? Wie sollte ich Herrn Warnecke gegenübertreten? Der würde mir keine zweite Chance geben, ganz sicher nicht. Nein, ich musste mich der Herausforderung stellen, es gab keinen anderen Weg! Also zurück zum Haus. Glücklicherweise stand die Haustür noch offen. So schlich ich die Treppe wieder hoch, fest entschlossen, dem natürlichen Lauf der Dinge ein wenig nachzuhelfen.

Denn eines war mir klar: ohne Leiche keine Trauerrede,

ohne Trauerrede keine Knete. Ohne anzuklopfen riss ich die Tür zum düsteren Zimmer des alten Stachinski auf und stürmte hinein.

»Mein Gott, was haben Sie mich erschreckt!«, keuchte der alte Mann.

»Herr Stachinski, das ist doch alles gequirlte Kacke, was Sie da von mir verlangen. Die große Abrechnung am Grabe! Lächerlich!«

Stachinski fuhr aus seinen Kissen hoch. Die wässrigen Augen weit aufgerissen, begann er mit seinen dürren Armen wild zu gestikulieren. »Junger Mann, was erlauben Sie sich? Sind Sie von allen guten Geistern verlassen? Sie arbeiten in meinem Auftrag! Merken Sie sich das!«

Seine Stimme war nur noch ein schrilles Krächzen, er begann nach Luft zu japsen wie ein Ertrinkender.

»Herr Stachinski, mein Entschluss steht fest: Ich werde an Ihrem Grab nur Freundlichkeiten sagen.«

Das war nun endgültig zu viel für den Alten. Er griff sich an die Brust, wobei er mich hasserfüllt musterte, erstarrte dann und kippte langsam nach hinten, wo er regungslos liegen blieb. Ich hatte die Situation fest im Griff. Ich verließ das Zimmer und ging nach unten. Dort erwartete mich schon die Dame des Hauses.

»Alles geregelt, Frau Stachinski«, sagte ich. »Wir seh'n uns auf dem Friedhof.«

Frau Stachinski lächelte.

In einem Punkt hatte der alte Mann wirklich Recht: Man sollte selbst bestimmen, was am eigenen Grab gesprochen wird. So setzte ich mich an meinen Schreibtisch und begann, noch vor dem Nachruf für Herrn Stachinski, meinen eigenen zu formulieren.

Vielleicht mit einem Zitat von Goethe …?

Anke Gebert

Zwei in einem Boot

Nur aus Liebe zu ihm saß Ellen in diesem Boot. Mit ihm – Jochen. Und ließ sich seit zwei Wochen beschimpfen.

Eigentlich hasste sie Paddeltouren, Campingurlaube oder Übernachtungen in Wohnmobilen. Das waren für Ellen Urlaubsformen, die keinen Stil hatten – etwas für Primitive. Bis sie ihn kennen gelernt hatte: Jochen. Von dem sie sich Dinge gefallen ließ, die sie sich von keinem Mann vor ihm gefallen lassen hatte. Ellens Bekannte kommentierten dieses Verhältnis mit »Liebe macht blind« und luden das Paar nicht mehr auf Partys ein. Ellens beste Freundin hatte besorgt gefragt, ob sie eventuell eine masochistische Ader hätte. Ellen strafte die Freundin dafür mit Kontaktabbruch. Seitdem war ein halbes Jahr vergangen.

Neuerdings kam es vor, dass Ellen sich gelegentlich dafür verachtete, wenn sie zuließ, dass Jochen sie erniedrigte. Und sie ertrug es zunehmend weniger, wenn er Leuten, die gar nichts darüber hören wollten, immer wieder begeistert dieselben Geschichten erzählte. Zum Beispiel diejenige darüber, dass er Geografielehrer sei und in seinem Beruf nur mit dämlichen Schülern zu kämpfen habe. Die Jugendlichen heutzutage wüssten nicht einmal, wo die Sonne auf- oder untergehe, geschweige denn, wo Osten oder Westen lägen. Wie kleinen Idioten würde er den Schülern die Windrose einpauken: Norden – Osten – Süden – Westen, die Eselsbrücke »*N*ie *O*hne *S*eife *W*aschen« – und das Ganze im Uhrzeigersinn – würde er ihnen beibringen. Ellen verschwieg lieber, dass sie zwar wusste, wie eine Windrose auf dem Papier aussah, jedoch in der freien Natur meist nicht bestimmen konnte, wo Norden oder Süden lagen. Jochen erzählte auch gern die Geschichte, wie er vor siebzehn Jahren dieses FDJ-blaue Paddelboot, in dem sie heute saßen, im Osten Deutschlands, in der ehemaligen DDR, gekauft hatte, weil es dort damals billiger, sehr viel billiger als im Westen gewesen war. Auf welche Weise er einen »dummen« Ossi gefunden hatte, der sehr versessen darauf gewesen war, sein läppisches Ostgeld 6:1 in Westgeld umzutauschen. Und Jochen so für das Boot umgerechnet nur einhundertachtzig Mark bezahlt hatte.

In diesem Boot saß Ellen nun seit zwei Wochen und paddelte um ihre Liebe und hatte manchmal das Gefühl, sich *um* ihre Liebe zu paddeln.

Als sie das Faltboot bei Hamburg aufgebaut hatten, um es ins Wasser zu lassen, hatte Jochen sie beschimpft, weil sie nicht gewusst hatte, wohin Sprosse 23 kam. Als Ellen mit ihren neuen weißen Turnschuhen, die sie eigens für diese Tour gekauft hatte, einsteigen wollte, schrie er sie an, ob sie ihm sein schönes Boot beschmutzen wollte und ob sie nicht wüsste, dass sogar Leute auf großen Segeljachten ihre Schuhe ausziehen würden. Als sie in Plau am See das Boot um die Elde-Schleuse herum trugen (sie schleppten das Paddelboot an jeder Schleuse außen herum, weil Jochen die Gebühren für die Schleusungen sparen wollte), war Ellen vom vielen Paddeln auf der langen Strecke bis hierher so erschöpft gewesen, dass ihr der Bug, den sie jedes Mal zu tragen hatte und in dem sämtliches Gepäck verstaut war, aus den Händen glitt. Ellen hätte sich beinahe auf die Knie geworfen, um Jochen um Vergebung zu bitten, doch dann hatte sie Abstand davon genommen, denn dies war der Moment gewesen, in dem Jochen sie das erste Mal als »dusselige Kuh« beschimpfte.

Inzwischen paddelten sie auf dem Plauer See, dem drittgrößten der Mecklenburger Seenplatte, und wie immer war Jochen es, der bestimmte, dass das Paar natürlich nicht auf einem der komfortablen Zeltplätze oder gar in einer der idyllisch am Wasser gelegenen Jugendherbergen übernachten würden, sondern einsam und abgelegen – im mitgeführten Igluzelt. Denn ansonsten, meinte Jochen, könne man ja gleich pauschal verreisen, und das wäre überhaupt nicht sein Stil – stil*los* wäre das –, etwas für Primitive. Ellen träumte sich bei jedem Paddelschlag in eines der Fünfsternehotels zurück, in denen sie früher mit ihrer besten Freundin Urlaub gemacht hatte – *all inclusive.*

Das Paar paddelte eine menschenleere Stelle an. Dichtes Gebüsch ragte dort bis ins Wasser. Jochen redete immer noch kein Wort mit Ellen, weil diese die Dreistigkeit besessen hatte, sein schönes Boot fallen zu lassen. Er unterstellte ihr, dass sie dies absichtlich getan hatte, denn er wüsste längst, dass sie sein Faltboot nie hatte leiden können …

Jochens Schweigen machte Ellen allerdings weniger als sonst aus. Sie sagte sich, dass sie mit jedem Paddelschlag dem Ziel, dem Ende dieser Tour näher kam. Bis zur Müritz, dem größten See der Mecklenburger Seenplatte musste sie diese Tortur noch durchhalten – und danach die gesamte Strecke nach Hamburg zurück. Ellen verdrängte den Gedanken an den Luxus einer heißen Dusche, denn das Wasser in den

Seen war kalt, so kalt, dass Jochen sich, im Gegensatz zu ihr, schon seit Tagen nicht mehr wusch.

Wenn Ellen sich am Anfang der Tour gelegentlich unvermittelt zu Jochen umgedreht hatte, hatte sie ihn dabei ertappt, dass er sich ausruhte und sie allein es war, die schon seit diversen Kilometern das Boot voranbrachte. Natürlich hatte sich Ellen nicht darüber beklagt. Momentan paddelte auch Jochen stark mit, vermutlich, damit er nicht erfror, denn die Sachen an seinem Körper waren genauso klamm wie die von Ellen. Sie hatten in den vierzehn Tagen, die sie inzwischen unterwegs waren, fast ununterbrochen Regenwetter gehabt.

Ellen zog die Socken aus und krempelte die Hose hoch, um das Boot mit Jochen an Land zu ziehen und dort an dem schmalen steinigen Ufer anzulegen. Sie bahnten sich einen Weg durch dichtes Geäst, zeckenverseuchtes Farnkraut und meterhohe Brennnesseln, um einen Platz zum Aufschlagen des Igluzeltes zu finden. Ellen beschlich heimliche Schadenfreude, als sie sich vorstellte, wie hier die Mücken in großen Schwärmen über Jochen herfallen würden. Ellen wurde seit ihrer Kindheit von Mücken gemieden, seit dem Tag, an dem sie ihren Vater zum Regenwürmerausgraben in einen dichten Wald begleitet hatte. Ellens Aufgabe war es damals gewesen, ihm eine mit schwarzem Waldboden gefüllte Konservendose bereitzuhalten, in die der Vater die Würmer, die er ausgegraben hatte, hineinwerfen konnte. In diesem dunklen höhligen Wald mussten Tausende Mücken gewesen sein, denn die damals siebenjährige Ellen wusste bald nicht mehr, welche sie zuerst verscheuchen sollte. Heimlich, denn ihr Vater duldete es nicht, wenn seine Tochter herumzappelte.

»Stell dich nicht so dusslig an – wegen der paar Mücken!« Das Summen um Ellens kleinen Körper klang damals immer aufgeregter, als könnten es die vielen Insekten selbst gar nicht fassen, wie viel Blut ihnen gerade zum Fraß vorgeworfen wurde. Irgendwann wurde das Jucken an Ellens Leib gleichmäßig, Minuten später störte es sie nicht mehr. Kurz danach fiel das Kind in Ohnmacht. Dabei fiel die Dose mit den Regenwürmern auf den Boden. Erst als der Vater seine Köder zum Angeln wieder eingesammelt hatte, trug er seine Tochter aus dem Wald hinaus. Im Tageslicht bemerkte er, dass ihr ganzer Körper stark gerötet und aufgedunsen war.

Seit diesem Tag wird Ellen von Mücken gemieden, so, als wäre ihr Blut durch die vielen Einstiche verseucht worden. Eigentlich müsste sie ihrem Vater dankbar dafür sein …

Ellen und Jochen bauten das Zelt auf schwarzem, morastigem Waldboden auf. Ellen erahnte, wie in der bevorstehenden Nacht die Kälte durch den dünnen Boden des Zeltes, durch die Isomatte und den Schlafsack in ihren Körper hinaufkriechen würde. Auch Jochen musste klar geworden sein, wie ungemütlich dieser Platz war, denn er schlug vor, vor dem Schlafengehen noch einmal hinauszupaddeln, um einen Ort zu finden, wo man unter Leuten etwas essen und trinken gehen konnte. Ellen war überrascht, nicht nur deswegen, weil er wieder mit ihr sprach, sondern auch deshalb, weil Jochen verkündete, sie zum Abendessen einladen zu wollen, etwas, das er noch nie vorher getan hatte. Jochen und Ellen hatten getrennte Kassen, wie es sich, seiner Meinung nach, für ein modernes Paar gehörte (was ihn aber nicht daran hinderte, sich öfter von Ellen Geld zu leihen, das er ihr jedoch nie zurückzahlte).

Wenn Jochen Alkohol trank, gab es Momente, in denen er

charmant sein konnte. Ellen hatte es also sehr eilig, ins Boot zu kommen.

Sie paddelten über eine Stunde lang, bis sie eine kleine Ortschaft fanden, in der es eine Gaststätte mit dem Namen »Zum Anker« gab. Das Paar hing seine klammen Pullover zum Trocknen über die Stühle. Selbstverständlich bestellte Ellen das billigste Essen, Spiegeleier mit Brot, damit Jochen nicht dachte, sie wolle seine Einladung ausnutzen. Jochen trank einen »Stonsdorfer« nach dem anderen zu seinem großen Rumpsteak mit doppelter Portion Champignons und Kroketten.

Zwei Einheimische gesellten sich zu ihnen an den Tisch und gaben mehrere Runden Kräuterschnäpse aus. Es dauerte nicht lange, bis Jochen seine Geschichte darüber erzählte, wie clever er gewesen war, als er vor siebzehn Jahren mit einem nach Westgeld gierenden Ossi ein »gutes Geschäft« gemacht und dadurch sein Paddelboot so billig erworben hatte. Unauffällig trat Ellen ihn unter dem Tisch gegen das Schienbein, doch Jochen wollte anscheinend nicht begreifen, dass man hier im Osten lieber nicht über Ossis, die, wie er laut sagte, niemals in ihrem Leben die Marktwirtschaft begreifen würden, zum Besten geben sollte. Jochen bemerkte auch nicht, dass einer der beiden Mecklenburger, derjenige mit dem schwarzen Oberlippenbart, immer näher an Ellen heranrückte, so nah, dass sie seinen Schenkel an dem ihren spürte. Ellen ließ es geschehen und trank erregt die vielen Schnäpse, die ihr der fremde Mann spendierte. Als dieser sich dann zur Toilette begab und sich in der Tür mit aufforderndem Blick zu Ellen umdrehte, ging sie ihm jedoch nicht nach, denn an diesem Punkt hörte für sie die Freundschaft, die deutsch-deutsche Wiedervereinigung, auf.

Nachdem der Mann an den Tisch zurückgekehrt war, fand der Abend ein zügiges Ende. Die beiden Mecklenburger bestanden darauf, Ellen und Jochen zum Abschied noch zu ihrem Paddelboot zu begleiten. Während des Abends hatten sie immer wieder Geschichten darüber erzählt, wie heimtückisch das Wasser des Plauer Sees sein konnte.

Bis zu dreißig Meter tief war das Gewässer an manchen Stellen, so tief, dass man sich von einer Stadt erzählte, die hier vor Hunderten von Jahren versank. Noch heute würden die Fischer mit ihren Netzen in der Turmspitze einer versunkenen Kirche hängen bleiben. Zu Ellens Verwunderung widersprach Jochen den beiden Männern nicht, obwohl er sie kürzlich erst belehrt hatte, dass dies eine Sage war, die man sich über den nahe gelegenen Plötzensee – und nicht über den Plauer See – erzählte. Die Männer hatten auch davon berichtet, dass plötzlich aufkommender Wind bereits so manches Boot zum Kentern gebracht hätte und es nachts auf dem Wasser so dunkel sei, dass man im Boot seinen Vordermann nicht mehr sehen könne. Jochen empfand die Geschichten in keiner Weise als beängstigend.

Die beiden Mecklenburger stießen Ellen und Jochen in ihrem Boot vom Ufer ab. Ellen war im selben Moment sicher, dass es die falsche Richtung war, in die sie nun trieben. Jochen jedoch ließ auf das Wort der beiden »netten« Einheimischen nichts kommen. Er wäre der Geografielehrer in diesem Boot, belehrte er sie, und als solcher wisse er, in welche Himmelsrichtung sie paddeln müssten. Ellen war froh, dass sie ihren dicken Pullover bei sich hatte, denn in dieser Nacht war es nicht nur sehr dunkel, sondern auch ungewöhnlich kalt. Jochen hatte seinen Pullover in der Kneipe vergessen und fragte Ellen, ob er den ihren haben dürfte.

Ellen hörte sich »Nein« sagen. Erst nach einer Stunde sah Jochen ein, dass sie vermutlich nie ans Ziel, in ihr kleines Zelt im abgelegenen Wald, kommen würden, wenn sie nicht endlich versuchten, sich in der Dunkelheit neu zu orientieren. Er befahl, zurück, weg vom Schilfgürtel, weiter auf den See hinaus, zu paddeln, damit sie von außen einen Blick auf die Uferzone haben und sich auf diese Weise eventuell an bestimmte Punkte zurückerinnern und so vielleicht herausfinden könnten, wo sich ungefähr ihr Zelt befand.

Starker Wind kam auf. Wie ein leichter Ball trieb das Faltboot auf dem Wasser. Natürlich gab Jochen Ellen die Schuld – für den vergessenen Pullover, für die falsche Richtung, für den Wind. Und wieder beschimpfte er sie als dusslige Kuh. Starke Windböen ließen Wellen gegen das Boot schlagen. Wasser schwappte über die Reling. War Ellen am Anfang der Tour um ihre Liebe gepaddelt, kam es ihr nun vor, als paddelte sie um ihr Leben. Weit entfernt entdeckte sie den großen Campingplatz, auf dem sie vor Stunden gern das Zelt aufgeschlagen hätte. Ein Lagerfeuer war dort am Verglimmen. Einige Lichtpunkte verrieten, dass in manchen Zelten noch Taschenlampen oder Kerzen brannten. Ellen und Jochen hatten also noch mehr als eine Stunde lang zu paddeln, um ihr Zelt in der abgelegenen Waldhöhle zu erreichen.

Nachdem sie zurück an den Schilfgürtel gelangt waren, glitt ihr Boot wieder ruhig durch das Wasser, wie durch eine schwarze bleierne Masse. Erschöpft sah sich Ellen zu Jochen um und bemerkte, dass er wieder einmal nicht mitpaddelte. Sie legte ebenfalls ihr Paddel über die Knie und sagte:

»Jetzt bist du dran! Wenigstens hier am Schilf wirst du ja wohl etwas tun können.«

Betrunken wie er war, bekam Jochen das Boot nicht vorwärts bewegt. Sie trudelten im Kreis, als wären sie in einen Wasserstrudel gekommen. Ellen begriff, dass sie diesen Mann die gesamten vierzehn Tage durch den Urlaub, durch die Gewässer der Mecklenburger Seenplatte, geschaukelt hatte. Und dies, obwohl Ellen diejenige war, die Paddeltouren hasste!

»Ach, Liebes«, hörte sie Jochen plötzlich lallend und schmeichelnd bitten, »sei doch nicht so gemein und paddel wieder.«

Es gefiel Ellen, dass er sie um etwas bat, das wollte sie noch eine Weile genießen und unternahm deswegen nichts. Erst in dem Moment, als das Boot zu schaukeln begann, bemerkte sie, dass Jochen angefangen hatte, sich hinter ihrem Rücken nackt auszuziehen.

Jochen ließ sich klatschend ins Wasser fallen. Erschrocken klammerte sich Ellen am Boot fest. Jochen tauchte wieder auf und keuchte, weil die Kälte seinem alkoholisierten Körper stark zusetzte.

»Dann zieh ich das Boot eben – und dich!«, rief er und schien fröhlich über seine Idee zu sein. Er hangelte sich an der Reling entlang zum Bug und zerrte das Tau ins Wasser. Einen Moment lang war Ellen überrascht und empfand es als amüsant, was er sich einfallen ließ, um ihr wieder gute Laune zu bereiten. Sie hatte Jochen noch nie so übermütig erlebt. Im nächsten Augenblick jedoch befiel sie panische Angst, weil sie sich fragte, wie es ihm gelingen sollte, wieder in das Boot hineinzukommen.

Jochen wickelte sich die Leine um das Handgelenk und schwamm schwer atmend ein paar Meter weiter, doch nach ein paar Zügen verließen ihn die Kräfte. Er war noch nie ein guter Schwimmer gewesen.

Ohne Vorwarnung hievte er sich seitlich auf das Boot, das unter seinem Gewicht sofort zur Seite kippte.

Ellen schrie auf.

Jochen rüttelte an dem Boot und befahl ihr, sich gefälligst anzustrengen, um das Gleichgewicht zu halten. Ellen hatte jedoch wesentlich weniger Körpergewicht als er, und so war es ihr unmöglich, gegenhalten zu können. Jochen ließ sich nicht davon abbringen, erneute Versuche zu unternehmen und stemmte sich immer wieder auf die schmale Kante des Bootes, um wieder auf seinen Platz zu kommen.

Es war die Sache eines Augenblicks, eines einzigen kurzen Schreies, als Jochen das Boot zum Kentern brachte.

Ellen kippte ins Wasser, hing mit den Füßen zwischen dem im Bug verstauten und durch das Kentern verrutschten Gepäck unter dem Boot fest. Jochen schwamm hektisch auf der Stelle und zerrte immer wieder ruckartig an der Leine, um sein Boot vor dem Untergang zu bewahren. Dadurch machte er es Ellen jedoch unmöglich, sich aus ihrer Fesselung lösen zu können. Irgendwann war sie so erschöpft, dass sie die Versuche, unter Wasser ihre Füße zu befreien, aufgab und wehrlos Augen und Mund öffnete. Einen Augenblick später lösten sich Gepäckstücke aus dem Bug, einige trudelten auf den Grund. Ellen trieb mit den restlichen nach oben.

Die Leine fest um sein Handgelenk geknotet, zerrte Jochen immer noch an seinem Boot, das jedoch stetig sank. Er war nicht ein Mal nach Ellen getaucht und schrie nun:

»Da bist du ja endlich! Nun hilf mir doch! Mein Boot geht sonst unter!«

Ellen schwamm los. In Richtung Zeltplatz. Ihre Beine hingen schwer im Wasser. Nur zentimeterweise kam sie vorwärts.

Plötzlich stieß sie mit den Füßen gegen etwas. Sie erinnerte sich an die versunkene Stadt, die tief auf dem Abgrund des Plauer Sees liegen sollte. Doch es war Jochens Boot, das an langer Leine beinahe zwei Meter tief unter Wasser dümpelte – immer noch mit dem Bug nach oben –, weil Jochen es nicht losließ. Ellen hatte den Impuls, dagegen zu treten, doch sie durfte ihre Kräfte nicht vergeuden. Unter großer Anstrengung zog sie ihre weißen Turnschuhe aus und schwamm weiter.

Jochen schrie ihr nach:

»Wo willst du denn hin? Du kannst mich doch hier nicht allein lassen! Du dusslige Kuh. Das wirst du mir büßen. Mein Boot, mein schönes Boot ...«

Fehlte nur noch, dass er in diesem Moment begann, seine Geschichte zu erzählen, wie er das Boot vor siebzehn Jahren von einem Ossi ... Ellen hatte den Impuls, sich die Ohren zuhalten zu wollen, doch sie brauchte ihre Arme zum Schwimmen. Zug um Zug – auf das Licht des kleinen, fast verglommenen Lagerfeuers auf dem noch weit entfernten Zeltplatz zu.

Plötzlich war Jochen dicht hinter ihr, klammerte sich an Ellens Rücken. »Ich kann nicht mehr«, keuchte er. »Du musst uns retten.«

Seine Last drückte sie unter Wasser. Die Bootsleine schnitt sich in Ellens Rumpf. Jochens Nacktheit ließ sie immer wieder abgleiten, wenn sie versuchte, diesen Mann abzuwehren. Er klammerte sich an ihrem Pullover fest. Langsam zog das Boot das Paar mit sich in die Tiefe. An Jochen jedoch zerrte es stärker, denn Jochen ging es über die Kräfte, gleichzeitig an Ellen und an seinem geliebten Paddelboot festzuhalten.

Er musste sich entscheiden, und er entschied sich für sein Boot. Als er einen Moment lang von Ellen abließ, tauchte sie auf und schwamm weiter. Zug um Zug. Zentimeter für Zentimeter. Sie hörte Jochen nicht noch einmal nach ihr rufen. Jochen versuchte, sein Boot nach oben zu ziehen. Doch es riss ihn mit – mit jedem Zentimeter schneller in die Tiefe. In die versunkene Stadt.

Ellen schwamm. Sie wunderte sich darüber, dass sie ausgerechnet in diesen Momenten begann, über banale Dinge nachzudenken. Darüber zum Beispiel, dass sie froh war, den dicken Pullover bei sich zu haben. Darüber, ob sie es wagen sollte, nachts an fremde Zelte zu klopfen und um Hilfe für Jochen zu bitten. Und darüber, auf welche Weise man eigentlich an Zelte klopfte …

Ellen wartete am Ufer bis zum Morgen. An der restlichen Glut des Lagerfeuers hatte sie sich wärmen können und ihren Pullover getrocknet. Als die Sonne aufging, lag das Wasser silbrig-grau da. Auf dem ganzen See waren kein Mensch und kein Boot zu sehen. Ein Möwenschwarm segelte über eine Stelle weit draußen und stürzte sich plötzlich mit Geschrei auf die Wasseroberfläche.

Ellen zog ihren Pullover über und ging ein paar Meter in den See hinein. Nachdem sie sich umgesehen hatte, tauchte sie einmal unter. Auf den ersten Menschen, der verschlafen aus seinem Zelt kroch, um in der Frühe zum Angeln hinaus zu fahren, lief sie zu. Aufgeregt erzählte sie, dass sie und ihr Freund gekentert seien. Es gelang ihr zu weinen. Der Angler, ein freundlicher Sachse, schenkte Ellen Geld für die Telefonzelle. Aufgeregt telefonierte sie mit der Polizei, rief in den Hörer, dass dringend jemand nach ihrem Freund und seinem Boot tauchen müsse. Sehr genau könne sie die Stelle jedoch nicht mehr beschreiben, weil sie so lange um ihr Leben geschwommen sei …

Bald darauf rief Ellen ihre beste Freundin an, diejenige, mit der sie wegen Jochen seit fast einem halben Jahr nicht gesprochen hatte. Ellen sagte, dass sie dringend Urlaub bräuchte und fragte die Freundin, ob diese sie begleiten wolle – bei einer Kreuzfahrt, *all inclusive.*

Nina George

Bitter Blues Bergkamen

»Ganz ruhig«, raunte er ihr zu. Seine Stimme hörte sich an wie ein Teppichschneider, der durch Pappkarton fräst. Der Killer umfing die rechte Brust des Mädchens und drängte sie mit der anderen Hand auf ihrem Steiß, sich weiter vorzubeugen. Er stand hinter ihr, seine schwarzen Lederstiefel an ihren Füßen mit den 12-Zentimeter-Stilettos, zwang sie mit gespreizten Beinen hilflos dazustehen. Vornübergebeugt, nur er hielt sie, griff höher, rückte ihre linke Schulter in Position, bog ihren nackten Rücken noch tiefer. Sie sah aus wie ein geschwungenes S. Mit Nichts als der Augenbinde am Leib. Ihre Pobacken zitterten. Zitterndes Fleisch in der Farbe von Grießbrei. »Ruhig«, befahl er. Er mochte es, wenn sie Angst hatte. Er würde mit seiner Zigarette eine glühende Kirsche auf ihren Grießbrei-Po setzen, wenn sie nicht aufhörte, zu zappeln. Er spürte, wie er zerfloss, je ruhiger sie wurde. Fast wie tot. Gut so. Das liebte er.

Und er liebte Schuhe, wenn sie Frauen trugen. Auf der Suche nach einer Frau mit den richtigen Schuhen war er im »Mirabelle« gelandet, einem intimen Klub an der B233 in Unna. Hinter der Bar mischte man Cola mit Rum, Cola mit Whisky und Cola mit Bier, in den schwarzen Klubsesseln taten Familienväter so, als ob die Halbwelt ihnen diente. Der Chef mit dem rasierten Schädel und den friedhofserdebraunen Augen eines Minnesängers hatte ihm zugenickt und

Separee, Perrier und Mädchen samt Schuhen serviert. Man erkannte sich, ohne sich zu kennen.

Doch das hier war alles nichts gegen Bangkok. Da war sein letzter Job gewesen, und, ja, die Mädchen dort wussten genau, was er meinte, wenn er auf Thai sagte, dass sie verdammt noch mal ruhig bleiben sollten. Weil sonst ihre Perlzähnchen wie blutige Kirschkerne über den Fußboden rollen würden. Hier, in Deutschland, lief das alles anders. Die Sache mit dem toten Politiker in der Badewanne war nicht geplant gewesen, damals. Er hatte niemals nach Deutschland zurückkehren wollen. Aber der Preis war in Ordnung.

Er war dieser Frau, die er abstellen sollte, von Bangkok aus gefolgt. Im Flugzeug saß er hinter ihr und beobachtete sie beim Schlafen, sah, wie sie aufwachte und gähnte wie ein Kind oder ein ganz besonders kleiner Hund.

Kurz dachte er, wie es wäre mit ihr abzustürzen, in den Datteln-Hamm-Kanal. Sie würden zwischen Plastikmessern und Plastikbrötchen schwimmen, zwei Plastikherzen auf den Wellen. Von Düsseldorf folgte er ihr weiter, sah ihr beim Leben zu. Sie fuhr zu schnell und sang *»Route Sixty-six«*. Sie hatte einen Trolley in Pink und lachte viel zu laut.

Worum es bei dem Job ging, war ihm gleich. Sein Agent hatte etwas dahergemurmelt, als er ihm ihr Dossier hinschob: Geografisches Gutachten verhindern, Wohnen am Wasser, Zeche Haus Aden, Werk abreißen, Geldmaschine.

Wen schert's?, dachte der Killer, zog sich von dem Mirabelle-Mädchen zurück. Sollten sie doch ihr Zuhause auf schwankenden Schollen bauen. Zuhause. Was war das?

Er nahm die Zitrone aus dem Perrier und biss hinein. Er verabscheute Alkohol.

Er liebte Schuhe, er hasste Schmutz, er liebte Audi. Den Leihvertrag hatte er als Mark Turin unterschrieben. Sein richtiger Name lautete anders, er hatte ihn mittlerweile vergessen. Für Bergkamen war er Mark Turin. Für alle anderen ein Killer, ein Cleaner, ab 30000 Dollar konnte er arbeiten, keine Ausnahme. Kinder, Hunde, Mütter: Keine Ausnahme. Kleine Hunde konnte er auch nicht leiden. Spontane Kontaktallergie. Ekelhaft. Die Tiere mussten ihn bloß streifen, schon bekam er Durchfall. Herpes, Durchfall und Sodbrennen. Na gut, eine Ausnahme gab es. Er würde keinen Bluesmusiker abstellen.

Als er seiner Kundin folgte, wurde er auf dem Westenhellweg auf der Höhe des Kraftwerks Heil von zwei tiefer gelegten Kleinwagen mit doppelten Auspuffrohren überholt. Dreck spritzte auf den Wagen. Der Killer hielt, stieg aus, um auszuspucken. Widerliche Raser. Das schöne Auto. Sah aus wie durch den Ventilator beschissen. Dann registrierte er ein Schild zu einem katholischen Friedhof. Wenigstens mussten sie die Leute nicht weit tragen, dachte er, wenn sie sie von der Straße kratzten, und lachte in den Himmel. So voller Leben, dass es ihn anwiderte. Und ihn darauf brachte, dass er innerlich tot war, und nur vergessen hatte, zu sterben. Es spürte den Blues, das Einzige, was ihn aufrecht hielt, ein bitterer Blues.

Unter den Sternen der Abenddämmerung flogen Graugänse über die Halden-»Alpen« am Großen Holz nach Süden, an einem Förderturm des stillgelegten Monopol leuchteten zwei Schmucklampen in die Nacht. Wie Augen, zwei ruhige, tote Augen, brav so, komm her, Sohn, missratene Brut, deine Mutter ist tot, aber sie will, dass du sie küsst. Danach sind wir allein, du und ich, du bist so verblüffend misslungen, mein Sohn, dass es besser wär, sie würden dich zu deiner Mutter ins Grab legen. Auf dem Friedhof, da gleich rechts. Der Killer kontrollierte, ob er einen Spontanherpes bekam. Ja. Die Bläschen begannen zu wachsen. Sie blähten sich auf, im Radio vergewaltigte ein Mann »*Sway*« zu einem Schlager, »*Deine Liebe, die ist zuckersüß ... Deine Lippen sind so kirschenrot ... und ich flüster dir zärtlich ins Ohr: ›Ich will nie von dir gehen ...‹*«

Das fing ja gut an. Der Killer wechselte den Sender und landete bei WDR 5. Mordsberatung. Die müssten ihn mal einladen. Dazu könnte er was sagen: wie es war, jemandem das zuckersüße Lächeln aus dem Gesicht zu schneiden. Stattdessen spielten sie »In the Midnight hour«.

Der Killer hörte zu und ertappte sich dabei, wie er im Rhythmus an seinem Herpes kratzte. Die Frau – seine Kundin –, seine Kundin war weg, doch er wusste aus ihrem Dossier, dass er sie im Bergmannsviertel in Schönhausen finden würde. Morgen. Er stellte sich vor, wie sie es morgen begreifen würde, dass heute ihr letzter Abend gewesen war. Vielleicht gab er ihr zwei Abende. Dieser Hannah-Marthe, fast wie Mata Hari. Doch vorher würde er ein Hotel nehmen, ein ruhiges, nur nicht auffallen.

***

Der Wirt des Hotels Schmülling, Markus Klingebeil, händigte dem Fremden, der sich nicht vorgestellt hatte, aber eine blutige Stelle an der Oberlippe hatte, den Schlüssel zum mittleren der drei Gästezimmer aus. Das mit den Spiegel überm Bett, gerade so, dass man im Stehen seinen Nabel betrachten konnte. Der Mann trug Armani und sah aus, wie jemand, der kleine Dinge in großen Vitrinen sammelt. Klingebeil hatte den Mann kommen sehen, als er mit Lieselotte, seinem Jack-Russell-Terrier, vom Sportplatz hinter seinem Landgasthof an der Landwehr zurückgekehrt war. Lieselotte mochte keine Fremden, sonst, aber wedelte verzückt mit ihrem Minipli.

Der Fremde hatte die Felgen des A8 mit einer Zahnbürste gereinigt, und eine halbe Stunde später das *Schmülling* betreten. Ob es hier ruhig sei? Klingebeil hatte mit den Schultern gezuckt. So ruhig es ging, wenn man samstags die Skatklopper, mittwochs den Blues-Greg, donnerstags den Männerchor, freitags die Kegler im Saal hatte. Bei Blues hatte etwas gezuckt am Mund des Fremden, und er hatte aus seiner linken Hemdtasche einen sandwichdicken Stapel Fünfeuroscheine gezogen, 21 abgezählt und gesagt: »Drei Nächte«. Lieselotte war um seine Beine gestrichen, und Klingebeil meinte, die Gänsehaut auf den Wangen des Fremden wachsen zu sehen wie Schimmel auf Marmelade.

Armani errötete, als *sie* hereinkam. Hannah. Klingebeil hatte die Geologin seit einem Jahr nicht gesehen, sie war nach Asien gegangen, jetzt stand sie vor ihm mit ihrem Lachen aus Windspielklängen. Armani wich zurück, und Klingebeil fragte sich, warum er das Gefühl hatte, dass der Mann sich auflöste. Nur Lieselotte, das verliebte Tier, bemerkte, wie der Fremde aus dem Gasthaus glitt und nichts hinterließ außer einer Vermutung, wie er wohl ausgesehen hatte. Sie ließ ein kleines trauriges, schnaubiges Hundeseufzen hören, legte das Köpfchen auf die Pfoten und starrte auf die Tür hinterm Vorhang, durch die der Fremde verschwunden war.

Der Killer hatte sich so lange nicht beruhigen können, bis er in Unna auf das »Mirabelle« gestoßen war, um sich weit nach drei Uhr morgens auf den Weg nach Bergkamen zu machen. Er verfuhr sich drei Mal, so echauffiert war er, als ihm einfiel, was im *Haus Schmülling* passiert war. Sein Magen produzierte Schleim und andere unbehagliche Dinge, der Herpes schien ihn über das ganze Gesicht zu wachsen. Er wendete bei Schering, übergab sich fast, weil es dort nach abgeschnittenem Fußnagel im Aschenbecher roch. Als er den

Augen der Zeche Haus Aden folgte, kamen ihm 13 Polizeibullis entgegen. Machten sie wieder ihre Übungen, das MEK, all die Jungs, die moralische Unbedingtheit forderten. Aber die, die machten ihm keine Sorgen. Die nicht. Nur sie, mit den Smaragd-Augen und dem Lachen, er musste im Gastraum zu dicht an ihr vorbei, an ihr und dem – Hund. Über der Kasse drückte sich *»The Thrill is gone«* in den Raum, und Töten war leichter als zu lieben, und liebte er nicht mehr das Töten als sie? Sie, Hannah, die das Leben war und er der Tod?

Sie war nichts weiter als eine Kundin, ein Job, eine Überweisung auf sein Konto, nein, sie war nicht die Zukunft, auch wenn es sich so anfühlte, dort, wo er dachte, es sei gestorben, als seine Mutter ging und sein Vater mit ihm wegfuhr, nach Norden, weiter, siebzehn Stunden, und ihn an einer Raststätte vergaß, Rhynern, Autobahn 2. Jetzt wusste er seinen Namen wieder, sie nannten ihn Rhy, das reimte sich auf Shy. Sie, die Männer, die ihn mit nach Dortmund nahmen, wo er sich einen neuen Namen machte. Zum ersten Mal seit 40 Jahren spürte er sein Herz, wo andere bei ihm eine präzise Feinunzenwaage vermuteten. Endlich fand er das *Schmülling* wieder.

Er schloss sich ein. Er schlief und träumte von dem fünfjährigen Jungen, der an der Raststätte Rhynern stand und in dem Rutsche-Häuschen auf seinen Vater wartete. Drei Nächte und Tage lang, bis diese Männer, von denen er die Musik und das Töten lernte, ihn mitnahmen. Es war 40 Jahre her. Er konnte nicht weinen um sich, es blieb grau in jeder Faser, die er war. Er beschloss, Hannah zu töten. Bald.

Der Killer war der einzige Gast, sein Frühstück – Schwarzbrot Käse Senf Spiegelei – stand am Kopfende des Stammtisches. Lieselotte war seine einzige Gesellschaft und schaute ihn an, als ob sie wirklich ihn meinte, und nicht den Geruch von Fett und Ei. Er fütterte sie mit einer Gurke. Sofort wurde seine Hand rot und die Haut sah aus wie das Ei von unten. Auf der Suche nach den Toiletten strandete er im Saal des Gasthofes. 50er-Jahre-Stil, die Säulen wie ein Kirchenschiff, Sargmokka, Dielen, Bühne. Als er die kleine Discokugel in der Mitte unter der Decke schweben sah, fühlte er wieder das Pochen in seiner Brust. Hannah, Hannah, Hannah.

Hannah wohnte dort: in einem dieser kleinen, grauen, zweistöckigen Häuser mit Vorgarten und Fensterläden, in der alten Bergmannskolonie. Er hatte den Audi in der Hansemannstraße abgestellt und stellte sich vor, dass Hannah – Kundin, missratene Brut – die Kundin in ihrem Jungmädchenzimmer schlief, mit Plüschtieren und Spieluhr auf der Kommode, die »*Summertime*« spielen würde. Sie würde ihre geologischen Unterlagen sichten. Sie würde darauf kommen, dass der Boden in Bergkamen absackte, zwölf Meter, und dass die Gegend um Haus Aden keine gute Baulage wäre, dann würde Hannah … Hannah würde gar nichts mehr. Der Killer knibbelte an seinem Herpes-Schorf.

Als sie dann plötzlich hinter ihm stand und ihn fragte, was genau er dort betrachtete – die Unterwäsche ihrer Mutter auf der Leine vielleicht? –, spürte er das Brennen. Das war nicht der Magen. Das war höher, da wo es nie warm geworden war. Was tat sie hier? Sie war Langschläferin, das stand im Dossier!

»Ich bin Stadtarchivar«, sagte er, als ihm einfiel, dass sie eine Frage gestellt hatte. Nur, was für eine war das gewesen? Hannah, ihre Augen, ihr großer Mund, die kleine Nase, der Hals, der dafür gemacht schien, ihn in der Oper spazieren zu tragen.

»Sind Sie nicht«, sagte Hannah.

»Nein?«, fragte er, obwohl er die Antwort kannte.

»Nein. Sie sitzen mir seit Bangkok im Nacken und denken, ich merk das nicht. Suchen Sie jemanden für einen Film?«

Nein, Hannah, ich muss dich abschalten, dachte er. »Ja.« Sagte er.

»Lassen Sie das. Oder verabreden Sie sich mit mir. Männer, die auf der Fußmatte warten, bis ich über sie stolpere, kann ich nicht leiden. Und Männer, die darüber reden, mir einen Stern vom Himmel zu holen anstatt ihren Arsch hochzukriegen und ihn gefälligst runterzuholen, kann ich auch nicht leiden. Entweder handeln Sie oder gehen Sie.« Er ging.

Er hatte in seinem Leben 38 Jobs erledigt. Hannah würde die 39 sein.

Er musste etwas gegen den Herpes tun, wenn sie er sie anrief, um sich mit ihr zu verabreden. Zu einem Rendezvous. Mit der Endlichkeit.

Was wollen Frauen bei einem Rendezvous und wo ist die nächste Apotheke?

»Urin hilft«, sagte die Apothekerin, und er fragte sie, ob sie für ihn in eine Ampulle pinkeln könne, doch das wollte sie nicht. Wohin könnte er Hannah ausführen? Das »Mirabelle« kam nicht recht in Frage. Und was sollte er mit ihr reden? In einem Buchladen entdeckte er ein Buch. Dating-Knigge. Von einer Frau mit so süßlichem Lächeln, von dem er schon beim Hinsehen Diabetes bekam. Er wusste nicht, ob er es öffnen durfte oder ob er dann zum Kauf verpflichtet war. »Kaufen Sie das nicht!«, sagte der Buchhändler. »Wenn Sie eine Frau beeindrucken wollen, seien Sie ganz Sie selbst.« Ja, ha. Genau. Prima Idee. Der Killer spürte, wie es in seinem Bauch kollabierte.

»Ich habe meiner Frau 200 Baccararosen geschenkt und

auf den Knien um ihre Hand gebeten. Sie saß schwanger in der Badewanne, ich mit nackten Knien auf den Kacheln. Ja, haaa, und immer bezahlen bei den Verabredungen, nicht dass die Damen denken, Sie sind geizig. Und sie mögen es, wenn man Krümel im Gesicht hat, die sie wegwischen können. Mutterinstinkt! Sie müssen den Mutterinstinkt ansprechen, und die begehrende Frau, wenn Sie verstehen. Deswegen muss man sie nach dem Sechs auch in den Arm nehmen.«

Davon hörte der Killer zum 1. Mal. Und er brauchte eine Weile, bis er begriff, dass mit Sechs Sex gemeint war. »Sie haben da was im Gesicht«, sagte der Buchhändler, zum Glück hatte der Killer seinen Revolver im Hotel gelassen, in der Kommode. Sonst hätte der Buchhändler nichts mehr im Gesicht gehabt.

Auf der Suche nach einem Blumenladen verlief sich der Killer in eine Seitengasse. Hellweg. Hell wie Hölle, oder hell wie Licht? Warum wuchsen Baccararosen nicht an der Straße? Bei *Wal-Mart* hatten sie nur Tulpen in raschelndem Plastik, die aussahen wie die Plastikmesser im Flugzeug. Durch die Regalreihen schwebte die alte Tante Dean Martin, *»I want some red roses for a blue lady«*. Dem Killer fehlten 50 Cent für die Toilette. Er nahm eine Cherry Cola, riss die Dose auf. An der Kasse rammte ihm ein Rentner im Cordanzug, Turnschuhen, Gehhilfe und Henry-Kissinger-Brille den Wagen in die Hacken. Die Cherry-Coke ergoss sich über das Hemd des Killers. Es sah aus wie Blut. »Passen Sie doch auf«, sagte der Cordmann, fuhr ihm den Wagen noch mal über die Schuhe. Der Killer verspürte den dringenden Wunsch, dem Mann die Füße abzuschneiden, die Turnschuhe als Rosenvase zu verwenden.

Hannah stand nicht im Telefonbuch. Eine Taube hatte ihm auf die Scheibe des Audi geschissen und auf das Türschloss.

Es gab keine Reinigung, die sein Hemd in einer Stunde fertig haben konnte. Im *Kaffeegarten* fragte er nach einem Latte Macchiato, das Tresenmädchen sagte Ja, überlegte es sich aber auf dem Weg zum Tresen, und behauptete, so etwas hätten sie hier doch nicht. Er nahm eine Cola. Er zutschelte sie durch einen Strohhalm, der ihm zwischen den Schneidezähnen hängen blieb, und wie ein Stromkabel hin- und herpeitschte. Er zuckte, dabei sprang ihm der Knopf vom Jackett und offenbarte das Fleckenelend. Reife Damen mit Fell-Hütchen beobachteten ihn und tuschelten. Bergkamen hatte sich gegen ihn verschworen.

Er würde Hannah ein Taxi schicken. Und sie zu Greg's Bluesnight im *Schmülling* einladen. Sie würden essen, tanzen, reden, und dann würde er sie umbringen. Aber erst nach den Krümmeln und dem Kuscheln.

Markus Klingebeil hatte es sich nicht genau überlegt, was er den Fremden fragen würde. So was wie »Hätten Sie gern Gemüse oder Kroketten zu Ihrem Saltimbocca, und, ach ja, wollen Sie Ihren Revolver nicht lieber im Safe aufbewahren, statt in der Nachttischschublade, neben der Bibel, das beißt sich doch?«

Nein. Es ging ihn nix an. »Was machen Sie eigentlich beruflich?«, fragte er stattdessen. – »Ich bin Krimiautor«, sagte der Killer. – »Und Sie sind hier zum Recherchieren?« – »Nein. Zum Klauen.« Klingebeil lachte, und es waren noch 9 1/2 Stunden, bis das Taxi Hannah holen würde, zu ihm, und sie dieses Haus erst wieder mit dem Füßen voran verlassen würde.

Sie kam tatsächlich. Trug ein blaues Kleid, weiße Pünktchen, weiße Schuhe, Knöchelriemchen. Der Killer hatte sich zwei Mal rasiert, und alle drei schwarzen Armani-Anzüge anprobiert und sich gefragt, in welchem er mehr nach

Krimiautor denn nach Killer aussah. Es half nichts. Er sah aus wie er selbst.

Hannah war da, er würde mit ihr sprechen, sie ansehen, die letzten Stunden ihres Lebens bei ihr sein. Sie würde glücklich sterben, versprach er sich.

»Hannah Holm«, sagte sie, reichte ihm die Hand, und er deutete einen Handkuss an. »Ich weiß«, sagte er. »Ich heiße Rhy.«

Er benahm sich so, wie er es in Schwarzweißfilmen gesehen hatte. Rückte ihr den Stuhl zurecht, goss ihr nach und zündete ihre Zigarette an. Sie aßen, und sie sprach, und er schaffte es, an den richtigen Stellen zu nicken.

»Und was treibt Sie nach Bergkamen?«, fragte sie, nachdem ihre Finger seine berührt hatten, als er ihr Feuer gab. Es war die zärtlichste Berührung, die er je empfangen hatte. Das war der Moment, als sich der Killer in das Mädchen verliebte. »Sie«, sagte er, und er sah, dass sie es glaubte.

Als der Mann Hannah in den Saal führte, schlüpfte Klingebeil durch die Schwingtür, hastete hinauf in das mittlere Gästezimmer. Er hatte das Gefühl, dass der Revolver besser bei ihm aufgehoben war, falls Hannah sich entschließen sollte, mit dem Fremden zu gehen. Verlieben war ihre Lieblingsbeschäftigung. Klingebeil schob sich den Revolver hinter seine Küchenschürze.

Die Bluesband spielte sich die Seele rau. Der Killer genoss es, Hannah an seinem Körper zu spüren, und er stellte sich vor wie es wäre, Stadtarchivar zu sein oder Krimiautor, und Hannahs Mann. Sie würden Kinder bekommen mit Hannahs Augenbrauen, die wie Flügel von Kolibris emporzuckten, wenn sie erstaunt war oder lachte. Kolibrikinder. Er begann, in ihr Haar zu flüstern, das nach Kokos roch, nach Zukunft und nach ihr. »Ich kann dir nichts als Liebe geben.

Flieg mich zum Mond, wir spielen unter den Sternen, nimm meine Hand. Du nahmst den Teil, der einst mein Herz war, nimm jetzt alles von mir …« Er wagte es, ihre Schläfe zu küssen, so weich, die Welle an Glück ließ ihn schwanken, sie hielt ihn. Endlich hielt sie ihn, dann küsste sie seinen Mund.

Es war der erste richtige, freiwillige Kuss seines Lebens. Sie wiegte sich zu den Worten hin und her, »*Sunny*« perlte es von der Bühne, Tonart um Tonart höher, bis sie ihn von sich schob, gerade als er flüsterte, »mein Leben war lose wie Sand, dann formte sich ein Stein als meine Hand deine fand …«, und sah ihn fassungslos an. »Das sind Songtexte«, sagte Hannah. »Sie zitieren Lieder?«

Ja. Er konnte nur aus dem zitieren, was er gehört hatte, denn was er fühlte, war nichts, was er mit Worten beschreiben konnte. Es war ein schlechtes Zeichen, dass sie zum Sie zurückgekehrt war, das spürte er. »Ich liebe Sie«, sagte er. Er würde mit Hannah gehen bis ans Ende der Welt und bei ihr bleiben, weil sie die Reiseleiterin des Lebens war. Vorher müsste er sie nur schnell umbringen. Oder vielleicht auch nicht. »Tun Sie nicht«, sagte Hannah und stand still da, während die Discokugel direkt über ihr Sterne über ihre ihren großen Mund flanieren ließ. »Doch«, sagte der Killer, und überlegte, wenn er liebte, aber sie umbrachte, dann wäre sie tot, aber er könnte sie immer lieben; ließe er sie los, sie würde gehen, würde es ihn umbringen.

Hannah machte sich von ihm los, doch seine Hände griffen fest zu. Fester, als beabsichtigt. Als sie sich von ihm wegdrückte, griff er nach beiden Enden des Halstuches und zog. Ein Reflex. Konnte sie nicht ruhig in seinen Armen bleiben, so wie eben noch? »Ganz ruhig«, bat er sie, bitte, sie sollte ruhig bleiben. Hannahs Augen wurden größer und grüner, und er wiederholte, dass sie ruhig bleiben sollte, ganz ruhig, dass er sie liebe, tot oder lebendig, aber lieber lebendig, dass er das Leben wollte, sie, und Kinder, und kleine Hunde und Taubendreck. Hannah legte ihre Hände auf seine, zart, nicht drängend. Verstand sie? Er nahm aus den Augenwinkeln wahr, wie Klingebeil die Treppe in den Saal hinabsprang. Er drehte sich halb zu ihm um. Klingebeil lief direkt in ihn hinein, um ihn von Hannah wegzustoßen. Sie sank langsam zurück, wie ein Pinguin, der ein Flugzeug beobachtet und nach hinten kippt, ihre Hände strichen mit unendlicher Behutsamkeit an den Händen des Killers entlang. Der Revolver rutschte aus Klingebeils Gürtel, als er mit dem Killer einen Tisch rammte, fiel auf die Dielen. Der Killer griff danach, lud ihn durch.

Als er auf Klingebeil zielte, sprang ihn der Sänger von hinten an und riss ihn auf den Boden. Mitten in »*Everybody needs somebody to love*«.

Sie fielen fast auf Hannah, und es wäre leicht gewesen, durch den Bluesmusiker zu schießen, und Hannah zu töten. War es die eine Ausnahme? Mütter, Kinder, Hunde, aber keine Bluesmusiker? Oder war es Hannah, die flüsterte: »Nicht, bitte«?Es war dieses kleine Zögern, was den Kampf entschied. Der Sänger und der Killer rangen um die Waffe. Der Schuss löste sich, doch der Mann ohne Namen hörte ihn erst, als die Kugel bereits die Aorta in seiner Brust gestreift hatte und seinen Körper aufblätterte wie ein Ring aus Wassertropfen, wenn ein Kiesel hineinfällt, rot wie Hannahs Mund.

Er liegt auf dem Rücken und spürt das Pochen, dort, wo es pulsiert hatte, als er begann, Hannah zu lieben. Über ihm dreht sich die Discokugel und verleiht seinen Augen einen Ausdruck, als ob der Killer bittere Tränen weint. Der kleine

Hund leckt ihm winselnd am Knöchel. Der Killer, der stirbt, bemerkt es nicht. Hannah beugt sich über ihn, nimmt sein Gesicht in beide Hände. Ihre Tränen vermischen sich mit seinen. Er sieht sie an. Er liebt. Dann ist er zu Hause.

Doris Gercke

Hafenrand

Sie wurde wach, weil sie fror. Auch war da ein Geräusch, das sie nicht gleich einordnen konnte. In der letzten Zeit begannen ihre Tage mit einer gewissen Orientierungslosigkeit. Das beschäftigte sie, nachdem sie zu sich gekommen war, eine Weile. Das Geräusch wurde durch Wassertropfen hervorgerufen, die auf dem Sattel eines Fahrrades landeten. Das Dach war nicht dicht. Es hatte viele Wochen nicht geregnet. Aber nun war Herbst, und der Regen gehörte dazu, wie die Kälte, durch die sie wach geworden war. Sie bewegte den Kopf und sah sich um, aber die Sekunden, in denen sie nicht wusste, wo sie sich befand, waren schon vorüber. Sie setzte sich auf, lehnte den Rücken an die Wand und stöhnte. Die kalte Mauer in ihrem Rücken würde ihr das letzte bisschen Wärme entziehen, aber sie konnte sich nicht entschließen, aufzustehen. Sie würde hier wegmüssen, noch nicht heute oder morgen, aber doch so bald wie möglich.

Der Raum, in dem sie in den letzten Wochen geschlafen hatte, gehörte zu einer Hinterhofwerkstatt. Als sie das kleine, grau verputzte Gebäude zum ersten Mal gesehen hatte, war sie erstaunt gewesen. Es sah heruntergekommen aus, so, als habe man nur vergessen, es abzureißen. Der Hinterhof war eng. Die Leute, die in den umliegenden Häusern wohnten, waren beinahe so arm dran, wie sie selbst. Es gab sogar Tage, an denen sie sich ihnen überlegen fühlte. Dann schien es ihr, als hätte sie den besseren Teil gewählt. In ihrem Leben gab es keinen Kerl, der beim Vögeln grunzte wie ein Schwein. Sie hatte es nicht nötig, einem von diesen dickbäuchigen Unterhemdenträgern nachmittags Spiegeleier mit Speck zu braten, wenn er nach Frühstück gebrüllt hatte. Sie musste keine Kisten mit Flaschen nach oben schleppen, nur, um ein festes Dach über dem Kopf zu haben.

Ein festes Dach über dem Kopf – die Frau sah sich um. Der Sattel des Fahrrades glänzte vor Nässe. Um das Rad herum hatte sich eine Pfütze gebildet, die bald an ihren Schlafsack heranreichen würde. Das eiserne Waschbecken an der gegenüberliegenden Wand sah verdreckt aus. Dabei war das Waschbecken neben dem Dach über dem Kopf, das sie für sich allein hatte, den Sommer über ihr ganzer Stolz gewesen. Wegen dieses Waschbeckens hatte sie es nicht mehr nötig gehabt, ungewaschen unter die Leute zu gehen. Gewaschen – das Wort hatte sie von den anderen getrennt und ihr den Sommer über ein angenehmes Leben verschafft.

»Du kannst es mir machen«, hatte er gesagt, »aber nicht, wenn du ungewaschen auf 's Schiff kommst.«

Sie hatte empört getan, aber gleichzeitig gedacht, dass der Mann Recht gehabt hätte, wenn er ihr im Frühjahr oder im Winter oder im letzten Sommer begegnet wäre. Die verlassene Werkstatt und das eiserne Waschbecken darin waren den Sommer über Geld wert gewesen. Jetzt war der Herbst da. Sie würde morgens aufwachen und im Wasser liegen. Wenn Frost kam, würde sie sich die Zehen abfrieren. Vermutlich würde die Wasserleitung kaputtgehen. Sowieso ein Wunder, dass sie bisher heil geblieben war.

Die Frau kroch aus dem Schlafsack. Sie war noch nicht alt, zwischen vierzig und fünfzig, schwer zu schätzen. Die Hände, die den Schlafsack und die darunter liegende Matte zu einem Bündel zusammenrollten, waren klein und schmal. Es war nicht viel Kraft darin, jedenfalls, wenn man sie nach ihrem Aussehen beurteilte. Die Sachen räumte sie jeden Morgen weg. Wenn wirklich jemand die verlassene Werkstatt betreten hätte – von ihr wäre keine Spur sichtbar gewesen. Aber es war niemand gekommen. Das Kaugummi, das sie von außen zwischen Tür und Pfosten geklemmt hatte, war jedes Mal noch da gewesen. Es hatte schon Leute gegeben, Frauen natürlich, die von jemand erwartet wurden, der stärker war als sie.

Die Frau betrachtete ihr Gesicht in dem Stück Spiegel, das an einem Nagel über dem Waschbecken hing. Die Scherbe war nicht größer als ihre Hand und an einer Seite mit einem hellblauen Kunststoffrand eingefasst.

»Nicht schön, aber selten«, sagte sie halblaut.

Sie drehte den Wasserhahn ein wenig auf, bildete mit beiden Händen eine Schale, die sie voll laufen ließ, und tauchte ihr Gesicht in das kalte Wasser. Das Handtuch, mit dem sie sich am Abend zuvor abgetrocknet hatte, lag neben dem Waschbecken, über die Griffe einer Schubkarre gebreitet. Der Karre fehlte das Rad. Zum ersten Mal, seit sie hier schlief, war das Handtuch feucht. Nachdem sie sich die Zähne geputzt hatte, wickelte sie Zahnpasta und Zahnbürste ins Handtuch und versteckte das Bündel in einem altmodischen Nachttisch. Der Griff an der Tür war abgebrochen, aber die Tür ließ sich mühelos öffnen, wenn man einen lange Nagel oder ein Stück festen Drahts in das leere Schlüsselloch steckte.

Als sie auf dic Straße trat, hatte der Regen aufgehört. Es war auch nicht wirklich kalt, aber ihr war klar, dass sie sich etwas einfallen lassen musste, wenn sie den Winter heil überstehen wollte.

Sie blieb einen Augenblick stehen und sah sich um. Rechts von ihr, am unteren Ende der Straße, waren die Hochbahnbrücke und dahinter die Masten der Cap San Diego zu erkennen. Die weißen Masten gegen den blauen Himmel waren den Sommer über jeden Morgen ein schöner Anblick gewesen. Jetzt war der Himmel grau, und auch die Masten schienen grau zu sein. Sie leuchteten nicht mehr. Die Frau setzte sich in Bewegung. Obwohl es nicht kalt war, taten ihr die Knochen weh. Vielleicht war es die Feuchtigkeit, die ihre Gelenke schmerzen ließ. Ein LKW versperrte ihr den Blick auf die Cafés der Portugiesen am anderen Ende der Straße. Als sie an den Männern vorüberging, die den LKW entluden, gab einer von ihnen schnalzende Laute von sich. Aus einem Bäckerladen zur Rechten duftete es nach frischen Brötchen. Sie hatte Hunger. Die Portugiesen hatten trotz des schlechten Wetters Tische und Stühle auf die Straße gestellt, aber niemand saß dort. Die dunkelgrünen Möbel glänzten vor Nässe. Sie ging an den Cafes vorüber und betrat das letzte, ihr Stammcafé.

Drinnen war es voll. Es gab eine Menge Leute, die hier regelmäßig ihr erstes oder zweites Frühstück einnahmen, Zeitung lasen, redeten. Als die Sonne noch geschienen hatte, waren manchmal auch gut angezogene Angestellte aus dem nahe gelegenen Pressehaus darunter gewesen.

Die Frau sah sich um. Der Raum war verraucht. Es roch nach Kaffee und nassen Kleidern. Die Eleganten hatten es heute vorgezogen, in ihrer Kantine zu bleiben. Dann fiel ihr Blick auf eine Frau ganz hinten, kaum wahrzunehmen hinter der Menge der Stehenden und Sitzenden. Und plötzlich, so plötzlich, dass ihr Herz einen kleinen Hüpfer tat und ihr warm wurde, ohne dass die warme Luft im Café daran einen Anteil gehabt hätte, wusste sie, was sie tun würde.

Sie kannte die Frau vom Sehen. Manchmal hatte sie in den letzten Wochen morgens neben ihr in der Sonne gesessen und in Gedanken versucht, herauszufinden, was die wohl tat. Aus dem Pressehaus kam sie nicht, obwohl ihre Klamotten dort hingepasst hätten. Aber sie hatte immer Zeit gehabt, während die Angestellten ihren Kaffee schnell tranken, ihr Gesicht schnell in die Sonne hielten, ja, sogar schnell redeten, so, als müssten sie in ihren kurzen Pausen so viel wie möglich von dem privaten Leben unterbringen, das sie gleich darauf im Büro wieder zu vergessen hatten. Manchmal hatte die Frau jemanden getroffen und sich lange mit ihm unterhalten. Meistens aber saß sie allein, vertiefte sich in die Zeitung, die sie immer mitbrachte, obwohl es ihm Café Zeitungen gab und ging irgendwann mit einem lockeren, leicht schlendernden Gang wieder weg.

Und wenn es der nun nur im Sommer gefiele, ihre Zeitung im Café zu lesen? Wenn der die verrauchte Luft hier drinnen nun nicht zusagte? Wenn die heute zum letzten Mal in dieser Saison hier gewesen wäre?

»Quatsch«, sagte sie halblaut und begann, sich langsam in die Richtung zu drängen, in der die andere saß.

Sie hatte gleich zwei Mal Glück. Zuerst wurde ein Platz in der Nähe der Frau frei, und dann stand die auch noch auf, um auf die Toilette zu gehen und ließ ihre Zeitung auf dem Tisch liegen. Sauber und deutlich gestempelt war auf der Vorderseite ihre Postanschrift zu lesen.

Aufstehen oder sitzen bleiben war jetzt die Frage. Ihr Ziel hatte sie erreicht. Aber weshalb sollte sie gehen. Wenn ihr Plan gut war, würde sie sehr bald sehr weit weg sein.

Sie blieb sitzen, bestellte einen Milchkaffee und betrachtete ruhig und gleichmütig, so, wie sie es den Sommer über jeden Morgen getan hatte, die anderen Gäste. Irgendwann stand die andere auf, murmelte einen Gruß, ohne jemanden wirklich anzusehen und verließ das Café. Sie war ungefähr eine Stunde lang da gewesen, so lange, wie sonst auch. Die Zeit würde reichen.

»Eine Nacht noch«, sagte die Frau zu sich, und den Tag davor würde sie versuchen, so angenehm wie möglich zu verbringen.

Solange das Wetter schön gewesen war, hatte sie an der Elbe im Sand gelegen, am Hafenrand auf einer der steinernen Bänke gesessen und die Touristen, noch lieber die Möwen, beobachtet oder in einem der Bücher gelesen, die sie ohne hinzusehen aus der Grabbelkiste des Antiquars am Michel mitgenommen hatte. Die Abende waren manchmal sehr lang gewesen. Sie hatte versucht, ihren Alkoholkonsum einigermaßen zu kontrollieren, weil sie wusste, dass sie dazu neigte, Gesellschaft zu suchen, wenn sie betrunken war. Die Gesellschaft, die für sie in Frage kam, war wenig rücksichtsvoll gegen Frauen. Bis ein blaues Auge wieder verschwunden war, verging in ihrem Alter eine lange Zeit. Sie lief nicht gern als Gebrandmarkte herum. Am besten war noch immer der Abend an Bord des Schleppers gewesen. Es war heute nicht der verabredete Tag, aber sie würde trotzdem versuchen, sich zu verabschieden.

Auf den leeren Platz am Tisch hatte sich ein Mann gesetzt, der sie schon eine Zeit lang beobachtete. Er trug einen fleckigen Overall und hielt eine Bierflasche in der Hand.

»Wir renovieren den Spielsalon gegenüber«, sagte er halblaut. »Die Kollegen sind unterwegs, den Schutt abfahren. Wir könnten nach drüben gehen.«

Der Mann sah beim Sprechen vor sich hin. Seine Stimme war nicht besonders laut, aber sie verstand ihn trotz des Lärms.

»Du kannst mich mal«, sagte sie und stand auf.

Sie sprach leise und ebenso leise sagte der Mann neben ihr »Miststück«, während sie sich an ihm und ein paar anderen vorbei zum Tresen drängte. Sie zahlte ihren Kaffee und ging hinaus.

Der Himmel war ein wenig heller geworden. Es regnete nicht mehr, aber die meisten Tische und Stühle vor den portugiesischen Cafés standen noch immer aufgestapelt und nass an den Wänden und vor den Schaufenstern. Sie hatte schon seit einiger Zeit keine Armbanduhr mehr, deshalb ging sie auf die gegenüberliegende Straßenseite, um von dort aus einen Blick auf die Uhr im Turm des Michel zu werfen. Es war halb elf. Wenn der Mann auf dem Schlepper keinen Auftrag bekommen hatte, würde er jetzt schlechte Laune haben und sich langweilen. Es war nicht ihr verabredeter Tag, und auch die Uhrzeit war eher ungewöhnlich. Aber im Grunde war er immer anständig gewesen. Es wäre ihr schäbig vorgekommen, ohne Abschied zu verschwinden.

Weshalb bist du eigentlich so sicher, dass dein Plan funktioniert?

Vor ihr, in Richtung Hafentor, ging ein Mann, der eine Plastiktüte in den Händen trug. Seine Füße waren nackt. Sie steckten in dünnen Plastiklatschen. Die Fußsohlen sahen aus, als seien sie angefault. Während sie den Mann überholte, hielt sie die Luft an. Davon wurde ihr ein wenig schwindlig, und sie dachte, es wäre besser, sie hätte etwas im Magen.

Es muss einfach funktionieren, dachte sie, und dabei hörte sie hinter sich die Plastiklatschen auf den nassen Boden klatschen.

Der Schlepper lag tatsächlich am Hafentor. Während sie die eiserne Treppe zum Quai hinunterging, riss der Himmel auf. Sie hielt sich am Geländer fest und blieb einen Augenblick stehen. Die schwarzen Leiber, die grün angestrichenen Decks und die braunen und weißen Aufbauten der Schlepper glänzten in der Sonne, als sei noch immer Sommer. Aber das Wasser im Hafenbecken war schwarz, und der schmale Ponton zu ihren Füßen bewegte sich heftiger als an schönen Sommertagen. Schon als sie ihren Weg die Treppe hinab fortsetzte, hatte sich der Riss am Himmel wieder geschlossen. Sie schwankte beim Gehen auf dem schlingernden Ponton und hielt sich am Geländer des Brückenstegs fest, der zwei Pontons miteinander verband, als sie den Schlepper erreichte. Wenn das Schiff hier lag, musste auch der Mann an Bord sein. Irgendwann würde er auftauchen. Sie hatte Zeit.

Auf dem Schlepper zeigte sich niemand, aber dann hörte sie einen Hammer auf Eisen schlagen und gleich darauf Schritte, und dann steckte ein Mann den Kopf aus der Tür der Kajüte und sah zu ihr hinüber.

Sue wusste, dass der Mann auf dem Schlepper vierzig Jahre alt war, aber sie fand, dass er älter aussah. Er war mindestens einsneunzig groß und hatte einen gewaltigen Brustkorb und muskulöse Arme. Seine Haare waren schwarz und kraus, auch auf den Schultern und auf der Brust. Er war nicht unfreundlich und sehr viel weniger brutal, als sie es bei anderen Männern erlebt hatte. Sie nahm an, dass er an seine Frau dachte, wenn er mit ihr schlief und dass sich deshalb seine Gewalttätigkeit in Grenzen hielt. An der Backbordseite neben dem Steuer klebten die Fotos seiner Kinder; zwei Jungen, die ihm überhaupt nicht ähnlich sahen.

»Willst du da Wurzeln schlagen«, sagte der Mann.

Sein Kopf verschwand in der Kajütentür. Die Frau war erleichtert. Sie stieg vorsichtig auf den schmalen Pontonstreifen zwischen Brücke und Schiff. Es war nicht einfach, an Bord zu klettern. Ponton und Schlepper bewegten sich heftig gegeneinander. Sie musste einen günstigen Augenblick abpassen. Beim Hinüberspringen kam sie ungeschickt auf und stieß mit dem rechten Knöchel so gegen die Ankerwinde, dass sie vor Schmerz in die Knie ging. Das eiserne Deck war nass. Sie fühlte die unregelmäßige, vielfach überpinselte Oberfläche in ihren Händen, als sie sich abstützte. Einen Augenblick blieb sie auf allen vieren hocken, abwartend, dass der Schmerz nachlasse, bevor sie aufstand. Auch die Tür der Kajüte war aus Eisen, aber sie war gut geschmiert und ließ sich leicht öffnen.

Der Schlepper war nicht mehr neu. Als er neu gewesen war, war er mit tausend PS einer der stärksten gewesen. Jetzt hatten die neuen Schlepper drei- oder viertausend PS. Von denen hatte der Mann manchmal gesprochen und dabei gleichzeitig Bewunderung und Verachtung in der Stimme gehabt. Seiner aber hatte immerhin vier Kojen und einen ausladenden Tisch in der Mitte der Kajüte, an dem bequem sechs Mann Platz gehabt hätten.

Der Mann saß am Tisch und sah ihr entgegen. Sie sah ihn an und verstand, dass sie nicht nur gekommen war, um sich zu verabschieden. Sie wollte mit ihm schlafen und mit ihm reden. So, wie es aussah, würde er sich zumindest auf den Beischlaf einlassen. Vielleicht hätte sie durch seine allzu schnelle Bereitschaft gewarnt sein sollen. Sie war so erfüllt von ihrem Plan und von der Vorfreude auf ein bisschen Lust, dass sie erst, als es zu spät war begriff, dass sie gerade zur rechten Zeit gekommen war für einen, der jemanden brauchte, um seine Wut loszuwerden. Er tat ihr zum ersten Mal wirklich weh. Trotzdem begann sie, als sie später nebeneinander lagen, von ihren Reiseplänen zu sprechen.

»Fahren Nutten jetzt auch schon im Winter in den Süden«, sagte er.

Seiner Stimme war nicht anzumerken, ob er sich über sie lustig machte.

»Nicht jede«, sagte sie.

»Soll ich dir mal was sagen«, antwortete er. Er richtete seinen Oberkörper halb auf und sah auf sie herunter.

»Du bist wie jede andere auch. Du bist eine ganz gewöhnlich, miese, ältliche Nutte, die nicht weiß, wo's langgeht.«

Seine Wut war noch immer nicht vergangen. Er wollte noch immer verletzen. Aber sie wusste, dass er Unrecht hatte, deshalb trafen sie seine Worte beinahe nicht.

»Reg dich ab, Mann«, sagte sie. »Was kann ich dafür, wenn dir deine Frau weggelaufen ist.«

Einen Augenblick fürchtete sie, er würde sie schlagen. Sie machte sich klein, während er auf sie herunterstarrte. Aber es kam nur eine Art Stöhnen aus seinem Mund. Er ließ sich schwer neben sie fallen, lag heftig atmend da und sprach nicht. Sie lag neben ihm, an die Kojenwand gedrückt, mit schmerzendem Knöchel und Schmerzen dort, wo er sie bearbeitet hatte. So hatte sie sich ihren Abschied nicht vorgestellt, aber sie blieb liegen, an die Wand gedrängt und stumm; stumm wie der Mann neben ihr, dessen regelmäßiger Atem irgendwann anzeigte, dass er eingeschlafen war. Auch die Frau schlief dann ein.

Als sie wach wurde, stand er mit nacktem Hintern am Waschbecken und wusch sich. Der Anblick erregte sie, und sie hüstelte leise, um anzudeuten, dass sie wach sei.

»Ich dachte, ich mach mal Kaffee«, sagte der Mann, ohne sich umzuwenden.

An seiner Stimme stellte sie fest, dass er sich beruhigt hatte.

»Muss das gleich sein?«, fragte sie.

Er wandte sich zu ihr um, halb nackt und groß, drehte, mit

einer Hand nach hinten langend, den Wasserhahn ab und ließ sie nicht aus den Augen.

»Muss das gleich sein?«, sagte sie noch einmal, und er sagte »ne« und kam langsam auf sie zu. Diesmal tat er ihr nicht weh, jedenfalls nicht besonders, und als sie miteinander fertig waren, rollte er sich aus der Koje und machte ihnen heißen Nescafé.

Eine Weile saßen sie am Tisch zusammen. Jetzt hätten sie reden können, aber sie blieben stumm. Irgendwann sagte sie: »Das war mein Ernst. Ich geh nach Mallorca. Vielleicht auch Teneriffa. Mal sehen, was günstig ist.«

»Sieh zu, dass du Land gewinnst«, sagte er. »Und komm bloß nicht angejammert, wenn was schief geht.«

»Bei mir geht nichts schief«, antwortete sie, »da mach dir man keine Sorgen. Wenn ich dann um mein Geld bitten dürfte.«

»Aber nur fürs erste Mal«, sagte er, während er zwei Scheine aus der Gesäßtasche fischte und sie über den Tisch schob. »Beim zweiten Mal war's das reine Vergnügen. Dafür gibt's nix.«

»Geizkragen«, sagte sie und stand auf. »Dann mach's mal gut, Geizkragen.«

»Nutten wie du sollten verboten werden«, sagte er, und sie schlug ihm leicht mit der Hand auf die Schulter, während sie aufstand und auf die Kajütentür zuging. Während sie die Tür öffnete, hörte sie sein Handy klingeln und hörte ihn »ja, Chef« sagen, bevor sie die schwere Tür leise ins Schloss rutschen ließ.

Den Rest des Nachmittags und den Abend verbrachte sie damit, in einer Seitenstraße der Reeperbahn in einem billigen, chinesischen Restaurant zu essen und ein paar Biere zu trinken. Das Lokal lag im Keller. Durch ein tief gelegenes

Fenster beobachtete sie die Beine der Leute, die vorübergingen und versuchte, sich vorzustellen, wie der dazu gehörende Rest aussah. Sie verließ den Keller, als es draußen dunkel geworden war und suchte ihren Schlafplatz auf.

Eine Weile musste sie warten, bevor sie unbeobachtet in die Werkstatt gelangen konnte. Zwei Jungen und ein Mädchen spielten im Hof Fußball und standen dann in der Dunkelheit zusammen und redeten. Es war zu früh zum Schlafengehen, aber sie wollte ausgeruht sein für das, was sie vorhatte. Endlich kreischte eine Frauenstimme aus einem der Hinterhoffenster, und die Kinder verschwanden.

Im Schuppen blieb sie eine Weile sitzen, bis sich ihre Augen an die Dunkelheit gewöhnt hatten. Erst als sie die Umrisse der verdreckten Fenster, der herumstehenden Kisten und Möbel und des Fahrrads genau erkennen konnte, begann sie, zwischen dem Gerümpel herumzulaufen und aus verschiedenen Behältnissen ihre wenigen Habseligkeiten zusammenzusuchen. Sie wusste, dass die Tasche, in die sie das Zeug stopfte, abgerissen aussah, und ärgerte sich, dass sie es versäumt hatte, am Nachmittag eine billige neue zu kaufen. Das würde sie morgen als Erstes tun. An einer zerlumpten Tasche sollte ihr Vorhaben nicht scheitern. Sie rollte die Matratze und den Schlafsack aus, stellte die Tasche daneben und legte sich schlafen.

In dieser Nacht blieb es trocken, aber am Morgen war es ziemlich kalt, und sie war froh, bald aus der Gegend verschwinden zu können. Ihr Gesicht in der Spiegelscherbe sah übernächtigt aus, obwohl sie sehr viel früher schlafen gegangen war als sonst. Irgendwo in ihrer Tasche musste ein Rest Make-up sein, aber für das, was sie nun vorhatte, brauchte sie noch kein zurechtgemachtes Gesicht.

Ein Problem war die Tasche. Die konnte sie schlecht mitschleppen, wenn sie in die fremde Wohnung ging. Aber es war auch keine Zeit mehr, sie in ein Schließfach zu bringen. Vielleicht fand sie eine Möglichkeit, die Tasche in der Nähe der Wohnung für kurze Zeit loszuwerden.

Die Frau musterte das Innere des Schuppens mit einem letzten Blick, bevor sie nach draußen ging. In ihrem Blick war fast so etwas wie Dankbarkeit.

Obwohl es draußen kalt war, hatten die Portugiesen ihre Tische und Stühle wieder vor die Tür gestellt. Ein paar Menschen saßen in Mänteln vor den Cafés, um zu frühstücken. Ihr Opfer war nicht darunter. Sie schlenderte über die Straße, um einen Blick in das Innere des Cafés zu werfen, aber auch dort konnte sie die Frau nicht entdecken. Sie ging über die Straße zurück und setzte sich hinter einer Säule auf ihre Tasche. Sie setzte sich so, dass sie den Eingang zum Café im Auge behalten konnte. Ihr wurde, während sie da saß und auf die andere Straßenseite starrte, bewusst, dass das Gelingen ihres Plans einzig und allein davon abhing, ob die Frau ihre regelmäßigen Cafébesuche trotz des kalten Wetters fortsetzen würde. Die Erkenntnis fuhr ihr als wahrnehmbarer Schreck in die Glieder. Sie spürte, dass in ihrem Mund Wasser zusammenlief und begann, heftig zu schlucken.

»Ist Ihnen nicht gut?«, fragte ein junges Mädchen im weißen Kittel, das neben ihr stehen blieb.

»Alles in Ordnung«, antwortete sie mühsam.

Das Mädchen ging weiter und verschwand in der Apotheke an der Straßenecke.

Dann sah sie auf der gegenüberliegenden Seite die Frau herankommen, auf die sie gewartet hatte. Sie trug einen schwarzen, mit Fell gefütterten Ledermantel und hatte einen schwarzen Schal um den Hals geschlungen. Erst als die Frau sich vor dem Café niedergelassen und die Zeitung, die sie unter dem Arm trug, auf den Tisch gelegt hatte, stand sie auf.

Ihre Beine waren schwerer als sonst. Es kam ihr so vor, als sei ihr Gang langsamer als noch vor einer halben Stunde. Die Treppen zwischen der Liegewiese und dem Platz vor dem Michel schienen endlos. Vor der Kirche standen Touristenbusse, dazwischen Gruppen von Menschen, die lachten und sich angeregt unterhielten. Sie ging an den Bussen und Menschen vorüber und gewann langsam ihre Sicherheit zurück. Es hatte keinen Sinn, schon vorher schlappzumachen. Dazu würde noch Zeit genug sein, wenn sie Pech hatte.

Zur Wohnung der Frau brauchte sie nur zehn Minuten. Das Haus aus rotem Backstein lag in einer stillen Seitenstraße hinter dem Großneumarkt. Vor den Hauseingängen standen Linden. Der Boden war mit gelben Blättern bedeckt. Sie fand den Hauseingang und hatte Glück. Eine kleine, verwachsene Postbotin schleppte ihre Tasche zur Tür und betätigte eine Klingel. Sie schlüpfte an der Postbotin vorbei ins Haus und sagte freundlich »Guten Morgen«.

Sie bekam keine Antwort. Die Wohnungstüren auf den Etagen hatten kleine Gucklöcher zum Flur hin. Im Treppenhaus roch es nach Sauerkraut. Sie hatte sich ein eleganteres Haus vorgestellt. Die Wohnung der Frau lag unter dem Dach und war die einzige auf der Etage. Darüber war sie froh, denn dass ein misstrauischer Nachbar sie durch den Spion beobachten könnte, war ihr gerade erst klar geworden.

Wie man mit einer Plastikkarte eine Tür öffnete, hatte sie vor Jahren von einem Mann gelernt, mit dem sie eine Zeit lang zusammen gewesen war. Sie hatte den Trick einmal gebraucht. Damals war sie von ihrer Familie gerade hinausgeworfen worden. In ihrer Verzweiflung hatte sie unbedingt Erinnerungsfotos haben wollen, und der Mann, mit dem sie sich zusammengetan hatte, erbot sich, mitzukommen, um ihr zu zeigen, wie sich die Haustür ohne Schlüssel öffnen ließe. Als sie im Haus standen, war ihr übel geworden. Sie hatte auf den Fußboden gekotzt, und sie waren abgehauen. Den Mann hatte sie bald darauf wieder aus den Augen verloren. Die Erinnerung an die Familie war von da an ausgelöscht gewesen. Nur den Kartentrick hatte sie behalten.

Erst als die Wohnungstür hinter ihr leise ins Schloss fiel, merkte sie, dass sie noch immer ihre Tasche mit sich herumschleppte. Sie stellte die Tasche ab und begann, die kleine Wohnung langsam und systematisch zu durchsuchen.

Sie begann mit der Küche. Neben der Spüle lagen ein paar gelbe Gummihandschuhe. Sie streifte die Handschuhe über. Sie fühlten sich eng und eklig an. In einem Kaffeebecher auf dem Brett über der Spüle fand sie etwas Kleingeld. Im Wohnzimmer, das nachts anscheinend als Schlafzimmer herhalten musste, denn ein extra Schlafzimmer gab es nicht, fand sie nichts. Dafür stand im Arbeitszimmer eine Kassette mit ein paar hundert Euro, zwei Sparbüchern und zwei EC-Karten. Die Nummern zu den Karten lagen in einem Fach am Boden der Kassette. Sie steckten noch in den Umschlägen, in denen die Bank sie verschickt hatte.

Sie nahm das Bargeld, die Sparbücher, die EC-Karten und notierte die Nummern dazu. Sie nahm auch den Reisepass der Frau, der neben den Sparbüchern am Boden der Kassette lag. Als sie wieder vor der Tür stand, waren nicht mehr als fünfzehn Minuten vergangen.

Im Treppenhaus hatte inzwischen jemand die Fenster zum Hof geöffnet. Der Sauerkrautgeruch hing trotzdem noch in der Luft. Niemand begegnete ihr. Unten angekommen öffnete sie die Haustür, die ihr aus den Händen rutschte, weil die Tasche sie behinderte. Sie stellte die Tasche ab und hielt die Haustür mit beiden Händen. Mit einem Fuß schob sie die Tasche in den Spalt zwischen Tür und Rahmen. Als sie aufsah, stand vor ihr die Frau, in deren Wohnung sie gewesen war.

In der Wohnung hatte an einem Haken im Flur ein teurer Schal gehangen. Der erste Gedanke, den sie beim Anblick der Frau hatte, war: »Gut, dass du den Schal nicht genommen hast.« Sie nahm die Tasche auf und entfernte sich langsam.

Bis sie die nächste Hausecke erreichte, spürte sie die Blicke der Frau in ihrem Rücken. Dann lief sie, trotz ihrer weichen Knie, obwohl sie sich eigentlich zwingen wollte, langsam zu gehen. Erst an der S-Bahnstation sah sie sich um, außer Atem und darauf gefasst, dass jemand hinter ihr her schrie. Es verfolgte sie niemand.

Sie fuhr zum Hauptbahnhof. In einer Bank in der Nähe des Bahnhofs unternahm sie den Versuch, von den Sparbüchern Geld abzuheben.

»Möchten Sie, dass wir auch gleich nachtragen, was sich inzwischen angesammelt hat?«, fragte die Kassiererin.

Sie sagte »ja« und wunderte sich darüber, dass ihre Stimme ruhig klang.

Die Sparbücher waren jedes einzelne mehr als zwanzigtausend Euro wert. Um nicht aufzufallen, hob sie nur von dem einen das Geld vollständig ab. Auf dem anderen ließ sie die Hälfte stehen. Im Vorraum der Bank ließ sie sich die Auszüge der Girokonten ausdrucken. Am Geldautomaten zog sie von beiden Konten den Höchstbetrag. Die Konten würden bald gesperrt werden. Deshalb musste sie schnell handeln. Sie kaufte Schuhe, eine Reisetasche, lange Hosen, ein paar T-Shirts, Unterwäsche, eine Jacke und etwas Kleinkram: einen Kamm, Lippenstift und eine Dose Creme mit den EC-Karten. Sparbücher und die Karten warf sie anschließend in einen Papierkorb am Hauptbahnhof.

Von dort fuhr sie mit einem Bus direkt zum Flughafen. Als sie dem Busfahrer das Fahrgeld in die Hand gab, einen Betrag, der ihr üblicherweise für einen ganzen Tag zur Verfügung stand, war sie beinahe von Stolz erfüllt.

Im Last-Minute-Reisebüro am Flughafen gab es zwei Angebote, die in Frage kamen: am selben Tag, abends nach Teneriffa-Süd oder am nächsten Morgen nach Palma de Mallorca. Sie wählte Teneriffa und hielt sich in der Nähe des Flughafens auf, bis die Zeit zum Abflug gekommen war. Die Kontrollen am Flughafen und der Flug verliefen problemlos.

Es war dunkel, als sie Teneriffa anflogen. Die Lichter am Boden erinnerten sie an die Lichter der nächtlichen Ufer der Elbe. Als sie aus dem Flughafengebäude trat, war die Luft warm. Ihr Herz hüpfte ein bisschen vor Freude.

Der Taxifahrer brauchte eine Viertelstunde bis zum Hafen von Teneriffa-Süd. Sie gab ihm ein kleines Trinkgeld, setzte sich auf eine Steinbank und betrachtete die Schiffe und Segelboote, die dort lagen. Sie wollte für den Winter ein Zimmer mit Blick zum Hafen. Vom Fenster aus würde sie die Schiffe betrachten. Irgendwann, da war sie sicher, würde sie auf einem der Schiffe einen Mann entdecken, den näher kennen zu lernen sich lohnen würde.

»Sie suchen nicht zufällig ein Zimmer für den Winter«, fragte eine Frau neben ihr.

Sie sah zur Seite. Die Frau gefiel ihr nicht. Irgendetwas an ihr roch nach Verzweiflung.

»Nein«, sagte sie, »vielen Dank. Ich hab meine eigenen Pläne.«

Peter Gerdes

Blondes Gift

»Mein ist die Rache«, sprach der Herr im grauen Anzug.

Hauptkommissar Stahnke schüttelte milde das massige, blondstoppelige Haupt und bemühte sich um eine pastorale Modulation seiner Stimme.

»Eben nicht, Herr Krüger«, antwortete er. »Selbstjustiz sieht unser Rechtssystem nun einmal nicht vor.«

»Aber genau das machen die doch mit mir.« Der hochgewachsene, hagere Mann mochte an die fünfundsechzig Jahre alt sein, was aber nur die vielen Längsfurchen in seinem langen, aristokratischen Gesicht verrieten. Kerzengerade saß Wendelin Krüger, Mitglied der Handelskammer seit über dreißig Jahren, auf Stahnkes marodem Besucherstuhl, ohne die Rückenlehne in Anspruch zu nehmen. Ein Sinnbild der Unnachgiebigkeit.

»Sicher, Herr Krüger.« Auch Stahnke bemühte sich jetzt um Haltung, ein Vorhaben, das bei seiner Massigkeit wenig Aussicht auf Erfolg hatte. »So sieht es jedenfalls aus. Ehe wir aber etwas unternehmen können, brauchen wir Beweise. Etwas Handfestes eben. Bis jetzt haben wir ja bloß Vermutungen. Wenn auch recht plausible, wie ich zugeben muss.«

»Vermutungen.« Krüger schnaubte verächtlich durch die Nase, so überzeugend, wie Stahnke es bisher nur in alten Preußen-Filmen gesehen und gehört hatte. »Etwas Handfestes! Ha!«

Ingeborg balancierte das Kaffee-Tablett herein. Sie lächelte Krüger an, als sie die schlanke Blümchen-Tasse vor ihm abstellte. Stahnke bekam seinen HSV-Becher, wie immer.

»Danke, Inge«, sagte er. Sein Lächeln fiel unsicher aus und blieb unerwidert.

»Bitte, Herr Stahnke.« Mit schnellen Schritten verließ die Frau den Raum, das leere Tablett unter den rechten Ellbogen geklemmt.

Wie konnte ich nur so dämlich sein, dachte Stahnke. Nicht zum ersten Mal. Eine Affäre mit der eigenen Sekretärin, das war ja wohl der klassische Blödsinn. Der beste Beweis für einsetzende Torschlusspanik. Stahnke war jetzt fünfzig und das Alleinsein nach all den Jahren mit Katharina nicht mehr gewohnt, auch wenn er sich seit geraumer Zeit zwangsläufig mehr und mehr Praxis darin aneignete. Daher hatte er Inges Avancen einfach nichts entgegenzusetzen gehabt.

Natürlich hatte er sich auch geschmeichelt gefühlt. Inge war acht Jahre jünger als er und ausgesprochen attraktiv. Schlank und sportlich, irgendwie handfest erotisch. Richtig, diese Hände. Klein und fest, zart und frech. Als Inge sich zum ersten Mal bei ihm eingehakt hatte, nach einem dieser endlosen Verhör-Abende, die sie zusammen mit ihm klaglos ertrug wie ein echter Kumpel, da hatte er gezittert wie ein Drahtseil unter Spannung. Sie hatte es gespürt. Und fester zugefasst.

Aber Stahnke war nicht der Typ, der unterschiedliche Erwartungen lange ignorieren konnte. Er war einfach zu ehrlich. Natürlich hatte es eine Weile gedauert, bis er es selbst begriff. Zuerst hatte er sich in Inges offene Arme geworfen wie in einen Zeit-Strudel, der ihn zurückführte in die Lebensphase des Suchens, des Ausprobierens, des Spielens. In eine längst vergangene Lebensphase. In diesen Strudel aber war er alleine getaucht. Inge lebte und liebte hier und jetzt. Ihre Suche war niemals ziellos, und wenn sie spielte, dann nach festen Regeln. Sie wollte keine Affäre, sie wollte eine Beziehung. Etwas Handfestes eben.

Als Stahnke das klar geworden war, da hatte er es ihr gesagt. Etwas ungelenk vielleicht – »Du, lass das mal, wir müssen reden« –, aber unmissverständlich. Dass Katharina sich zwar von ihm getrennt, er sich aber noch immer nicht von ihr gelöst habe. Dass er deshalb zu einer neuen Bindung einfach nicht in der Lage sei. Das hatte er ihr gesagt, ganz offen; ein bisschen bewunderte er sich sogar dafür.

Na ja, vielleicht hatte er die Karten nicht sofort auf den Tisch gelegt, aber doch ziemlich bald, kaum dass der erste Rausch verflogen war. Er wollte genießen, aber sie sollte sich nicht ausgenutzt fühlen.

Natürlich tat sie genau das.

Krüger stellte seine Tasse lautlos auf die Untertasse zurück. Seinem Gesichtsausdruck war nicht zu entnehmen, ob ihm Inges Kaffee mundete. Auch Stahnke trank. Der Kaffee war stark, fast bitter, mit viel Milch und Zucker darin. Typisch Inge: Wenn schon, denn schon. Nicht schlecht, auf Dauer aber würde ihm das auf den Magen schlagen.

»Wann glauben Sie denn etwas Handfestes vorweisen zu können?«, fragte Krüger. »Wenn man mir das nächste Lager zertrümmert hat?« Zynisch konnte er also auch sein, der Herr Import-Export-Kaufmann. Was aber kein Wunder war, schließlich hatte man ihm übel mitgespielt. Erst diese Rufmordkampagne – »Garantiert in die Gruft mit Wendelins Walnüssen!« – und dann die Verwüstung seines Speichers. Dutzende von Nuss- und Kaffeesäcken hatten sie aufgeschlitzt und dann mit dem Feuerlöscher draufgehalten. »Als Nächstes bin ich selber dran«, fürchtete Wendelin Krüger.

Deshalb hatten ihn die Kollegen auch zu Stahnke ins Dezernat für Gewaltverbrechen geschickt.

»Mal anders herum gefragt.« Stahnke beugte sich vor und stützte die Ellbogen auf die Schreibtischplatte, die Unterarme vorgestreckt, die Handflächen offen, als wollte er nach dem langen grauen Herrn greifen. »Kann es denn sein, dass vielleicht etwas dran ist an den Vorwürfen, die gegen Sie erhoben wurden? Schließlich handeln Sie ja mit ›notleidenden Partien‹. Und wenn Sie wirklich schimmelige Nüsse verkauft haben sollten, wäre das ja keine Kleinigkeit. Die sind ziemlich gesundheitsschädlich, habe ich mir sagen lassen. Tja, und dann wäre es immerhin denkbar, dass nicht böse Konkurrenten Ihr Lager verwüstet haben, sondern wütende Verbraucher.«

Stahnke kam richtig in Fahrt, wie so oft, wenn sich aus ein paar Spekulationen plötzlich ein hübsches, stimmiges Bild zu formen begann. »Nüsse, das ist doch etwas für Naturköstler, oder? Nüsse im Müsli, klar. Oder im Kuchen. Na, und wenn solche Leute merken, dass man ihnen ausgerechnet in ihr Gesundheits-Essen Gift reingemischt hat, dann kann es doch sein, dass die losgehen wie die Tierschützer. Oder?«

Stahnke klatschte die Handflächen auf den Tisch. Einen Fall mental zu sezieren und zu strukturieren war fast ebenso befriedigend wie die Ergreifung eines Täters aus Fleisch und Blut. Und bestimmt ebenso kreativ.

Wendelin Krüger schnaubte wieder, diesmal lauter als zuvor. Mit einem Ruck erhob er sich, so dass der Besucherstuhl ein paar Zentimeter nach hinten rutschte, was nach Krügers Kategorien vermutlich einem Wutausbruch gleichkam.

»Mein Herr«, sagte er dennoch beherrscht, »ich habe nicht den Eindruck, dass Sie sich meinem Anliegen in gebührender Weise widmen, und bin nicht länger bereit, meine knapp bemessene Zeit auf Ihre abstrusen Theorien zu verwenden. Guten Tag.«

Starker Abgang, dachte Stahnke, als der lange, gerade, graue Rücken durch die Tür verschwand. Er nahm sich vor, weitere Erkundigungen über die Geschäfte des Herrn Wendelin Krüger einzuholen. Gleichzeitig sollten die Kollegen von der Streife Krügers diverse Lager in der Speicherstadt verstärkt im Auge behalten. Wissen konnte man ja nie.

Inge schaute herein. Ein giftiger Blick. »Noch einen Kaffee, Herr Stahnke?«

Es war so bitter, viel bitterer noch als ihr starker Kaffee, und durch keinerlei Milch oder Zucker gemildert. Mit dem Lass-uns-doch-Freunde-bleiben-Mythos hatte Inge in den letzten zwei Wochen gnadenlos aufgeräumt. Wenn schon, denn schon – ganz oder gar nicht. Liebe war nicht, also war Feindschaft. Und jeder, der die Entwicklung vom kollegialen »Sie« zum erst kumpelhaften, dann begehrlichen »Du« verfolgt hatte, wusste jetzt natürlich Bescheid.

Stahnke suchte Inges Blick, hielt ihm aber nicht stand. »Ja bitte«, sagte er und schichtete ein paar Aktendeckel um, hinter denen er sich am liebsten ganz versteckt hätte. Es war ja so bitter.

Da war die Akte Krüger. »Vandalismus St.-Annen-Straße«, das war in unmittelbarer Nähe des Speicherstadtmuseums. Irgendwie passend, machte doch dieser ganze Herr Wendelin einen irgendwie musealen Eindruck. Vielleicht konnte man ihn ja ausstopfen und ins Museum neben eine der alten Sortiermaschinen stellen.

Inge platzte mit dem Kaffee mitten in sein Lachen hinein. Ihr blasses Gesicht unter den dunkelblonden Pilzkopf blieb unverändert streng. »Ist sonst noch etwas, Herr Stahnke?«

»Nein.« Der Hauptkommissar schluckte trocken. »Danke. Du kannst Feierabend machen, Inge.«

Sie drehte sich um, mit schwingendem Rock, zeigte ihm das Muskelspiel ihrer schlanken Waden. Wie hatten sie es genossen, alle beide, wenn er zärtlich in diese Waden hineinbiss, sich dann langsam nach oben …

Sie ging grußlos.

»Kramer«, sagte Stahnke, ohne die Stimme zu heben.

Sein Assistent erschien in der Tür, verlässlich wie immer, und schwieg auffordernd.

»Sie waren doch auch neulich im Speicherstadtmuseum.« Keine Antwort. Wer von Kramer eine Antwort wollte, musste schon eine richtige Frage stellen. Aber eine ausbleibende Verneinung reichte ja auch.

»Hat man Ihnen da auch von diesen Giften erzählt, die entstehen, wenn bestimmte Lebensmittel falsch gelagert werden? Wie heißen die noch?«

»Aflatoxine«, sagte Kramer wie aus der Pistole geschossen. »Ein Mischwort. Aspergillus für Pilz, flavus für gelb oder auch blond. Und Toxine für Gift, klar.«

»Blonde Pilze?« Stahnkes zweifelnder Blick glitt an Kramers Miene ab. »Blondes Gift? Gefährlich?«

»Kann tödlich sein«, sagte Kramer. »Die Dosierung müsste ich aber nachschlagen.«

»Und die befallen Nüsse?«

»Erdnüsse, Paranüsse, Pistazien, Haselnüsse, also tropische und auch heimische Arten. Und natürlich Kaffee.«

»Kaffee.« Stahnke hob seinen Becher an den Mund und trank. »Gerösteten?«

»Nein, Rohkaffee. Wenn er feucht wird, nicht richtig gelüftet. Aber die Rückstände bleiben nach dem Rösten drin. Das ist ja gerade das Gemeine.« Kramer schob eine Hand in die Tasche und lehnte sich lässig an den Türpfosten. Ein ungewohnter Anblick. »Man kann es allerdings riechen, wenn Kaffee befallen ist. Riecht modrig und ein bisschen nach Gras. Solche Partien müssen dann sorgfältig neu sortiert werden.«

»Ah ja«, sagte Stahnke, »die so genannten notleidenden Partien.«

»Exakt«, sagte Kramer.

Er wartete einen Moment; als sein Vorgesetzter aber keine Anstalten machte, das ohnehin schon ungewöhnlich ausgedehnte Gespräch fortzusetzen, wandte er sich ab.

Stahnke rief ihn jedoch noch einmal zurück. »Sagen Sie, wie wirken die denn eigentlich, diese Aflatoxine?«

Kramer zuckte die Achseln. »Weiß nicht genau. Scheint aber mehr was Langfristiges zu sein. So über die inneren Organe, vor allem die Leber. Langsam, aber sicher.«

»Danke«, sagte Stahnke. Kramer verschwand.

Der Hauptkommissar hob seinen Kaffeebecher zur Nase und schnupperte. Milch und Zucker milderten die bittere Strenge des Getränks. Stahnke runzelte die Stirn.

»Mein ist die Rache«, murmelte er vor sich hin.

Dann schüttelte er den Kopf: »Ach was, Unfug.« Entschlossen nahm er einen kräftigen Schluck und stellte den Becher zurück auf den Schreibtisch.

Oder schmeckte der Kaffee etwa doch etwas muffig?

»Quatsch«, sagte Stahnke laut. »Nie im Leben.«

Gunter Gerlach

Und Vater schießt mit dem Luftgewehr

Lange Zeit mochte ich Wiesel nicht. Wir grüßten uns, kannten uns aus dem *Schiff*, meiner Stammkneipe, mehr war nicht.

Ehrlich, man kann auch nicht mit jemandem befreundet sein, der in der Kneipe oder anderswo plötzlich seinen Schwanz aus der Hose holt.

Ich hab das oft beobachten können, wenn er dabei am Flipper steht. Ich sitze nämlich immer an dem strategisch besten Tisch, am Durchgang zwischen Bar und Nebenraum. Da habe ich alles im Blick. Die ganze Kneipe.

Heute verhält sich Wiesel ganz gesittet. Aber wie er wieder rumläuft: enge rote Lackhose zur schwarzen Lederjacke, im Sommer nur die blanke Brust darunter. Eine Unterhose trägt er wahrscheinlich auch nicht. Die Strähnen seiner Haare wechseln zwischen blond und schwarz. Dabei ist er schon über dreißig. Zu meiner Verwunderung hängt sogar manchmal ein Mädchen an seiner Schulter, wenn er abends am Flipper steht. Seit Wochen ist es eine dunkle Magersüchtige. Ich verstehe nicht, warum sie nichts sagt, wenn er die Hose öffnet. Vielleicht hält sie es für eine tolle Provokation? Vielleicht ist es das auch.

Die beiden reden meist wenig miteinander. Er spielt und sie sieht zu. An diesem Abend müssen sie sich gestritten haben. Ich sehe, wie sie ihn plötzlich wegstößt und das *Schiff* verlässt. Wiesel fängt an, ziemlich schnell mehrere Biere in sich reinlaufen zu lassen. Doch ich verliere ihn aus den Augen, weil Bulganin vor mir steht und eine russische Uhr in mein Bier tunkt. Es ist der Beweis, dass sie wasserdicht ist. Er will sie mir zum Sonderpreis verkaufen. Neben der Uhr hat er noch ein Röhrchen unbekannte Speed-Tabletten aus Österreich im Angebot und eine nagelneue chinesische Dschunke für nur zwanzigtausend Euro, wenn ich sie persönlich in Hongkong abhole.

Endlich gelingt es mir, Bulganin mit seinem Spitzbart – sieht immer aus als wäre er aus Schamhaaren – und seinen Angeboten loszuwerden. Ich habe wieder freien Blick auf Wiesel. Er lässt den Flipper los und schwankt auf mich zu.

»Morgen«, sagt er. Er kann sich kaum artikulieren. »Morgen ist Muttertag.«

»Klar«, sage ich, »morgen ist Muttertag.«

Es kann mir egal sein, weil ich meine Mutter nicht besuchen muss. Er umklammert die Tischkante. Da will noch etwas raus aus ihm. Ich lehne mich vorsichtshalber zurück.

»Entschuldigung«, heißt es wahrscheinlich, was er sagt. Er macht wieder eine lange Pause und fixiert mich: »Morgen ist Muttertag und du kommst mit!«

Ich will lachen, sehe aber, es soll kein Witz sein.

»Bitte, bitte, komm morgen mit«, lallt er. »Ich schaff es nicht allein. Schaff ich nicht.«

Ich weiß nicht, warum ich nicke. Er tut mir Leid, und ich bin ein Dieb, aber eben doch ein guter Mensch. Kaum hat er sein Ziel erreicht, verabschiedet er sich eilig, weil er dringend kotzen muss. Ich sehe mich um, ob die Szene jemand beobachtet oder mitgehört hat und halte seine Visitenkarte in der Hand. Gibt der mir eine Visitenkarte! So was hat der! Fehlt nur noch, dass unter seinem Namen »Exhibitionist« steht.

Am nächsten Tag sammle ich Argumente, die Verabredung nicht einzuhalten. Es gibt eine ganze Reihe. Der beste Grund: Wiesel war so betrunken, dass er sich an nichts erinnert und von mir kann er dasselbe annehmen.

Was der wohl für eine Mutter hat, dass er sich nicht allein zu ihr traut? Eine von denen, die diesen Tag nötig haben, damit sie überhaupt besucht werden.

Ich drehe die Visitenkarte in meinen Händen. Keine Berufsbezeichnung, aber sie sieht äußerst seriös aus. »Bankkaufmann« könnte da drauf stehen. Richtig gutes, geprägtes Papier und glänzender dunkelblauer Druck. Die ist nicht aus dem Automaten. Die passt nicht zur roten Lackhose. Ich glaube nicht, dass sonst jemand aus dem *Schiff* Visitenkarten besitzt. Was sollte da auch drauf zu lesen sein: Dieb, Betrüger, Dealer, Psychopath …

Wenn einer den Mut hat, in einer Kneipe seinen Schwanz aus der Hose hängen zu lassen, wird er ja wohl mal eine Stunde lang seine Mutter ertragen können! Na gut, wahrscheinlich ist sein Exhibitionismus kein Mut, sondern Verzweiflung oder Lust oder Last oder was weiß ich, und die Mutter ist vielleicht die Ursache. Trotzdem, nein, ich gehe nicht mit.

Pünktlich um halb vier klingle ich an dem typischen Hamburger Mietshaus aus Backsteinen.

»Ich komme«, räuspert sich die Gegensprechanlage. Die kaputte Elektronik verfremdet die Stimme so sehr, dass hier jedem aufgemacht würde, er bräuchte nur irgendwo zu klingeln und zu sagen: Ich bin's!

Ich warte auf der anderen Straßenseite. Nach einer Weile kommt ein Mann in einem etwas zu großem Anzug heraus. Graublau, wie ihn die Busfahrer tragen. Er geht auf mich zu, und erst im letzten Moment erkenne ich ihn. Es ist tatsächlich Wiesel, der in dem Anzug steckt. Sein Gesicht ist etwas geschwollen, die Augen klein. Von gestern. Er hat sein Haar streng zurückgekämmt. Die Strähnen sind weg. Als farblicher Ersatz klebt eine breite braune Krawatte wie ein Kuhfladen auf seinem hellblauen Hemd.

»Du siehst furchtbar aus«, sage ich. »Dann lieber die rote Lackhose.«

Er grinst. »Ist mein Alltagsanzug. Ich bin beim Finanzamt.«

»Finanzamt, ehrlich?«

»Sei froh«, fährt er fort, »dass wir nicht wissen, was die anderen aus der Kneipe im Alltag machen. Du zum Beispiel, hä?«

»Ist ja gut! Besuchen wir deine Mutter.«

»Die wird wohl nicht da sein.«

»Nicht da?«

»Vor zwei Jahren abgehauen mit dem ganzen Geld.«

Ich lenke Wiesel zu meinem Wagen, bis mir einfällt, dass nach seiner Bemerkung der Weg überflüssig ist. »Und weshalb gehen wir dann ... wohin überhaupt und sag mal, was soll ich ...?«

»Jedes Jahr kommt eine Postkarte, auf der sie schreibt, es gehe ihr gut und sie komme zum Muttertag zurück. Kein Absender. Nix.«

»Ja und?«

Wiesel verzieht den Mund. Es ist ihm lästig, was erklären zu müssen. Er sieht mir in die Augen. »Sie kommt nicht zurück. Gott sei Dank, kommt sie nicht zurück.«

»Na, prima.« Ich lehne mich an den verschlossenen Wagen. »Bleiben wir hier.«

»Es geht nicht. Meine Schwestern kommen. Wir klären, wer welche Rechnungen bezahlt. Wenn ich nicht komme, machen die mich fertig. Aber wenn du dabei bist ... ich würde dir das nie vergessen.«

»Deine Schwestern?«

»Ja, wir besuchen meinen Vater am Muttertag.«

»Na, sicher. Am Muttertag den Vater besuchen.« Ich schließe den Wagen auf. Wiesel steigt ein und streicht bewundernd über das Armaturenbrett. »Kannst du dir den leisten?« Er will nett sein. Dann fällt ihm ein, wer ich bin: »Oder ist der etwa geklaut?«

Ich beruhige ihn. Mit einem geklauten Auto würde ich nicht fahren. Zu gefährlich. Als Einbrecher bin ich Sicherheitsfanatiker. Meistens jedenfalls.

»Was machen denn deine Schwestern mit dir?«

»Die zeigen mich an. Und wenn du erst einmal als Exhibitionist erfasst bist, dann bist du immer dran. Die machen dich fertig.«

»Wer?«

»Die Bullen.«

»Ist Hose runter nicht harmlos?«

»Wem sagst du das.«

Wir fahren los. Er gibt eine Adresse in Altona an. Unterwegs rutscht er auf dem Sitz herum, knetet seine Hände und Schweißperlen treten auf seine Stirn. Erst in diesem Moment kann ich ihn mir als Finanzbeamten vorstellen.

»Lass uns woanders hinfahren, wo es nett ist«, schlage ich vor. Dabei fällt mir kein Ort auf der Welt ein – Finanzämter jetzt mal ausgenommen –, wo es mit ihm in diesem Aufzug irgendwie nett sein könnte.

Er schüttelt den Kopf. »Ich muss dahin, wir müssen die Zahlungen für meinen Vater regeln. Er kann nicht mehr richtig laufen. Kriegt Rente. Zum Leben zu wenig, zum Sterben zu viel. Verstehst du?«

»Was soll ich dabei für eine Rolle spielen?«

»Du sagst am besten gar nichts.«

Es ist eine heruntergekommene Gegend. Sanierungsgebiet. Die Straßen haben künstliche Engpässe bekommen. Die Fußwege schieben sich zu spärlich bepflanzten Halbinseln auf die Fahrbahn hinaus. In der Reihe der geparkten Wagen steht ein Autowrack. Viel Graffiti. Fensterscheiben mit Papier verklebt. Sein Vater wohnt im so genannten Hochparterre eines nach Urin riechenden Mietshauses. Die Tür hat drei Schlösser. Reiner Ausdruck von Angst. Im Notfall kein Hindernis, der Schwachpunkt sind die rostigen Angeln im morschen Holz. Wir betreten die Wohnung und werden von den beiden Schwestern freundlich empfangen. Sie sind im doppelten Sinne Schwestern, tragen beide eine dunkelblaue Tracht mit einem weißen Häubchen. Es sind Diakonissinnen oder so etwas, ich kenne mich da nicht aus. Sie sind älter als er. Ihre Gesichter sehen aus, als würden sie in ihrer Freizeit Trompete blasen. Es scheint ihnen ganz selbstverständlich, dass ich dabei bin. Alles in der Wohnung hat Blümchenmuster. Es riecht nach Kaffee und auf dem Tisch im Wohnzimmer steht selbstgebackener Kuchen. Die Schwestern eilen zwischen Küche und Wohnzimmer hin und her, um den Tisch zu decken. Sie summen ein Lied. Der Vater ist nicht zu sehen. Liegt wahrscheinlich im Bett.

Die Sitzordnung wird besprochen.

»Sie sind bestimmt seine Bewährungshelfer. Diesmal können Sie aber nicht neben ihm sitzen und aufpassen.«

»Was? Ich bin …«

Wiesel stößt mir den Ellbogen in die Seite.

»Wissen Sie, hier nehmen wir ihn immer in die Mitte und passen auf, dass er keine schlimmen Sachen macht.«

Also nehmen sie zu dritt auf dem Sofa Platz. Auf der anderen Seite des Tisches stehen ein Küchenstuhl und ein Sessel. Der Stuhl ist für mich.

Zweistimmig wird der Vater gerufen. Keine Antwort. Die Schwestern sehen sich an. Noch mal der Chor. Einen halben Ton höher. Nichts rührt sich. Wiesel wird geschickt, aber er kommt ohne Vater zurück.

»Er sitzt wieder am Fenster und schießt mit dem Luftgewehr auf die Nachbarskinder. Er will nicht kommen.«

Jetzt verstehe ich das Geräusch, das ich vorhin aus dem hinteren Teil der Wohnung vernommen habe. Ich runzle die Stirn und Wiesel erklärt: »Er trifft nicht. Nie.«

»Sie könnten es ja mal probieren, ihn zu holen«, sagt eine der Schwestern. Wiesel kneift seinen Mund zusammen und schüttelt leicht den Kopf. Ich soll wohl bei ihm bleiben, aber der Vater interessiert mich.

Er sitzt unrasiert in eine braune Wolldecke gehüllt am geöffneten Schlafzimmerfenster, das Gewehr auf dem Schoß und einen Krückstock neben sich. Ich schätze, dass er an die siebzig Jahre alt ist. Er hat schütteres Haar, Grind auf dem Kopf. Er sieht mich nicht an, als ich ihn grüße.

»Ich kann jetzt nicht.« Er blickt starr nach draußen in den geschlossenen Hinterhof. Auf der Rückfront haben die Mietskasernen einen vom Regen ausgewaschenen schwarzen Anstrich. Vielleicht ist es auch Schimmel. Der Hof ist voller Müll und Schrott. Eine Pfütze schimmert ölig. Hier wächst nichts mehr. In der Mitte steht zwischen teilweise abgebrochenen Wäschepfählen eine Sandkiste, ihre Holzbegrenzung ist halb verfault, der Sand grau, durchzogen von schwarzen Schlieren.

»Wo sind sie?«, frage ich.

Er hebt das Gewehr und zeigt mit dem Lauf auf einen Torweg. Ich sehe, wie zwei kleine Jungen vorsichtig um die Mauerkante gucken. Der Alte lacht auf. »Die wollen in der Sandkiste spielen.«

»Das dürfen sie nicht?«

»Nein. Nicht so lange ich lebe.«

Er hat Recht, das alte Ding ist ein Seuchenherd und wahrscheinlich voller Hundescheiße.

»Ich war mal Hausmeister«, sagt er.

Ich verspreche, ihm Kuchen und Kaffee zu bringen. Er lehnt ab. Hat keinen Hunger.

Die Mutter kommt nicht. Niemand scheint auf sie zu warten. Im Wohnzimmer wird von den Schwestern der selbstgebackene Kuchen gegessen und mit krümeligen Fingern auf die Heizungsabrechung getippt. Stimmt das denn? So viel! Wer soll das bezahlen? Muss Vater nicht ins Altersheim? Wer soll das bezahlen? Die Wasserabrechnung ist auch gekommen. Duscht der denn so viel? Wer soll das bezahlen? Wenigstens einmal die Woche muss eine Putzfrau her. Wir schaffen das nicht mehr. So wie das hier aussieht. Wer soll das bezahlen? Die Miete ist wieder erhöht worden. Wer soll das bezahlen? Die Rente ist so knapp. Er trinkt heimlich. Wer soll das bezahlen? Wiesel sitzt unglücklich zwischen seinen Schwestern, sagt nichts, isst nichts, trinkt nichts.

Ich nehme ein Stück Kuchen und beiße hinein. Rosinen? In diesem Moment herrscht plötzlich Ruhe. »Plopp«, macht es aus dem Schlafzimmer.

»Finden Sie es nicht auch widerlich?«, fragt mich eine der Schwestern.

»Was?« Mir krümelt es von den Lippen. Rosinen! Am liebsten würde ich den Kuchen ausspucken.

»Na, das, was er immer macht.« Sie zeigt mit dem Daumen auf ihren Bruder.

»Er ist doch auch so einer«, zischt die eine Schwester der anderen zu.

»Wie meinen Sie das?«, frage ich.

»Na, Sie wissen schon.«

»Ich sag doch«, zischt wieder die andere, »er ist auch ein Unnatürlicher.«

Wiesel stöhnt. »Ist schon gut. Ich übernehme die Rechnungen für Vater.«

Er greift vorsichtig nach seiner Kaffeetasse.

»Wir können es ja auch kaum bezahlen.« Seine linke Schwester rempelt ihn an. Der Kaffee ergießt sich über seine Hose. Alle drei springen auf.

»Er fängt schon wieder an!«, empört sich die andere Schwester. »Jetzt wird er gleich seine Hose ausziehen!« Sie wendet sich mir zu und schüttelt den Kopf: »So geht es immer los!«

»Nein, nein, ist nicht so schlimm.« Mit einer Papierserviette tupft Wiesel an seiner Hose herum. Ein großer Fleck breitet sich genau im Schritt aus.

»Guck! Guck!«, sagt die eine Schwester zur anderen. »Gleich zieht er die Hose aus!«

»Du Schwein«, sagt die andere und macht ein Gesicht, als wolle sie ihren Bruder anspucken.

»Was erlaubst du dir!«

»Du unverschämter Kerl!«

»Du Ekel!«

»Du Tier!«

»Du Stück Dreck, du!«

»Iiiih!«

Wiesel duckt sich, taucht unter einem zum Schlag erhobenen Arm hindurch auf meine Seite des Tisches. Ich verstehe nicht, was hier abläuft. Die beschimpfen ihn und tun so, als hätte er seine Hose heruntergelassen. Wiesel schnappt nach den Rechnungen und zieht mich in den Flur. »Lass uns gehen.«

»Die wollen dich so wütend machen, bis du es ihnen zeigst, was?«

»Du bist mein Zeuge. Ich hab nichts getan.«

Er will sich von niemandem verabschieden. Sein Vater ist ihm egal. Wir verlassen die Wohnung, die Schwestern sind verdächtig still.

»In welchem Verein sind die?«

»In gar keinem. Die leben von der Sozialhilfe und tun so, als wären sie die Sozialhilfe.«

»Versteh ich nicht!«

»Na, die haben sich nur diese Tracht besorgt, das ist alles. Sie gehören nicht dazu.«

Die Haustür klemmt. Wiesel wirft sich dagegen. Draußen stehen die beiden Jungen und laufen lachend weg. Sie hatten einen Stock unter die Tür geschoben.

»Arschlöcher!« Es gilt wohl mehr seinen Schwestern. Wiesel bleibt stehen, lehnt sich an die Hauswand und atmet tief durch. Dann erzählt er mir von seiner Mutter, die noch schlimmer war. Für jede, auch jede scheinbare Anspielung auf Sexualität setzte es Prügel.

»Und warum ist sie abgehauen?«

Er zuckt mit der Schulter. »Ist mir doch egal.«

»Bist du ein echter Exhibitionist?«

»Ich habe es jetzt im Griff.«

Die beiden Jungen sind etwa neun oder zehn Jahre alt. Sie beobachten uns aus sicherer Entfernung.

»He, kommt mal her«, rufe ich.

Sie rühren sich nicht von der Stelle.

Ich greife in meine Hosentasche und hole ein paar Münzen heraus. »Könnt ihr euch verdienen.«

Sie kommen zögernd näher.

Ich werfe ihnen zwei Euro zu, der Größere fängt sie.

»Ihr wart das doch an der Sandkiste?«

»Wir spielen doch nicht mehr im Sand!«

»Spielt da überhaupt noch jemand?«

»Hier gibt's keine kleinen Kinder mehr.«

»Und warum geht ihr da hin?«

»Um den Alten zu ärgern.« Der Größere grinst und hält die Hand für weitere Münzen auf. Ich schüttle den Kopf und wende mich wieder Wiesel zu. Wir gehen zum Auto. Ich frage mich, was seine Schwestern wohl jetzt mit dem Vater machen.

»Wenn du woanders hinwillst, ich komme auch allein zurück«, bietet Wiesel an. Ich betrachte den Fleck auf seiner Hose. Damit würde ich nicht spazieren gehen. »Steig schon ein.«

Wir fahren um den Häuserblock und bei der Toreinfahrt halte ich an.

»Was willst du hier?«

»Gucken, ob dein Vater noch am Fenster sitzt.«

»Ist doch egal.« Er folgt mir trotzdem auf den Hof. »Wahrscheinlich quälen sie ihn, schrubben ihn bis aufs Blut oder so was.«

Das Fenster ist noch halb offen, aber der Alte sitzt nicht mehr dahinter. Es ist nicht sehr hoch, wenn man sich auf eine Kiste stellt, könnte man hineinschauen. Ich sehe mich um. Wiesel spürt meine Absicht. »Du willst doch da nicht etwa …«

Ich gehe bis zur Mitte des Hofes und bleibe bei der Sandkiste stehen. Rundum betrachte ich die Fassaden. Viele Fenster sind blind.

»Komm, hör auf«, sagt Wiesel.

»Was?«

»Hier ist nichts zu holen.«

Die Sandkiste ist Sondermülldeponie und Jauchegrube.

Der Alte tut den Familien in der Gegend einen Gefallen, wenn er die Kinder verscheucht.

Wiesel will weg von dem Ort seiner Kindheit und Jugend. Er zupft an meiner Jacke. »Es macht mich fertig hier.«

Ich betrachte die Sandkiste. »Lass mich mal.«

»Du hast was gut bei mir, weil du dabei warst.«

Ich winke ab. »Schon in Ordnung.«

»Auf jeden Fall danke ich dir.«

Mit der Schuhspitze bohre ich im Sand, angle nach einem Stofffetzen. Da hängt was dran. Ich bücke mich. Es stinkt, ein paar Würmer winden sich. Maden wimmeln. Ich bohre ein bisschen tiefer. »Guck mal.«

»Was ist das?« Wiesel kommt einen halben Schritt näher und zuckt zurück.

»Deine Mutter«, sag ich. »Das ist deine Mutter.« Ich decke die Stelle wieder mit Sand zu.

Im Auto fragt mich Wiesel, was wir jetzt machen sollen.

»Nichts«, sage ich.

Ich fahre ihn zurück. Er schweigt, bis wir bei seiner Wohnung sind. Ich halte an, aber einen Augenblick starren wir weiter durch die Windschutzscheibe. Dann räuspert sich Wiesel. »Ich habe mich immer gewundert, wieso sie weggeht und die Wäsche im Hof hängen lässt. Das passte nicht zu ihr.«

Er steigt aus und steckt noch einmal den Kopf zur Wagentür herein. »Wo ist aber dann das Geld?«, fragt er.

»Müsste man mal suchen.«

Er nickt. »Wir sehen uns.«

Ich nicke. Heute Abend. Im *Schiff*. Am Flipper.

Frank Göhre

Mutters Tag

Ich bin auf dem Weg zu meiner Mutter. Wenn eben möglich, besuche ich sie einmal die Woche, am Sonntag. Ich könnte auch sagen, dass ich jeden Sonntag mit ihr verbringe. Aber das wäre mir unangenehm. Ein dreiundvierzigjähriger Mann, der, aus welchen Gründen auch immer, regelmäßig zu seiner Mutter fährt – nein, das ist absolut unmöglich. Einfach grotesk. Wenn man mich fragt, was ich am Wochenende mache, erzähle ich von meinem Haus auf dem Land. Es ist einsam gelegen, und ich brauche diese Abgeschiedenheit, um das zu tun, wozu ich die Woche über nicht komme. Ich sichte Geschäftsvorgänge, blättere Zeitschriften und Journale durch und lese die Artikel, die meinen Job betreffen. Ich bin in der Schallplattenbranche tätig, meine offizielle Berufsbezeichnung ist Pressechef. Das klingt bedeutender, als es ist. Meine Aufgabe besteht hauptsächlich darin, die Texte der für das Haus schreibenden Autoren zu redigieren und mit den für unsere Produkte zuständigen Journalisten zu telefonieren. Ich telefoniere viel. Eine ziemlich eintönige und auf die Dauer auch ermüdende Beschäftigung, zumal mich die Produktionen, die ich vorzustellen habe, bis auf wenige Ausnahmen kaum interessieren. In meiner Freizeit höre ich andere Musik. Meine Mutter hat eine wirklich hervorragende Sammlung klassischer Klavierkonzerte, zum Teil sehr seltene Aufnahmen. Die Platten gehörten meinem Onkel Hans, der früh verstorben ist. Es gab um sie einen üblen Erbschaftsstreit mit meiner Tante, einer auch sonst unangenehmen Person. Ein Luder, sagt meine Mutter bei entsprechenden Gelegenheiten, und ich muss ihr zustimmen. Trotzdem tut mir meine Tante irgendwie Leid. Sie vegetiert seit einigen Jahren in einem Pflegeheim vor sich hin und hat Wasser in den Beinen. Meine Mutter stellt oft mit unverhohlener Befriedigung fest, dass sie sie mit an Sicherheit grenzender Wahrscheinlichkeit überleben wird. Das befürchte ich allerdings auch. Meine Mutter ist noch sehr rüstig. Wenn wir im Wald spazieren gehen, bemüht sie sich, immer ein paar Schritte voraus zu sein. Gehe ich dir zu schnell?, fragt sie. Nein, sage ich. Pass nur auf, dass du nicht stolperst. Warum sollte ich stolpern?, fragt sie. Wünschst du dir etwa, dass ich hinfalle? Bei Gott, sage ich, nein. Aber sie unterbricht mich: Den Gefallen tue ich dir nicht. Was soll das?, fahre ich sie an. Das weißt du ganz genau, sagt sie und bleibt stehen: Du wartest doch nur auf einen Anlass, um mich ins Krankenhaus abschieben zu können oder in ein Altersheim. Ich gehe in kein Altersheim. Das sollst du auch nicht, werfe ich ein. Sie überhört es. Mir vorschreiben zu lassen, wann ich zu essen und zu schlafen habe, soweit kommt es noch. Nein, nicht mit mir. Energisch stößt sie ihren Stock auf. Schlag dir das aus dem Kopf, sagt sie und stolziert weiter. Ich bin gerade erst siebzig und mehr als gesund. Ich habe meine hübsche Wohnung und vor allem meine Ruhe. Wenn du mich nur nicht ständig aufregen würdest. Sie schimpft noch eine Weile vor sich hin, und es fällt mir schwer, ruhig zu bleiben. Aber ich unterdrücke meinen Ärger. Ich zünde mir eine Zigarette an. Ich rauche eigentlich kaum noch, in der Firma überhaupt nicht mehr. Meine Assistentin mag das nicht. Sie heißt Jenny und ist siebzehn Jahre jünger als ich. Jenny ist eine ausgesprochen hübsche Frau, die bei schönem Wetter gern viel von ihrem Busen zeigt. Sie hat eine wunderbar glatte Haut, und ich kann nicht umhin zuzugeben, dass ich in gewisser Weise ihretwegen versuche, mir das Rauchen ganz abzugewöhnen. Manchmal träume ich auch von ihr. Doch das mit dem Rauchen gelingt mir nicht. Jedenfalls nicht, wenn ich mit meiner Mutter zusammen bin. Warum tut sie mir das an? Ich denke doch nicht im Entferntesten daran, sie irgendwo einzuliefern. Sie ist tatsächlich bei relativ guter Gesundheit, und ich verhalte mich ihr gegenüber wirklich anständig. Fast immer bringe ich ihr eine Kleinigkeit mit, Kuchen oder Blumen, die ich am Hauptbahnhof kaufe. Der Mann am Stand glaubt, dass ich eine Geliebte habe. Ich widerspreche ihm nicht, denn eigentlich stimmt es ja. Ich liebe meine Mutter, obwohl sie es mir mitunter nicht gerade leicht macht.

Diesmal habe ich eine Flasche Portwein, englisches Gebäck und fünf wunderschöne Lilien dabei. Meine Unterlagen habe ich zu Hause gelassen. Ich zaubere ein Lächeln auf mein Gesicht. Herzlichen Glückwunsch zum Muttertag, sage ich und hauche meiner Mutter einen Kuss auf die Wange. Du hast getrunken, stellt sie fest. Sie nimmt mir die Blumen aus der Hand. Ich lasse dir erst einmal ein heißes Bad ein. Ich seufze schwer und hänge meine Jacke an den Garderobenhaken. Meine gute Laune ist dahin. Obwohl ich im Zug noch ein wenig geschlafen habe und ich mich ausgeruht fühle, ist das Gesicht, das mir aus dem Spiegel entgegenblickt, alles andere als frisch und munter. Ich habe Ringe unter den Augen, bin schlecht rasiert, und mein Haar ist ohne jegliche Form. Gehorsam gehe ich ins Bad und entkleide mich. Das muss ja eine wilde Nacht gewesen sein, sagt meine Mutter und drückt mir ein paar flauschige Tücher in die Hand. Ja, du hast wieder mal recht, sage ich und bitte sie um ein Aspirin, oder besser gleich zwei. Es macht sich zwar nur ein leichter Kopfschmerz bemerkbar, aber ich befürchte, dass die Schmerzen stärker werden, wenn ich nicht sofort etwas dagegen unternehme. Meine Mutter kramt nach dem Röhrchen. In der Tat, sage ich, es war eine lange Feier. Bis früh um fünf. Freunde, füge ich noch hinzu. In Wahrheit habe ich Jenny zufällig an der Alster getroffen. Ich habe sie zum Italiener eingeladen und beim Essen viel Wein getrunken. Als wir dann später im Taxi saßen, hat sie mich noch auf einen Absacker in ihre Wohnung gebeten. Du musst nicht jeden Sonntag kommen, sagt meine Mutter. Schon gar nicht an einem so albernen Tag. Aber über den Portwein freue ich mich natürlich. Wir können uns vor dem Abendessen ein Gläschen gönnen. Ich muss um acht Uhr zurück sein, wende ich ein. Meine Mutter überhört es. Ich zerkaue die Tabletten und spüle sie mit einem Glas Wasser hinunter. Bei Jenny gab es Whisky. Sie hat mir mehrmals nachgeschenkt, bevor sie dann fragte, warum ich ihr gegenüber immer so distanziert sei. Deinem Vater hat nach solchen Nächten ein Bier geholfen, fängt meine Mutter nun wieder an. Willst du ein Bier? Bei Gott, nein! Einen Kaffee, sage ich. Ich presse dir Orangen aus, sagt meine Mutter. Ist das Wasser gut so? Ja, sage ich und strecke mich in der Wanne aus. Es ist sehr gut. Schlaf nicht ein, rät mir meine Mutter und schließt die Tür hinter sich. Ich sehe Jenny über mir. Sie hat sich auf mich gesetzt und drückt meine Schultern zurück. Das hätten wir schon früher tun sollen, lacht sie. Penn mir ja nicht weg. Sie hat wunderschöne Brüste. Sie beugt sich vor, und ich kann an ihren Nippeln saugen.

Meine Mutter hat eine Platte aufgelegt, die »Wassermusik«

von Händel. Wir hören sie oft gemeinsam beim Frühstück. Die Musik löst die oft anfängliche Spannung zwischen uns und stimmt heiter. Ich nehme am Tisch Platz und wünsche meiner Mutter noch einmal alles Gute. Es ist ihr Tag. Mutters Tag. Meine Mutter schenkt mir Kaffee ein. Ich beginne, mich wieder wohl zu fühlen. Mit Jenny war es sehr schön. Sie hat mir lange von ihrem Freund erzählt, der ihr immer weniger bedeutet. Er sei zu jung, auch relativ unerfahren. Bei mir dagegen habe sie das Gefühl, dass ich sie richtig zu nehmen wisse. Meine Mutter reicht mir den Toast, und ich lange zu. Wir frühstücken ausgiebig, mit Ei und Schinken, und wie immer hat meine Mutter die ausgezeichnete luftgetrocknete Landwurst auf den Tisch gebracht, von der ich mir jeden Sonntagabend ein großes Stück mit nach Hause nehme. Lass uns heute mal zu »Kronbein« gehen, schlage ich vor. »Kronbein« ist das Gartenlokal bei den Fischteichen. Ich möchte meine Mutter noch zu Buchweizentorte mit Schlagsahne einladen. Denkst du schon an deine Rückfahrt? Ich bitte dich, sage ich. Ich habe lediglich dieses Konzert heute Abend, eine australische Gruppe, die bei uns unter Vertrag ist. Ich habe mit Jenny vereinbart, dass sie die kommende Nacht in meiner Wohnung verbringt. Eine kleine Überraschung, habe ich ihr angekündigt. Meine Mutter nickt mit zusammengekniffenen Lippen. Ich dachte an das Wetter, sage ich, es ist so schön heute. Viel zu heiß, sagt meine Mutter. Bei »Kronbein« ist nur Remmidemmi. Ich zucke die Achseln. Außerdem ist er mit seinen Preisen mehr als unverschämt, fügt meine Mutter hinzu. »Kronbein« ist im Verhältnis zu vergleichbaren Cafés in der Stadt spottbillig, aber ich unterlasse es, das anzumerken. Ich wollte dir nur eine Freude machen, sage ich. Eine Freude machst du mir, wenn du den Schinken aufisst. Ich bin inzwischen völlig gesättigt, nehme aber widerspruchslos die letzten zwei Scheiben vom Teller und stopfe sie mir in den Mund. Einen Moment lang frage ich mich, was Jenny jetzt wohl macht. Sie war gerade eingeschlafen, als ich aufbrechen musste. Dein Vater hat das nach so einer Nacht gebraucht. Was? Eine ordentliche Mahlzeit, sagt meine Mutter und schiebt mir die Käseplatte hin. Du hast den Gouda noch nicht probiert. Später, sage ich mit noch vollem Mund. War es denn wenigstens nett?, fragt sie. Mehr oder weniger geschäftlich, lüge ich. Und? War das wichtig für dich? Nein, sage ich, nicht sonderlich. Ich hoffe, dass das Thema damit erledigt ist. Ich will nicht weiterlügen müssen. Jenny hat mich nach meinen bisherigen Liebschaften gefragt. In der Firma geht das Gerücht um, dass ich hin und wieder mit Journalistinnen etwas habe. In der Tat gab es nur eine freie Autorin in München, mit der es allerdings immer ein Desaster war. Warum ging es dann bis früh um fünf? Ich habe, setze ich an, unterbreche mich: Ich habe nicht auf die Uhr geschaut. Das klingt mir selbst mehr als dumm. Knut war da, sage ich, als ob das alles erkläre. Knut ist einer meiner ältesten Freunde und arbeitet als Redakteur bei einer TV-Zeitschrift. Meine Mutter schätzt Knut sehr. Sie liest jeden seiner nichts sagenden Kommentare, die mit seinem Konterfei geschmückt sind. Knut, sagt meine Mutter. Knut ist verheiratet. Ich weiß nicht, was das jetzt heißen soll, und schaue sie leicht irritiert an. Eine netter Kerl, fährt meine Mutter fort. Was hat das eine mit dem anderen zu tun?, frage ich. Knut hat es zu was gebracht, sagt meine Mutter. Ich merke nun, worauf es hinauslaufen soll und taste meine Taschen nach Zigaretten ab. Jenny hat mich im Morgengrauen gebeten, nicht immer nur ihre Brüste zu liebkosen. Als wir dabei waren, uns erneut zu lieben, habe ich sie veranlasst, sich bäuchlings auszustrecken. Den Job hat er mir zu verdanken, sage ich zu meiner Mutter, um dem Gespräch eine andere Richtung zu geben. Ohne mich säße er noch in dieser Provinzklitsche. Ich habe ihm die Weichen gestellt. Das gehört sich auch so unter Freunden, sagt meine Mutter. War Agnes auch da? Nein, sage ich. Agnes war nicht da. Agnes ist Knuts Frau, und ich kann sie nicht ausstehen. In meinen Augen ist sie schlichtweg ordinär. Knut hat inzwischen auch mehr und mehr darunter zu leiden. Vielleicht sollte ich meiner Mutter gegenüber seine Eheprobleme andeuten. Eine Scheidung in Aussicht stellen. Ich stehe auf und hole mir einen Aschenbecher aus dem Küchenschrank. Als ich zurückkomme, sagt meine Mutter: Bring die beiden doch mal mit. Ihr könnt euch doch auch hier einen schönen Tag machen. Hier will ich meine Ruhe haben, erwidere ich barsch. Meine Mutter steht abrupt auf und stellt das Geschirr zusammen. Jenny ist danach gleich ins Bad gestürzt. Als sie sich wieder zu mir legte, gestand sie, dass sie kurz Angst gehabt habe völlig ausflippen, so intensiv sei es gewesen.

Später liege ich auf dem Balkon und döse vor mich hin. Meine Mutter sitzt unter dem Sonnenschirm. Sie hat sich das Klapptischchen mit herausgenommen und klebt die restlichen Fotos in das Album. Es sind Aufnahmen von unserer Reise nach Amsterdam. Ich hatte vor einigen Monaten dort zu tun und habe meine Mutter mitgenommen. Es war mein Geburtstaggeschenk für sie, und meine Mutter hat sich darüber sehr gefreut. Ich habe im Verlauf der Nacht bei Jenny vorgetastet, ob sie gern in der Natur ist, auf dem Land. Sie hat gesagt, sie liebe die Einsamkeit, wenn auch nicht auf Dauer. Aber am Wochenende mit mir rauszufahren, stelle sie sich sehr schön vor. Wir waren mal eine große Familie, sagt meine Mutter unvermittelt. Ich reagiere nicht. Ich halte

Jenny eng umschlungen und spüre ihren jungen, warmen Körper. Sie lässt ihre Hand zwischen meine Beine gleiten. Und das ist jetzt alles vorbei, fährt meine Mutter fort. Nur noch du und ich. Du bist der Letzte. Ich öffne nun doch die Augen. Meine Mutter blättert in dem Album. Du hattest wirklich entzückende Freundinnen, sagt sie. Sie sagt es ohne jede Ironie. Wahrscheinlich hat sie die Partybilder aus meiner Jugendzeit vor sich. Carmen oder Monika. Über Monika hat sie sich damals sehr abfällig geäußert. Ein schlimmes Mädchen, das mich zugrunde richten würde. Ich war wahnsinnig verliebt in Monika und nahe dran, sie zu heiraten. Jenny hat mich nach meiner Familie gefragt. Wie der Kontakt zu meinen Eltern sei. Ich habe gesagt, dass nur noch meine Mutter lebe. In einem Pflegeheim in ihrer Heimatstadt, im Rheinland. Und dass ich sie gelegentlich besuche. Sie sei allerdings sehr krank, die typische Altersdemenz. Jenny hat das bedauert. Sie hat betont, ein sehr gutes Verhältnis zu ihren Eltern zu haben. Weißt du, was aus Monika geworden ist?, fragt meine Mutter. Sie ist nach Amerika gegangen und hat inzwischen zwei Kinder. Siehst du, sagt meine Mutter. Was? Alle haben eine Familie, sagt sie. Ich seufze. Ja, sage ich und stehe auf. Wie ist es, wollen wir nicht doch zu »Kronbein«? Wenn du unbedingt willst, sagt meine Mutter. Es ist dein Tag, erwidere ich matt.

Wir nehmen den Weg an den Feldern vorbei. Es ist wirklich ein wunderschöner Tag. Meine Mutter stützt sich auf ihren Stock. Sie hat ihren Strohhut und eine Sonnenbrille aufgesetzt. Wie immer geht sie ein paar Schritte vor. Ich schließe auf. Ich fahre dann gleich nach dem Kaffee, sage ich, nachdem ich all meinen Mut zusammengenommen habe. Damit habe ich schon gerechnet, erwidert meine Mutter. Du hättest gar nicht erst kommen brauchen. Du machst mir nicht die geringste Freude. Ich bin mit einer Frau verabredet, sage ich. Ich wusste, dass du gelogen hast. Du hast mich immer schon angelogen. Ich habe die letzte Nacht mit ihr verbracht, und ich habe mich in sie verliebt. Ich will davon nichts hören, sagt meine Mutter. Lebe du ruhig dein Leben. Ich komme auch ohne dich zurecht. Ja, sage ich. Das hoffe ich. Das wirst du auch müssen. Ich werde Jenny mit der Frage überraschen, ob sie sich vorstellen könne, mit mir zusammenzuziehen. Ich muss sie das fragen, um endlich einmal etwas zu riskieren. Lügner, keift meine Mutter. Erbärmlicher Lügner. Lässt sich von mir durchfüttern und dankt es mir mit Gemeinheiten. Und das an so einem Tag. Sie hebt den Stock, als wolle sie mich damit schlagen. Ich schüttele nur den Kopf. Es tut mir Leid, sage ich. Aber ich kann nicht immer für dich da sein. Ich hoffe, dass ich Jenny dauerhaft an mich binden kann. Ich brauche dich nicht, sagt meine Mutter und stößt den Stock auf den Boden. Sie trifft einen Stein und der Stock gleitet ab. Meine Mutter verliert das Gleichgewicht. Ich stürze zu ihr, um sie zu halten, aber sie wehrt mich ab. Ich muss zusehen, wie sie hinfällt. Es tut mir weh, als ich ihren schmerzvollen Schrei höre. Sie liegt auf der Seite und schaut böse zu mir auf. Lass mich ruhig so liegen und lauf zu deiner Hure, bringt sie hervor. Mein Hals wird eng. Jenny lächelt mich glücklich an. Küsse haben kein Alter, sagt sie. Ich bin schon lange in dich verknallt. Denkst du, ich weiß nicht, mit welchen Weibern du dich herumtreibst?! Ich strecke meine Hand aus. Meine Mutter versucht, sich an ihrem Stock hochzuziehen. Sie schafft es nicht. Sie beschimpft mich weiter. Meine Augen füllen sich mit Tränen. Unendlich viel geht mir durch den Kopf, in Sekundenschnelle. Schließlich setzt sich ein Gedanke bei mir fest, nur einer. Es ist ein richtiger

Gedanke. Er basiert auf Liebe. Denn ich liebe meine Mutter wirklich. Ich kann ihr Jenny nicht zumuten. Das würde sie nicht verkraften, nicht überleben. Trotzdem zittert meine Hand, als ich mich bücke und den schweren Stein hebe.

Bernhard Jaumann

Jalousie

Werde Taxifahrer, wenn du etwas erleben willst!, hatte mir Julia damals geraten. Oder Hauptschullehrer. Oder – wenn du partout die Abgründe der menschlichen Psyche kennen lernen willst – professioneller Nordic-Walking-Trainer!

Ich dachte damals, sie mache nur einen Witz, aber selbst wenn ich sie ernst genommen hätte, wäre meine Entscheidung nicht anders ausgefallen. Ich hatte mir nun mal in den Kopf gesetzt, Privatdetektiv zu werden, und das habe ich dann auch durchgezogen. Sachen durchzuziehen, die ich mir vorgenommen habe, ist eine meiner Stärken. Vielleicht sollte ich mir das auf meine Karte drucken lassen: »Der, der die Sachen durchzieht.«

Eine meiner Schwächen ist, ernst gemeinte Ratschläge meiner Frau für Witze zu halten, und das war auch der Grund, warum ich nun zweimal die Woche in meinem Passat die Zeit totschlug. Auf dem Beifahrersitz neben mir lagen Handy, Fotoapparat und Fernglas, zwei volle und eine angebrochene Packung Lucky Strike, eine Flasche Mineralwasser und ein zur Hälfte ausgefülltes Rätselheft, mit dem ich nicht recht weiterkam. Die Sig Sauer P-229 ließ ich gleich zu Hause. Bisher hatte ich die Knarre noch nicht ein einziges Mal gebraucht.

Seit drei Jahren überwachte ich mutmaßliche Ehebrecher, ertappte Büroangestellte, die Druckerpapier vom Arbeitsplatz mitgehen ließen, und wartete ab, bis den jugendlichen Ausreißern, die ich einfangen sollte, das Geld ausgegangen war, so dass sie von selbst wieder reumütig nach Hause zurückkehrten. Privatdetektiv ist ein Traumjob für alle, die gern warten und sich im Lösen von Kreuzworträtseln perfektionieren wollen. Solange man sich darauf konzentrieren kann und nicht irgendwelche Begriffe zur fixen Idee werden. Jalousie zum Beispiel. Acht Buchstaben. Ja – lou – sie. Wie diese Dinger vor den Fenstern. Wie Eifersucht auf Französisch. Letzte Woche war mir eingefallen, wie ich danach fragen würde, wenn ich Kreuzworträtselmacher wäre: Eifersucht, die den Blick verstellt, mon amour.

Ich hatte Julia angerufen und sie nach dem Begriff gefragt, aber sie war nicht auf die Lösung gekommen. Wahrscheinlich hatte sie mir gar nicht zugehört. Sie macht sich nichts aus Kreuzworträtseln.

Ich zündete mir eine Zigarette an und betrachtete das Haus schräg gegenüber. Das Grundstück stieg an, so dass der Blick von dem zurückgesetzten Bungalow aus über den adretten Garten und die Dächer diesseits der Straße weit über die Elbe schweifen könnte. Wenn denn jemand geschaut hätte! Doch jedes Mal, wenn Kiepenköller am späten Vormittag das Haus verlassen hatte, dauerte es keine fünf Minuten, bis die Jalousien vor der verglasten Front des Bungalows heruntergingen. Dunkelrote Jalousien.

Die Dame des Hauses hatte ich noch nie zu Gesicht bekommen. Das Foto, das mir Kiepenköller überlassen hatte, zeigte eine blonde, kühl elegante Enddreißigerin, die sicher in der Oper wie beim Diner mit Geschäftsfreunden ihres Mannes eine perfekte Figur abzugeben wusste. Kultiviert und harmlos, das war mein erster Eindruck. Meiner bescheidenen Meinung nach gehörte sie zu dem Typ Frau, dessen

Leben mit Fitnessstudios, hochpreisigen Boutiquen und Migräneanfällen so erfüllt ist, dass weder Zeit noch Raum für einen Liebhaber bleiben.

Kiepenköller hatte das anders gesehen, und meine Aufgabe war es schließlich nicht, möglichen Klienten ihre Eifersucht auszureden. So hatte ich nur genickt, als er von einem begründeten Verdacht faselte. Ich solle seine Frau überwachen und ihn augenblicklich anrufen, wenn sie ausgehe oder jemand das Haus betrete.

»Rund um die Uhr?«, hatte ich gefragt und mir vorgenommen, einen Studenten für die zweite Schicht anzuheuern. Schließlich hat man selbst auch ein Privatleben.

»Vorläufig nur sonntags und dienstags. Meine Frau weiß von meinen festen Golfterminen.«

Ich hatte mir eine anzügliche Bemerkung übers Einlochen verkniffen.

»Sie sind mir als besonders zuverlässig empfohlen worden«, hatte Kiepenköller gesagt. Ich konnte mir nicht recht vorstellen, von wem, hatte aber das Kompliment zum Anlass genommen, meinen geforderten Tagessatz großzügig nach oben zu runden. Kiepenköller hatte akzeptiert, ohne mit der Wimper zu zucken.

So saß ich nun sonntags und dienstags in meinem Wagen, sah zu, wie Kiepenköller Punkt 11.00 Uhr seine Golftasche in den BMW packte und wie kurz darauf die roten Jalousien herabgelassen wurden. Beim ersten Mal dachte ich mir noch nichts dabei. Es war ein sonniger, heißer Tag, und ich konnte mir gut vorstellen, dass sich der Raum hinter der großen Glasfront stark aufheizte. Doch bald merkte ich, dass das Wetter keine Rolle spielte. Es mochte bewölkt sein, regnen, hageln, kaum war Kiepenköller draußen, ging die Jalousie herab. Solange es keinem schadet, kann von mir aus jeder tun und lassen, was er will, doch man macht sich nun mal seine Gedanken. Es war seltsam, so seltsam, dass es mir nicht mehr gelang, mich auf mein Kreuzworträtsel zu konzentrieren.

Obwohl nichts zu sehen war oder vielleicht gerade deswegen, begann ich mir auszumalen, was in dem verdunkelten Wohnzimmer vorgehen könnte. Ob die feine Dame ein paar Liebhaber im Keller versteckt hatte? Oder gab es einen unterirdischen Geheimgang, durch den sie Einlass fanden? Und dann tobte eine wilde Orgie im Wohnzimmer? Eine schwarze Messe, bei der Hühnern der Kopf abgeschlagen wurde? Eine Geisterbeschwörung? Natürlich glaubte ich nichts davon ernsthaft. Das Leben ist kein Horrorfilm, und nach meinen bisherigen beruflichen Erfahrungen war die banalste Erklärung immer die wahrscheinlichste. Gab es so etwas wie chronische Migräne? Vorletzten Dienstag gegen 13.00 Uhr legte ich mein Rätselheft zur Seite und rief Julia an.

»Was weiß denn ich? Ich kenne die Frau doch gar nicht«, sagte sie.

»Sie empfängt keinen Besuch und verlässt das Haus nicht. Ihr Smart rostet in der Einfahrt vor sich hin. Sie pflückt keine Blumen, geht nicht zum Briefkasten, setzt sich nicht in die Sonne. Wenn das mit der Jalousie nicht wäre, würde ich sagen, dass sich kein Mensch in dem verdammten Bungalow befindet.«

»Vielleicht ist sie depressiv«, sagte Julia.

»Und ihr Mann denkt, dass sie über jede Menge Liebhaber herfällt, sobald die Haustür hinter ihm zuschlägt?«

»Das kann dir doch egal sein.«

Julia interessiert sich nicht besonders für meine Arbeit. Ich sagte: »Ich möchte ja nur wissen, womit sich solch ein Luxusweibchen den ganzen Tag über beschäftigt.«

»Keine Ahnung«, sagte Julia. »Vielleicht lackiert sie ihre Nägel. Ich jedenfalls muss jetzt wirklich …«

»Ist schon gut«, sagte ich und legte auf. Doch auch an den folgenden Überwachungstagen wurde ich das Gefühl nicht los, dass etwas nicht stimmte. Durch den Feldstecher konnte ich erkennen, dass die Lamellen der Jalousie leicht schräg gestellt waren. Der Öffnungswinkel gestattete wohl gerade den Blick auf die Terrakottafliesen der Terrasse. Ich hielt es für ausgeschlossen, dass Frau Kiepenköller bis zu mir herüber sehen konnte, selbst wenn sie direkt hinter der Jalousie stand. Andererseits brauchte sie nur zwei Lamellen ein wenig mit den Fingern zu spreizen, um freies Blickfeld zu haben. Vielleicht beobachtete sie mich schon wochenlang, während ich ein Kreuzworträtsel nach dem anderen ausfüllte.

Ich musterte die Front der Jalousie mit dem Feldstecher Quadratmeter für Quadratmeter und versuchte, winzige Verformungen, den Schatten einer Fingerkuppe, Helligkeitsunterschiede, leichte Bewegungen wie von einem Luftzug festzustellen. Nichts. Da war nur die blutrote Front einer Jalousie, hinter der alles Mögliche geschehen konnte.

Ich hätte zu gern gewusst, ob sie mich beobachtete. Ich rief die Auskunft an und ließ mir die Festnetznummer von Kiepenköllers geben. Es war unwahrscheinlich, dass sich das Telefon direkt hinter der Fensterfront befand. Wenn die Frau innerhalb der ersten drei Klingeltöne abnahm, stand sie nicht hinter der Jalousie. Zumindest beschloss ich, das für mich als Beweis anzuerkennen. Ich wählte die Nummer und zählte die Klingeltöne mit. 1, 2, 3, 4 … Beim zehnten Ton drückte ich auf Stop. Frau Kiepenköller ging nicht ans Telefon. Wenn da überhaupt eine Frau Kiepenköller war.

Die Geschichte mit dem Seitensprung hatte ich zu dem Zeitpunkt schon verworfen. Und wenn ich noch zwanzig

Jahre durch den Feldstecher glotzte, ein Liebhaber würde hier bestimmt nicht auftauchen. Noch nicht ganz so sicher war ich, ob Kiepenköller das auch wusste, ja, von Anfang an gewusst hatte. Wer kannte schon seinen Ehepartner? Wer wusste schon, was sich wirklich in ihm abspielte? Andererseits war mir Eifersucht von Grund auf suspekt. Meiner Ansicht nach war das eine Masche, die Hollywoodfilme spannend machen sollte, und ansonsten höchstens als achtbuchstabiges Fremdwort für Kreuzworträtsel taugte. So oder so, hinter Kiepenköllers Überwachungsauftrag konnte leicht ein ganz anderer Grund stecken. Das gefiel mir nicht. Ich mag es nicht, benutzt zu werden, und schon gar nicht für einen Zweck, von dem ich keine Ahnung habe.

Plötzlich schoss mir der Gedanke durch den Kopf, dass Kiepenköller seine Frau umgebracht hatte. Eine Jalousie per Zeitschaltuhr herabzulassen, war mehr als simpel, und ein anderes Lebenszeichen hatte ich in all den Tagen nicht feststellen können. Vielleicht löste sich die Leiche der Frau gerade im Salzsäurebad auf. Und bis das geschehen war, wollte Kiepenköller ihren Tod verheimlichen. Meine Aufgabe bestünde dann darin, seine Angaben über den Zeitpunkt des Verschwindens seiner Frau zu bestätigen. Vielleicht war mir sogar die Rolle des Verdächtigen zugedacht. Irgendwelchen Nachbarn war sicher aufgefallen, dass ich zweimal wöchentlich hier aus dem Auto über die Straße starrte. Wenn dann die Frau verschwand, die ich beobachtet hatte, würde daraus im Handumdrehen mehr werden. Ich war mir sicher, dass der Polizei die wildesten Unterstellungen als handfeste Fakten unterbreitet würden.

An diesem Punkt hätte ich Feldstecher und Rätselheft einpacken und den Auftrag zurückgeben sollen. Was mich davon abhielt, war dieses verdammte Wort Jalousie. In seiner

Zweideutigkeit war es fast zur fixen Idee geworden. Ich musste wissen, was es damit auf sich hatte. Was geschah hinter diesen roten Lamellen? Und was verbarg sich hinter der angeblichen Eifersucht des Ehemanns? Ich starrte auf die rote Wand hinter der Fensterfront und beschloss, ein paar Dinge zu tun, die man als Privatdetektiv unter keinen Umständen tut: den Klienten zu belügen und einen Auftrag eigenmächtig zu verändern.

Zuerst rief ich Kiepenköller auf seinem Handy an. Es dauerte eine Weile, bis er dran war. »Ja?«

»Es ist einer ins Haus gegangen, circa dreißig Jahre alt, sportlicher Typ, dunkle Haare.« Ich sah an mir herab und fuhr fort: »Enges weißes T-Shirt, Leinenhose, Nike-Turnschuhe.«

»Was?«, fragte Kiepenköller.

»Gerade eben«, sagte ich. »Sie wollten doch sofort Bescheid haben?«

»Ja, natürlich, danke«, sagte Kiepenköller. Er schien zu überlegen. Am anderen Ende herrschte die Art von Stille, die ein geschlossener Raum ausstrahlt. Auf einem Golfplatz befand sich Kiepenköller jedenfalls nicht.

»Überwachen Sie weiter!«, sagte er. »Rufen Sie mich noch einmal an, wenn meine Frau oder er das Haus verlässt!«

»Kommen Sie vorbei?«

»Ich ... Es kann eine Weile dauern.« Er legte auf.

Völlig klar war nun, dass ich die Eifersuchtstheorie endgültig beerdigen konnte. Niemand, der einen begründeten Verdacht hegt, dass seine Frau ihn betrügt, reagiert so überrascht. Kiepenköller schien es auch nicht zu interessieren, ob die Identität des angeblichen Liebhabers per Foto, Autokennzeichen oder sonstwie herauszufinden war. Er hatte es nicht besonders eilig herzukommen. Es wirkte fast, als hätte mir Kiepenköller die ganze Geschichte nicht abgenommen. So, als könne es gar nicht sein, dass seine Frau jemandem die Tür geöffnet habe. Weil eine Leiche dazu gemeinhin nicht in der Lage ist?

Ich stieg aus und ging quer über die Straße. Es wunderte mich nicht, dass sich nichts rührte, als ich an der Einfahrt klingelte. Ich stieß das Gartentor auf und klopfte an der Haustür.

»Frau Kiepenköller?«

Ich horchte.

Nichts.

Ich ging ums Haus. Irgendwie würde ich hineinkommen. Bevor Kiepenköller hier auftauchte, musste ich wissen, woran ich war. Ob ich für einen Mörder arbeitete. Die Jalousie an der Vorderfront schien mir eine Spur weiter geschlossen, als ich es im Feldstecher beobachtet hatte, aber vielleicht lag es auch an dem unterschiedlichen Blickwinkel. Vom Zimmer dahinter konnte ich nichts erkennen. Außer dass es dunkel war. Ich drückte die Klinke der Terrassentür nach unten. Die Tür schwang nach innen auf. Die Lamellen der Jalousie klirrten leicht. Ich drückte mich an der Wand an ihnen vorbei und stellte sie quer. Sonnenlicht flutete in den Raum.

Zwei Meter vor mir stand Frau Kiepenköller. Ihr Haar war nachlässig hochgesteckt, sie hatte tiefe Ringe unter den Augen, und wenn ihr Gesicht auch zerstörter wirkte als auf dem Foto, so war sie doch unzweifelhaft am Leben. Noch mehr überraschte mich allerdings, dass sie mit einer Pistole auf mich zielte. Ich spürte die Lamellen der Jalousie in meinem Rücken und brachte kein Wort hervor.

»So sehen Sie also aus!«, sagte Frau Kiepenköller. »Ich hatte keine Ahnung, wie ich mir einen Killer vorstellen sollte.«

»Killer?« Ich schnappte nach Luft.

»Mein Mann hat Ihnen nicht gesagt, dass ich etwas ahnen könnte?« Sie lachte auf. »Er hält mich für dumm. Er meint, ich wüsste nicht, dass er mich seit Monaten betrügt. Dass er mich loswerden will.«

»Das ist ein Missverständnis …«, begann ich.

»Sind Sie verheiratet?«, fragte sie.

»Ich bin Privatdetektiv, ich …«

»Ob Sie verheiratet sind?« Sie hob die Pistole an. Ich konnte nun in die Mündung des Laufs sehen. Ein kleines schwarzes Loch.

»Ja«, sagte ich.

»Können Sie sich vorstellen, dass Ihre Frau Sie zerstört? Indem sie Sie wegwirft wie ein gebrauchtes Taschentuch? Indem sie hemmungslos in der Gegend herumhurt und Sie dabei für dumm verkauft?«

»Nein«, sagte ich. Die Frau war fertig. Zerfressen vor Eifersucht. Zu keinem nüchternen Gedanken in der Lage. Nur die Pistole in ihrer Hand zitterte nicht.

»Ich sollte Sie einfach erschießen«, sagte sie, »und mit dem Rest der Kugeln den Unterleib meines Mannes durchlöchern.«

»Hören Sie«, sagte ich, »ich kann Ihnen gern meinen Ausweis zeigen. Ich wollte bei Ihnen nur Erkundigungen über einen Nachbarn …«

»Hören Sie mit dem Unsinn auf!«, zischte sie. Sie stierte mich an, ihre Hände wurden weiß unter der Gewalt, mit der sie den Pistolengriff umklammerte. Ich schloss die Augen. Sie kicherte kläglich und sagte: »Nur den Zeigefinger krümmen! Eine winzige Bewegung, die kein bisschen Kraft kostet! Doch es geht nicht. Ich schaffe es einfach nicht!«

»Frau Kiepenköller …«, sagte ich.

»Raus!«, schrie sie. »Verschwinden Sie!«

Ich ging. Nach dem Gartentor wandte ich mich nach rechts, um von hinten zu meinem Wagen zu kommen. Ich ließ mich in den Fahrersitz fallen, zündete mir eine Zigarette an und nahm mir vor, die Sig Sauer ab sofort immer bei mir zu tragen. Dann rief ich Kiepenköller an.

»Falscher Alarm!«, sagte ich.

»Könnten Sie sich etwas klarer ausdrücken?«, sagte er.

»Der Mann ist schon wieder weg. Ein harmloser Zeitschriftenwerber«, sagte ich.

Ich brauchte Zeit, um zu begreifen, was hier eigentlich ablief. Sonntagnacht schlief ich kaum, den ganzen Montag grübelte ich. Dass Julia wie immer mit ihren Sachen beschäftigt war, störte mich ausnahmsweise nicht. Am Dienstag parkte ich am gewohnten Platz und nickte Kiepenköller zu, als er Punkt 11.00 Uhr seinen BMW an mir vorbeisteuerte.

Je länger ich nachdachte, umso wahrscheinlicher schien mir, dass Frau Kiepenköller nicht ganz Unrecht hatte. Sie war krank vor Eifersucht, nicht ihr Mann. Und wenn es eine Ursache dafür gab, wenn Kiepenköller beispielsweise sonntags und dienstags mit seiner Geliebten herumturnte, dann war ich sein Frühwarnsystem, falls seine Frau auf die Idee käme, ihn auf frischer Tat ertappen zu wollen. Das war die harmlose Theorie. Die weniger harmlose bestand darin, dass Kiepenköller sie tatsächlich gewaltsam loswerden wollte. Warum sperrte sie sich denn ein, versteckte sich hinter dieser verdammten Jalousie, ging nicht ans Telefon, wenn sie nicht wirklich Angst vor einem Killer hatte? War es nicht möglich, dass ihr Mann ihr diese Angst durch sanfte Andeutungen eingeimpft hatte? Dass er ihr die Pistole zugänglich gemacht hatte? Und konnte er sich nicht ausrechnen, dass ich nach wochenlanger Beobachtung neugierig werden und mir das Haus näher ansehen würde? Ob sie dann mich erschoss und dafür in den Knast ging oder ob ich sie in Notwehr beseitigte, war dann aus Kiepenköllers Sicht schon egal. Er hätte seine Frau auf jeden Fall los.

Ich beschloss, vorsichtig zu sein und abzuwarten. Mit dem Feldstecher beobachtete ich die rote Jalousie. Wie an allen Tagen zuvor war sie geschlossen. Haus und Grundstück schienen verlassen, und Frau Kiepenköller hätte genauso gut tot sein können. Wenigstens bis 12.50 Uhr. Ich hatte gerade meine vierte Zigarette ausgedrückt, als sich die Haustür öffnete und Frau Kiepenköller zu ihrem Smart ging. Sie war elegant gekleidet und sorgfältig geschminkt. Ans linke Ohr drückte sie ein Handy. Eigentlich hätte ich sofort ihren Mann anrufen sollen, doch irgendetwas in mir flüsterte, dass dafür immer noch Zeit wäre. Ich ließ den Passat an, als sie die Grundstückseinfahrt passierte.

Ich folgte ihr erst Richtung Innenstadt, bog dann in die Barmbeker Straße ab. Genau den Weg, den ich zweimal wöchentlich nahm. Aber auch wenn ich mich nicht ausgekannt hätte, wäre ich ohne Probleme drangeblieben. Sie fuhr nicht schnell, vielleicht weil sie immer noch telefonierte. Die rechte Hand am Steuer, die linke mit dem Handy am Ohr. Und dann begriff ich. Zur Sicherheit tippte ich Kiepenköllers Nummer ein. Besetzt. Wie ich vermutet hatte. Sie telefonierte mit ihrem Mann, damit ich ihn nicht warnen konnte! Das bedeutete, sie wusste, wo er war. Und sie war auf dem Weg dorthin. Ich blickte aufs Handschuhfach, in dem meine Sig Sauer lag, und gab Gas. Ich musste sie rechtzeitig stoppen.

In Winterhude blinkte sie links und bog ab. Kröhnskamp. Unmöglich, hier zu überholen. Es war mein Revier, ich wohnte da vorn am Heidberg. Fieberhaft überlegte ich, wie ich ihr den Weg abschneiden könnte. Keine Chance, wenn ich nicht wusste, wohin sie wollte. Und woher sollte ich das wissen!

Frau Kiepenköller bog in die Gottschedstraße ab, dann wieder links in das Wohnblockgeviert am Heidberg. Sie legte das Handy zur Seite und rollte langsam an der Ziegelfront des Blocks vorbei. Hinter der 90-Grad-Kurve parkte sie ein. Ich blieb ebenfalls stehen. Rechts neben mir lag das Haus, in dem Julia und ich uns vor drei Jahren eine Dreizimmerwohnung gekauft hatten, die wir mit Hängen und Würgen abzahlten. Die Sonne schien. Wie neugierige Augen blickten Hunderte von Fenstern auf den Innenhof. Nur vor einem war eine Jalousie heruntergelassen. Eine weiße Jalousie. Julia hatte auf Jalousien bestanden. Das würde sie an den Süden erinnern. Eigentlich wollte sie immer schon weg von hier. Eigentlich hatte sie sich immer ein abenteuerlicheres Leben vorgestellt.

Ich war ganz ruhig, nahm die Sig Sauer aus dem Handschuhfach und entsicherte sie. Dann stieg ich aus, ging langsam in den zweiten Stock hoch und sperrte leise die Tür meiner Wohnung auf. Schon im Flur hörte man das Gekeuche. Von der Schlafzimmertür aus sah ich sie im Bett. Durch die Lamellen der Jalousie fielen Lichtstreifen über die nackten Körper. Er lag oben. Ganz klassisch. Fast war ich ein wenig von Julia enttäuscht.

»Wort mit acht Buchstaben: Eifersucht, die den Blick verstellt, mon amour«, sagte ich.

Kiepenköller fuhr herum. Als er die Pistole sah, streckte er mir abwehrend die Hand entgegen. Julia zog die Bettdecke hoch.

»Also?«, fragte ich.

»Hören Sie …«, sagte Kiepenköller.

»Das Wort beginnt mit J«, sagte ich.

»Wir können doch wie vernünftige Menschen …«, sagte Kiepenköller.

Da schoss ich. Ich kann es auf den Tod nicht leiden, wenn jemand nur herumschwafelt. Wenn jemand nicht auf meine Fragen antwortet. Ich schoss das ganze Magazin leer, warf die Pistole aufs Bett und machte kehrt. Draußen vor der Haustür wartete Frau Kiepenköller.

»Ihn oder sie?«, fragte sie. Es schien ihr völlig egal zu sein, ob ich begriffen hatte, wie sie mich benutzt hatte. Sie hatte gewusst, dass ihr Mann mich nicht nur angestellt hatte, um sie unter Kontrolle zu halten, sondern auch um freie Bahn bei meiner Frau zu haben. Sie hatte mich mit ihrer Killershow dazu gebracht, die Knarre einzustecken. Sie hatte mich hierher geführt und sie hatte so lange mit ihrem Mann telefoniert, dass ich ihn nicht warnen konnte. Sie hatte dafür gesorgt, dass ich die beiden in flagranti erwischte. Sie war krank vor Eifersucht, und ich sollte ihren Mann für sie umlegen.

»Ihn oder sie?«, fragte sie noch einmal. Ängstlich. Als hinge alles davon ab, das richtige Pronomen mit drei Buchstaben in ein Kreuzworträtsel einzusetzen. Fast tat sie mir Leid.

Ich schüttelte den Kopf. Ich weiß gar nicht, was Eifersucht ist. Und ein Mörder bin ich erst recht nicht. Ich arbeite in dem Beruf, den ich immer wollte, und ich besitze eine kluge und begehrenswerte Frau. Warum sollte ich mir mein Leben zerstören? Kiepenköller hat begriffen, was los ist. Und Julia wird ihre Lektion auch nicht vergessen. Jede Nacht wird sie daran erinnert werden, wenn ich die Jalousie herablasse. Komm her, mein Schatz!, werde ich sagen, und süßes Mondlicht wird durch die Löcher fallen, die von meinen sechs Kugeln in die Lamellen der Jalousie gerissen wurden.

Dann wird sich Julia an mich kuscheln, während ich das

Kreuzworträtselheft aufschlage. Jetzt streng dich an!, werde ich sagen, und zusammen werden wir jedes einzelne Rätsel bis zum letzten Buchstabenfeld lösen. Denn ich bin einer, der die Sachen bis zum Ende durchzieht.

H. P. Karr

Wofür halten Sie mich?

Sommer. 30 Grad. Ich liege auf dem Balkon. Die Sonne brennt, die Luft steht zwischen den Häusern. Wer hat eigentlich gesagt, dass der Plattenbau in der DDR erfunden worden ist? Die Anlage hier heißt Eichengrund. Sieben Blöcke, jeweils zehn Etagen, auf dem verbrannten Rasen gegeneinander versetzt, und weit und breit keine Eichen zu sehen.

Mitten im Eichengrund der Eichenplatz – auch da keine Eiche, sondern eine mickrige Linde an einem trockenen Brunnen aus Waschbeton. Ein Supermarkt, eine Sparkasse, eine Videothek, ein Tattooshop mit Postagentur und ein paar Läden für neue Klamotten, neue gebrauchte Klamotten und gebrauchte gebrauchte Klamotten. Eine Pizzeria mit Straßenverkauf, eine Dönerbude, eine Trinkhalle, und das war's dann.

Hier auf dem Balkon ist es einigermaßen auszuhalten bei der Hitze. Das Hoch heißt Attila und grillt uns seit einer Woche. Im Appartement steht die Luft, nachts schwitze ich beim Telefonieren, als würde ich im Stahlwerk anschaffen.

Drüben blitzt das Fernglas. Nummer 56 im fünften Stock. Ein Typ mit Bauch und Pferdeschwanz, Dreitagebart, Shorts und Netz-Shirt. Wenn er nicht von seinem Balkon rüberspannt, steht er mit seinen Kumpels an der Trinkhalle am Eichenplatz, Bier in der einen Hand, Zigarette in der anderen.

Jetzt allerdings hat er das Fernglas in der einen Hand und wahrscheinlich sein Ding in der anderen. Drinnen klingelt das Telefon. No, Sir – heute nicht! Ich habe meinen Einteiler an, ziemlich knapp geschnitten und hoch angesetzt an den Schenkeln. Meine Haut glänzt vom Nussöl, mit dem ich mich eingerieben habe. Dazu der dünne Schweißfilm. Diese Sonne.

Die Balkone haben keine Sichtblenden, nur Metallgeländer, die halb durchgerostet in der Wand hängen. Deshalb kann der Typ drüben mich jetzt auch komplett sehen, fernglasfüllend sozusagen.

Ich lasse meine Hand zwischen die Schenkel gleiten, reibe den flachen Hügel, während die andere auf der Brust liegt. Meine Titten sind perfekt. Meine Hand bewegt sich erst träge, dann schneller. Das Fernglasblitzen zittert, und ich ahne, dass er jetzt schon halb überm Geländer hängt und nicht weiß, wie er sich festhalten soll, wo er doch alle Hände voll zu tun hat. Ein echter Wichser, im wahrsten Sinn des Wortes, ein Wichser mit einer groben Stimme, heiser von zu viel Zigaretten und Bier.

Als unten der Eiswagen vorfährt und »Azzurro« blechern aus dem Lautsprecher klingt, ist er drüben auf seinem Balkon kurz irritiert. Von überall rasen Kinder heran, große, kleine, dunkle, helle, brüllen in hundert Sprachen und fangen sofort eine Schlägerei um das erste Eis an.

Ich wölbe meinen Körper unter meinen Händen, die Finger rutschen unter den Einteiler, zwischen meine Schenkel, ich werfe den Kopf zurück, fahre mit der Zunge über die Lippen. Das Fernglasblinken zittert, ganz eindeutig nicht im Takt von »Azzurro«.

Ich greife nach der Wasserflasche. Nicht so ein Ein-Liter-Container, sondern eine kleine, schlanke, elegante. Sie steht neben meiner Liege, ich muss nur nach unten fassen.

Setze sie an, lecke über diesen festen runden Flaschenhals, stülpe meine Lippen darüber und lege den Kopf zurück, trinke, schlucke, und es läuft mir aus den Mundwinkel übers Kinn den Hals hinunter bis …

…die Kinder noch lauter brüllen. Unten ist auf einmal ein schreckliches Durcheinander. Der Eisverkäufer würgt Adriano Celentano ab und rast über den vertrockneten Rasen. Drüben fehlt im fünften Stock das Fernglasblitzen und ein Balkongeländer. Das liegt unten vorm Block, und daneben eine leblose Gestalt: Pferdeschwanz, Dreitagebart, Shorts und Netz-Shirt. Und, wenn ich mich nicht täusche, immer noch mit einer Hand in der Hose.

***

Niemand hat wirklich was gesehen, keiner wirklich was gehört, aber gerade deswegen kann natürlich jeder mitreden. Die Sache ist die nächsten Tage das Top-Thema im Eichengrund: an der Supermarktkasse rumgetuschelt, in der Sparkasse breitgetreten und an der Trinkhalle weitergetratscht, mit nach Hause genommen und da noch mal von vorne bis hinten durchgehechelt: unten an der Hausmeisterloge, im Fahrstuhl und auf dem Gang vor der Wohnungstür. Ein Foto war in der Zeitung, vom Block 5, mit einer gestrichelten Linie aus der fünften Etage bis nach unten. Im Artikel heißt er Jens B. (42), aber inzwischen weiß jeder im Eichengrund, dass es der Buttgereit war. Gelernter Maschinenbauer, langzeitarbeitslos, allein und geschieden, dauernd klamm und dauernd halb besoffen.

Tragischer Unfall, ganz klar.

Alles ist in bester Ordnung, bis ich dann heute Morgen den Polizei-Vectra unten sehe und die beiden, die vorm Block stehen, Listen durchgehen, ein bisschen Funkverkehr mit ihren Walkie-Talkies haben und dann im Block verschwinden. Im Supermarkt hör ich dann schon alles über die Bullen, die überall rumfragen.

Und kaum bin ich zurück und habe mich ein bisschen hübsch gemacht, da klingelt es auch schon. Sie sind zu zweit. Ein Typ und eine Frau.

»Kommissar Reuschenbach, und das ist meine Kollegin Schwerin. Wir haben ein paar Fragen.«

Oha. Dieser Kommissar ist ein Süßer. Gut trainiert, hübsch angezogen und so in dem Alter, wo Mann es gern noch mal wissen möchte.

»Frau Koenig!«, sagt er. »Ein paar Fragen!«

Ich strahle Reuschenbach an. »Wegen dem, der da runtergefallen ist?« Ich weiß, dass meine Augen blitzen, lockend, verführerisch: Die neuen Linsen sind wirklich klasse. Außerdem rieche ich gut – das Parfüm war sauteuer, ist aber jeden Cent wert. Mein Haar schwingt mit der leichten Kopfbewegung, mit der ich in mein Appartement deute. »Aber bitte. Kommen Sie doch herein!«

Seine Kollegin sehe ich einfach nicht, und Kollegin Schwerin sieht das gar nicht gern. Sie ist der Typ mit dem prägnanten Gesicht, der praktischen Kurzhaarfrisur und der festen Überzeugung, dass man außer Nivea keine Kosmetik braucht. Dabei hat sie was – wenn sie nicht gerade ihren toten Beamtenblick spazieren trägt.

»Ich mach das hier schon«, sagt Reuschenbach zu ihr.

Im Appartement sieht er sich um und zieht die Augenbrauen hoch.

»Eigentlich habe ich gar nichts gesehen«, sage ich.

Er steht schon an der Balkontür, macht sie auf, guckt rüber. »Alles reine Routine, Frau Koenig.« Er kommt zurück.

»Michaela.« Ich lächle. Ich kann hervorragend lächeln. Er

wird tatsächlich ein bisschen rot – nicht weil er unsicher ist, sondern weil er sich geschmeichelt fühlt.

»Ganz klar ein Unfall«, sagt er. »Er war alleine, es war heiß, er war betrunken. Reine Routine, wie gesagt.«

Ich ziehe die Augenbrauen hoch. Zwei Stunden habe ich gestern beim Telefonieren daran gezupft. Er wirft sich in die Brust. Und ich bin froh, dass ich mir gestern dann auch noch die Beine rasiert habe, weil ich nicht einschlafen konnte. »Dass Sie sich all die Arbeit machen!«

»Muss ja alles seine Ordnung haben.« Er zieht ein kleines Notizbüchlein raus und schreibt sich was auf.

Ich trage ein leichtes Hauskleid, Seide, sehr schick und so teuer. Drunter habe ich nichts, also fast nichts, nur einen Hauch, gerade so viel, wie man braucht. Und Reuschenbach ahnt das.

Reuschenbach räuspert sich. »Womit … ich meine, wovon leben Sie?«

Natürlich. Das Appartement ist zu schick für den Eichengrund. Ich könnte ihm erzählen, dass ich mich teuer hab scheiden lassen … aber … was soll's: »Telefondienste!«, sage ich.

»Ah ja.« Sein Blick streift meine Anlage. »Verstehe.«

»Ich bin bei einer Agentur«, sage ich. »So eine Art Call-Center. Mit freien Mitarbeiterinnen.«

»Schon klar«, sagt er. »Interessanter Job.«

»Nicht wirklich.«

Sein Schnäuzer zittert. Er hat Witterung aufgenommen.

»Männer sind so schrecklich einfach«, sage ich. »Kennt man einen, kennt man alle.«

Das Telefon klingelt.

»Ich will Sie nicht von der Arbeit abhalten.«

»Aber Sie haben doch sicher noch Fragen.«

»Gehen Sie ruhig ran. Ich warte so lange.«

Dieser kleine Racker. Also nehme ich ab und drücke den Knopf für die Verbindung. »Die Agentur schaltet mir die Anrufer durch!«, erkläre ich.

Er setzt sich und legt die Beine auf den Lederpuff vor der Couch. Sein Notizbuch hat er weggesteckt. Mein Anrufer meldet sich. Er ist schon ganz aufgeregt.

»Hallooo«, sage ich. »ich bin dein geiles kleines Schweinchen .... und was für geile Sachen willst du mit mir machen?«

Der Anrufer sabbert ein bisschen und erzählt es mir dann, und ich sage ihm, dass ich schon immer davon geträumt habe, genau das zu machen. Es dauert nicht lange, bis sich Reuschenbachs Blick wieder in meinen hakt. Ich flüstere ins Telefon, was ich für ein versautes kleines Luder bin, und mein kleiner geiler Kommissar wetzt unruhig mit dem Hintern über die Couch. Ich lächle ihn an und fahre mir mit der Zunge über die Lippen. »Ja ....«, stöhne ich, »schieb ihn mir rein, ganz tief ...«

Dann dauert es nicht mehr lange. Ich lege auf und hole zwei Flaschen Wasser aus dem Kühlschrank. Nicht diese großen Container, sondern die kleinen ... Sie wissen schon. Die Verschlüsse zischen. »Das kühlt ab«, sage ich.

Sein Blick brennt.

»Wolltest du hier nicht was ermitteln?« Ich rücke näher.

»Ja«, sagt er. »Aber das hat Zeit!«

Seine Hände sind zärtlich, seine Schnauzbart kitzelt. Auf einmal ist das Zimmer voller Licht, weil die Wolken aufgerissen sind und die Sonne rauskommt, es schimmert an den Wänden, es blitzt und glänzt, und da drängt sich auch schon seine Zunge in meinen Mund und seine Hände unter mein Kleid ...

Das geht jetzt aber ein bisschen zu schnell und zu weit. »Hehe«, sage ich. »Ich bin nicht so eine.«

Er ist ein Gentleman – wenn auch ein stürmischer. »Wir können uns ja mal treffen«, sagt er. »Schick was essen gehen.«

Ich ziehe mich zurück. »Und deine Kollegin?«

»Angelika?«

»Wenn sie so heißt.«

»Was soll mit ihr sein?«

»Sie hat ein Auge auf dich.«

Er schüttelt den Kopf. »Nein, niemals. Doch nicht Angelika .... Ich meine, auf dem letzten Polizeifest haben wir getanzt und im Waschraum rumgeknutscht.«

»Stop!« Ich lege ihm meinen Zeigefinger auf die Lippen. »Ich will gar nicht mehr hören, sonst muss ich mein Bild von der Polizei revidieren.«

Traurig schnappt er sich sein Notizbüchlein und wird dienstlich.

»Buttgereit. Du hast ihn also nicht gekannt?«

»Vielleicht mal im Supermarkt gesehen oder in der Bank!«, sage ich. Oder bei unserem Crash im Waschkeller unten, den wir uns mit dem Block gegenüber teilen.

Mein Kleid ist irgendwie aufgegangen und mein Kommissar bewundert meine Brüste. Nicht gierig, sondern mit dem Blick eines Kenners. Dann merkt er, dass er noch sein Notizbuch in der Hand hat. »Gut, du hast ihn also nicht gekannt. Gab's irgendwelche Belästigungen? Anonyme Anrufe?«

»Ja, dauernd.«

Er ist irritiert.

»Anonyme Anrufe sind mein Job!«

»Ja«, sagt er. »Stimmt.«

Drei Tage nach dem Crash im Wäschekeller hatte ich Buttgereit dann zum ersten Mal am Telefon. Auf meiner Privatnummer. Die ist nirgendwo eingetragen, also musste er sie sich von der Hausmeisterratte besorgt haben, weil der alle Nummern für Notfälle aufgeschrieben hat und auch Ersatzschlüssel für die Wohnungen aufhebt.

Wenn so ein Idiot erst einmal einen Narren an dir gefressen hat, dann kannst du nichts machen. Ich sah ihn immer wieder drüben auf dem Balkon, mit seinem Fernglas. Egal, ob ich die Vorhänge zugezogen hatte oder nicht. Meistens ging dann auch das Telefon, aber ich nahm gar nicht mehr ab, wenn seine Nummer im Display war.

»Tja!« Mein Kommissar starrt etwas frustriert in sein Notizbuch. Ich nehme ihm das Büchlein aus der Hand und den Kugelschreiber.

»Meine Privatnummer«, sage ich und notiere. »Schick essen gehen könnte man schon mal.«

***

Gegen Abend habe ich gerade die Agentur in der Leitung und lasse mir die Stammkunden für die Nacht durchgeben, als es schon wieder klingelt. Wenn das jetzt diese Ratte von Hausmeister ist, dann kriegt der was zu hören. Aber es ist nicht die Ratte. Draußen steht Angelika. Verzeihung – Kommissarin Schwerin.

»Nur auf ein Wort.« Sie kommt rein. »Unter Frauen. Sozusagen.«

Sie führt sich auf, als wäre sie hier zu Hause. Wirft einen Blick auf den Balkon und dann einen auf mich. Erst jetzt wird mir klar, was sie da in der Hand hat. Ein Fernglas.

»Ich war heut Nachmittag drüben«, sagt sie und hebt das Glas. »Rekonstruktion des Unfallgeschehens. Hab mir angesehen, wie der Kollege Reuschenbach hier ... ermittelt hat.« Sie sagt das stahlhart, aber ihr Blick ist gar nicht so.

»Hören Sie, Angelika ...«, sage ich

»Ach, ihr habt über mich gesprochen?«

»Wissen Sie ...« Ich versuche diesen »Beste-Freundin«-Blick aus den Vormittagsserien, aber dafür ist die Schwerin natürlich zu abgebrüht.

»Lass die Finger von dem Kollegen«, sagt sie. »Sonst wird's ungemütlich.«

Weil ich nicht gleich was darauf antworte, hält sie mich wohl für ein bisschen langsam im Kopf und sagt: »Ich hab mit dem Hausmeister gesprochen. Du bist mit Buttgereit im Waschkeller zusammengerauscht. Ich hab drüben an Buttgereits Telefon die Kurzwahlen kontrolliert. Rat mal, wen er unter der Eins gespeichert hat?«

»Na und?«, sage ich. Jetzt bloß nicht trotzig werden.

Kommissarin Schwerin lächelt schmal. »Nur damit wir uns verstehen, Schätzchen«, sagt sie. »Ich hab mich extra versetzen lassen, damit ich mit Reuschenbach zusammenkomme. Er ist ein netter Kerl, er raucht nicht, er säuft nicht viel, er hat einen zuteilungsreifen Bausparvertrag und will auch mal Kinder haben.«

»Alles klar«, sagte ich. »Er gehört Ihnen.«

Sie nickt nur und kostet das nicht aus. Yes, Ma'm, das hat schon eine gewisse Klasse. Und wenn ich sie etwas genauer ansehe, ist sie wirklich nicht ohne. Sportlich, auf ihre herbe Art hübsch, und wenn sie nicht ihren Bullenblick drauf hat, sogar ziemlich interessant.

»Der Kollege Reuschenbach braucht ja nicht zu wissen, dass die Wohnung hier eigentlich von einem Michael Koenig gemietet ist«, sagt sie. »Und nicht von einer Michaela, nicht wahr?«

Diese Hausmeisterratte! Natürlich hab ich bei der Hausverwaltung den Vertrag als Michael unterschrieben, ordentlich mit Anzug und Krawatte, wegen dem ganzen Kram mit Anmeldung und Bankbürgschaft und so weiter. Beim Hausmeister bin ich als Michaela eingezogen und weil ich da noch nicht wusste, was er für eine Ratte ist, hab ich viel zu viel mit ihm gequatscht. Dass mir angeblich mein Bruder Michael die Wohnung bezahlt und Pi und Pa und Po.

Angelika sieht mich an. So richtig von Frau zu Frau.

»Du siehst wirklich gut aus, Michael.«

Ich werde doch tatsächlich rot. »Ich tu ja auch eine ganze Menge.« Und das tu ich wirklich. Für meine Titten hab ich mehr als ein Jahr als geiles Telefonluder geschuftet. Außerdem die ganzen Hormone und Spritzen, die Kosmetik und die Klamotten. Aber es lohnt sich, es lohnt sich wirklich, ich sehe es jeden Tag im Spiegel, und mein Arzt meint, dass es jetzt bald Zeit ist für die ganz große Operation.

»Also dann«, sagt Angelika.

Ich bringe sie zur Tür. »Sie sollten mit dem Kollegen vielleicht mal schick essen gehen«, sage ich. »Ich glaube, das würde ihm gefallen.«

»Schick essen?« Jetzt lacht sie. »Du bist vielleicht 'ne Nummer!«

Sie zwinkert mir noch zu, ehe sie geht, und ich bin einigermaßen zufrieden. Immer gut, wenn man jemand bei der Polizei kennt. Und gut, dass Kommissarin Schwerin jetzt erst mal drüber nachgrübelt, wie sie den Kollegen Reuschenbach ins Bett kriegen kann. Denn sonst kommt sie vielleicht auf die Idee, drüben an Buttgereits Balkongeländer mal genau nachzugucken, ob das wirklich durchgerostet war oder ob da nicht doch noch was zu sehen ist von dem Schnitt, den ich da mit der Metallsäge gemacht hab, nachdem ich mir mal heimlich seinen Wohnungsschlüssel aus dem Büro von der Hausmeisterratte ausgeliehen hatte. Ich hab nämlich mal eine Ausbildung als Schlosser gemacht und kenn mich aus mit diesem Metallkram, müssen Sie wissen …

Er ist mir wirklich auf die Nerven gegangen, wie er da drüben dauernd mit seinem Fernglas überm Geländer hing. Und dann diese Anrufe. Als Frau kann man ja nicht einfach hingehen und ihm ein paar reinhauen, nicht wahr? Da muss man subtiler vorgehen.

Mein Gott, wofür müssen Sie mich jetzt bloß halten. Bestimmt für eine Zicke. Aber das bin ich nicht, ehrlich. Wir kennen uns doch noch gar nicht richtig. Ich finde, wir sollten mal so richtig schick essen gehen …. Was meinen Sie?

Jürgen Kehrer

Leer kann auch grausam sein

Wetzlaff hatte den Kaffee auf. Er stand unter der Marquise einer Bäckerei und starrte in den Regen. Eigentlich war der Regen kein Regen, sondern ein Weltuntergang. Wie aus einer voll aufgedrehten Dusche pladderte das Wasser auf die Fußgängerzone von Leer, kroch durch die geöffnete Vorderfront ins Innere der Bäckerei, schlängelte sich zu den Stehtischen und Hockern, auf die sich ein paar Einheimische geflüchtet hatten.

Wetzlaff zog heftig an seiner Zigarette und dachte an den Laster, der in der Autobahnabfahrt im Graben lag. Holger, der Idiot, hatte auf der regenüberspülten Straße die Kontrolle über den Zwanzigtonner verloren. Wie in Zeitlupe sah Wetzlaff die Böschung auf sich zukommen. Und dann kippte die Zugmaschine in den Graben.

Ihnen blieb nichts anderes übrig, als den Dicken anzurufen. Der Dicke hatte getobt, natürlich. Denn der Laster war voll mit Raubkopien, DVDs, CDs, Spiele, aus China importiert. In Leer sollte nur ein kleiner Teil abgeladen werden, der Rest war für Aurich und ein paar andere Käffer bestimmt. Der Dicke belieferte ganz Friesland.

»Und was sollen wir jetzt machen, Chef?«, hatte Wetzlaff gefragt, als der Dicke mal Luft holen musste.

»Du verschwindest. Es reicht, wenn sie Holgers Personalien aufnehmen.«

»Und wohin?«

»Was weiß ich?«, brüllte der Dicke. »Mach dich einfach vom Acker! Und wünsch dir, dass sich die Bullen nicht für die Ladung interessieren. Sonst dürft ihr mir jeden einzelnen Euro ersetzen.«

Es war zwecklos, mit dem Dicken zu diskutieren, ihm klar zu machen, dass der Laster weggerutscht war, weil es hier erbärmlich goss, und dass er, als Beifahrer, schon gar nichts dafür konnte, was Holger mit dem verdammten Truck anstellte.

Wetzlaff hatte Holger, der blass hinter dem Lenkrad hing, auf die Schulter geklopft und sich zu Fuß nach Leer durchgeschlagen. Schon nach hundert Metern war er nass bis auf die Haut gewesen. Sobald dieser verfluchte Regen aufhörte, würde er sich neue Sachen kaufen.

Er warf die Zigarettenkippe auf die Straße und schaute sich um. Die beiden Verkäuferinnen in der Bäckerei gerieten zunehmend in Panik. Die eine, die aussah, als würde sie sich den ganzen Tag von Plunderteilchen ernähren, quatschte etwas von einem voll gelaufenen Keller in ihr Handy, während die andere mit einem Schrubber gegen das hereinströmende Wasser kämpfte.

Inzwischen hatte er zweimal mit Holger telefoniert. Die Bullen waren gekommen und eine Zugmaschine auf dem Weg, um den Laster aus dem Graben zu ziehen. Alles im grünen Bereich, hatte Holger versichert. Es klang, als ob er sich selbst Mut machen wollte.

»Können Sie mir helfen?«

Wetzlaff war nicht ganz sicher, ob die Frau ihn meinte. Aber sie stand vor ihm, groß, schlank, mit nassen Haaren, die lang und braun herunterfielen, einem Gesicht wie aus einem Hochglanzmagazin und Mandelaugen, die ihn anschauten, als hätte er den Körper von Brad Pitt oder die wundersamen Kräfte eines Jedi-Ritters. Wetzlaff registrierte, dass sie unter der dünnen Bluse einen BH trug. Alles andere wäre auch zu viel gewesen. Ohnehin hatte er Mühe, ein Wort herauszubringen.

»Wobei?«

»Mein Schiff läuft voll, die Samoa, und die Pumpe ist ausgefallen. Bitte, ich brauche jemanden, der mir hilft.«

Wetzlaff war zu sehr damit beschäftigt, sie anzustarren, als dass er einen klaren Gedanken fassen konnte. »Aber …«

»Die Feuerwehr kann nicht kommen, jede Menge Einsätze, bei dem Regen …« Sie machte eine Handbewegung, mit zierlichen Fingern, zu zart, um Wasser zu schöpfen.

Wetzlaff nickte. Er wollte nicht wissen, warum einer so schönen Frau ein Schiff auf der Ems gehörte, warum sie Kleider trug, die mehr nach Shopping auf einer Flaniermeile als nach Arbeit aussahen, warum es keinen Mann auf diesem Kahn gab, warum sie ausgerechnet ihn ausgesucht hatte, den kleinen Kriminellen aus Gelsenkirchen-Buer, Handelsreisender in illegalen Waren, Handlanger eines aufgeblasenen Wichtigtuers, der ihn schikanierte.

Es waren nur ein paar Schritte bis zur Ems. Über einen Holzsteg gingen sie an vertäuten Booten entlang. Die Frau lächelte. Sinnlich, erotisch, fand Wetzlaff. Er spürte, wie er eine Erektion bekam. Er hätte sie hier auf der Stelle vögeln können, im strömenden Regen, unter freiem Himmel, beobachtet von Schiffern und Möwen. Es hätte ihm nichts ausgemacht. Und den Zuschauern auch nicht. Vermutlich hätten sie vor Begeisterung applaudiert.

Die Frau fasste ihn am Arm. »Hier ist es.«

Samoa, so stand es an der Außenwand. Also hatte sie kein Märchen erzählt.

Wetzlaff sprang an Deck und streckte seinen Arm aus, um ihr zu helfen. Sie kam ein wenig ins Stolpern und lehnte ihren Kopf gegen seine Brust. Ein schwacher, süßer Geruch stieg ihm in die Nase. Einen Moment lang war er verwundert. Er hatte immer gedacht, dass solche Frauen überhaupt keinen Körpergeruch besaßen, oder höchstens einen, der nach Chanel No 5 duftete.

»Da rein!« Die Frau zeigte auf eine Tür.

Wetzlaff stieg eine schmale, steile Treppe hinunter und betrat mit eingezogenem Kopf die Kajüte. Der Raum war kaum größer als fünfzehn Quadratmeter. Zwei Männer saßen auf fleckigen, beige gepolsterten Holzbänken. Sie trugen Jogginganzüge, Goldketten mit Anhängern und Pistolen.

»Setz dich, Arschloch!«, sagte der ältere der beiden. Er hatte einen russischen Akzent.

Eine Falle, dachte Wetzlaff und ärgerte sich darüber, dass ihm nur das einfiel, was sowieso offensichtlich war.

Er setzte sich auf die Kante der einen Holzbank. Die Frau blieb an der Tür stehen. Als Wetzlaff zu ihr hinüberblickte, zuckte sie leicht mit den Augenbrauen. Eine kleine Geste der Entschuldigung, vielleicht auch nur ein Reflex.

»Das hier unser Revier«, sagte der Russe mit einer Betonung, als würde er einen Verfassungsartikel zitieren. »Dein Boss muss einsehen. Verstehst du?«

Sag ihm das doch selbst, wollte Wetzlaff vorschlagen, mich geht der ganze Scheiß nichts an, ich bin der, der für eine Fahrt ein paar Scheine rübergeschoben bekommt. Stattdessen nickte er.

»Wir haben Bullen Tipp gegeben«, fuhr der Russe fort. »Der LKW ...«, er machte mit der linken Hand eine Kopf-ab-Bewegung, » ... weg. Du bald auch weg. Dein Boss muss bluten.«

Der Dicke würde ihm keine Träne nachweinen. Der Verlust des Lasters, ja, der würde ihn schmerzen. Aber Fahrer wie er ließen sich problemlos ersetzen. Da machte sich Wetzlaff keine Illusionen.

»Siehst du, was ich meine?«, fragte der Russe.

»Ich sehe, dass Sie sich irren. Glauben Sie wirklich, mein Boss interessiert sich einen Dreck dafür, was mit mir passiert? Der ist so sentimental wie ein Holzpfosten.«

Der jüngere Russe lachte laut und bellend, bevor er aufstand und Wetzlaff eine ansatzlose Rechte ins Gesicht schlug.

»Mein Freund«, sagte der Ältere gütig, »hat keinen Sinn für Humor. Verstehst du?«

Wetzlaff schmeckte Blut, das aus der aufgeplatzten Oberlippe lief. »Verstehe.«

»Wir machen dich nicht sofort alle. Dein Boss soll hören, wie du schreist.« Ein Lächeln breitete sich auf dem Gesicht des Russen aus. »Wie du um dein Leben winselst. Verstehst du?«

Wetzlaff war immer noch zu überrascht, um Angst zu empfinden. Und das dauernde *Verstehst du?* ging ihm gehörig auf den Keks. Aber er verkniff sich eine entsprechende Bemerkung, weil er den Jüngeren nicht ermuntern wollte, seine Faust ein zweites Mal zu benutzen.

Sie brachten ihn in einen noch kleineren Nebenraum, in dem sich auf beiden Seiten jeweils zwei Kojen übereinander befanden, und legten ihn mit auf dem Rücken gefesselten Armen und Beinen in eine der oberen Kojen.

Obwohl das Seil in seine Handgelenke schnitt und schon nach kurzer Zeit einen heftigen Schmerz verursachte, ging Wetzlaff die Ironie der Situation nicht aus dem Kopf: Da traf er die Frau seiner Träume und bezahlte dafür mit dem Leben.

Wenigstens blieb ihm nicht viel Zeit für die Enttäuschung, die sowieso gekommen wäre. Traumfrauen gab es nicht, nicht für ihn jedenfalls. Für die Reichen und Schönen, meinetwegen. Aber nicht für Typen wie ihn. Er hätte es wissen müssen. Er hatte es ja auch gewusst, aber für einen kurzen Augenblick den Verstand ausgeschaltet und an ein Wunder geglaubt.

Nebenan wurde russisch geflucht, dann fielen Schüsse. Wetzlaff zählte mit. Fünf. Ein anklagender Aufschrei und noch ein Schuss.

Der Dicke, dachte Wetzlaff zuerst. Aber das war unmöglich. Seitdem er das Schiff betreten hatte, waren kaum mehr als dreißig Minuten vergangen. Nicht mal mit einem Hubschrauber hätte der Dicke so schnell in Leer sein können.

Die Traumfrau kam herein und raspelte die Fesseln mit einem Küchenmesser auf. Dann beugte sie sich über ihn und küsste ihn auf den Mund. Ein stechender Schmerz zuckte durch die aufgeplatzte Oberlippe, doch um nichts in der Welt hätte Wetzlaff den Kopf abgewendet.

»Komm!«

Nur *Komm!*, kein Wort der Erklärung oder des Trostes.

Wetzlaff musste einige Male aufstampfen, bis er seine Füße spürte. Staksig wie ein arthritischer Greis folgte er der Frau durch die vordere Kajüte. Die beiden Russen lagen auf dem Boden. Der Ältere hatte drei Einschusslöcher in der Brust, der Jüngere zwei, dafür ein weiteres in der Stirn. Um sie herum jede Menge Blut.

»Wer?«, fragte Wetzlaff.

»Mein Freund«, antwortete die Frau, als habe er sich erkundigt, wo man die beste Pizza bestellen könne. »Er hat es mir zuliebe getan.«

Es gab also einen Freund und der hatte ihr zuliebe zwei Menschen umgebracht.

Halb betäubt stolperte Wetzlaff hinter ihr her, von Bord, durch den unbeirrt fallenden Regen, der ihm nichts ausmachte, zurück in die menschenleere Fußgängerzone.

Plötzlich blieb sie stehen.

»Wie heißt du?«

»Wetzlaff.«

»Nur Wetzlaff?«

»Norbert. Norbert Wetzlaff.«

»Norbert, willst du mir helfen?«

»Beim letzten Mal …«

»Beim letzten Mal wurde ich gezwungen«, unterbrach sie ihn. »Diesmal bitte ich dich wirklich. Du musst sagen, die beiden haben dich auf ihr Boot gelockt. Das ist ja nicht mal gelogen. Sie haben dich bedroht, du bist an eine Pistole gekommen …«

»Welche Pistole?«

»Egal. Irgendeine, die dort herumlag.«

»Und was habe ich mit ihr gemacht?«

»Du hast sie in die Ems geworfen, nachdem du die Russen erschossen hast.«

»Aber …«

»Man wird dir glauben, dass es Notwehr war. Die beiden sind Schweine. Du hast nichts zu befürchten, Norbert. Im Gegenteil: Sie werden dich als Held feiern.«

Sie steckte ihm ein Handy in die Innentasche seiner Jacke. »Ich muss weg. Ich rufe dich an.«

Von Ferne waren Polizeisirenen zu hören. Wetzlaff wollte mit ihr reden, nur reden. Aber sie war schon weg. Er taumelte auf eine breitere Einkaufsstraße, ebenfalls menschenleer. Wieso kaufte niemand ein? Wo waren die Menschen, die normalerweise die Innenstadt bevölkerten?

Hundert Meter entfernt stand ein Polizeiwagen quer auf

der Straße. Das Handy in seiner Jacke klingelte. Wieder dachte Wetzlaff zuerst an den Dicken und Holger. Doch dann fiel ihm ein, dass ihm die Russen sein Handy abgenommen hatten. Es konnte nur die Traumfrau sein. Sie hatte ihm nicht mal ihren Namen verraten. Wenigstens den Namen musste er wissen.

Im Polizeibericht hieß es später, es habe so ausgesehen, als hätte der Verdächtige nach seiner Waffe greifen wollen. Deshalb sei den Beamten vor Ort kein Vorwurf zu machen, dass sie das Feuer eröffnet hätten. Daran ändere auch die Tatsache nichts, dass der aufgrund von fünfzehn Schussverletzungen auf dem Weg ins Krankenhaus verstorbene Norbert W. zum Zeitpunkt des Schusswechsels unbewaffnet gewesen sei. Die ermittelnden Beamten gingen davon aus, dass W. die Tatwaffe, mit der er die international gesuchten Verbrecher Wladimir K. und Boris J. erschossen habe, nach der Tat in die Ems geworfen habe. Die Suche nach der Waffe, die bis jetzt nicht gefunden worden sei, werde fortgesetzt.

Michael Koglin

Über sieben Brücken musst du gehn

1.

Manchmal vergesse ich sogar, wie die Krankheit heißt. Muss unbedingt was unternehmen. Mein Gehirn trainieren. »Tagebuch«, hat meine Pflegerin gesagt und mir einen Kugelschreiber in die Hand gedrückt. Aber Tagebuch hat keinen Zweck. Mir fällt am nächsten Tag einfach nicht ein, wo ich es hingelegt habe.

Aber schreiben ist gut. Trainiert das Gehirn. Also schreib ich auf Zettel. Werden sich schon irgendwie wieder anfinden. Meine Pflegerin sagt, das wäre ein erster Schritt. Die ist Slowenin. Kommt hier immer rein und fängt mit asiatischem Humbug an. Als wenn Slowenien am gelben Fluss liegen würde! Seit kurzem muss ich einen Gummiball kneten! Die Frau ist gnadenlos. Bewegung sei immer gut, sagt sie. Und irgendwann hat sie gemeint, »Goldener Hahn steht auf einem Bein« und dass das Teischih sei oder so ähnlich, und dann hat sie sich auf ein Bein gestellt und das Ganze sah aus, als sei ihr eine Rolltreppe unter den Füßen weggerutscht. Unglaublich! Und jetzt muss ich den Ball kneten. Dabei macht mir mein Muskel da oben im Kopf zu schaffen. Immer wenn sie zur Tür reinkommt, tu ich ihr den Gefallen und knete den Ball. Leuchtend rot das Ding. Aber was hilft's? Ich sitze da und knete. Wie ein Idiot.

Dabei ist das hier Usedom. Die Urzelle Preußens. Die von Ostseewellen umspülte Geburtsstadt von Preußens Glanz und Gloria. Von wegen Kurische Nehrung. Hier sind die pommerschen Adligen zum Christentum übergetreten. Was hätten denn die Schnösel auf der Kurischen Nehrung ohne die pommersche Kornkammer gemacht? Nein, hier fing alles an, da kann mir keiner reinreden. Das verpflichtet. Und jetzt hab ich eine Ausländerin im Haus! Die würde sich wundern, wenn Marga noch da wäre ... aber Marga war ja nie da, wenn man sie brauchte. Himmel, ich muss unbedingt an den Fleck denken. Unten im Keller. An der Mauer.

Marga! Meine Güte, die wäre wahrscheinlich noch schusseliger als ich. Aber sie könnte zumindest die Besorgungen erledigen. Und billiger wäre das alles auch. Von wegen Pflegeversicherung, das meiste bezahle ich doch selbst. Mich wundert nur, dass Claus nicht solch ein Idiot geworden ist. Bei der Mutter! Nein, der hätte es bestimmt auch nicht länger ausgehalten. Aber am Ende hat sie schließlich ihre Ruhe gefunden, die gute Marga.

Ich weiß gar nicht mehr, warum ich sie geheiratet habe. Sie war ein verschüchtertes blässliches Etwas. Marke hässliches Entchen. Irgendwie verwachsen. Und strohdoof. Guckte doof, bewegte sich doof, redete doof. Ich weiß auch nicht, was mich da geritten hat. Na ja, gut im Bett, das war sie schon. Nicht gleich am Anfang, aber später. Ein bisschen Training hat Wunder gewirkt. Sie selbst hatte überhaupt keine Ideen. Nee, da war nichts in ihrem Kopf. Und dann hat sie irgendwann angefangen zu nörgeln. Unzufrieden war die. Wollte dies nicht und wollte das nicht und dass ich mal aus dem Haus gehen sollte. Und im Bett ist auch nichts mehr gelaufen. Irgendwie hat mich ihr Anblick impotent gemacht. So wie der Blick von der Medusa. Nur, dass hier nichts erstarrt ist, sondern plötzlich alles schlaff runterhing. Aber ich konnte ihr ja beim Verkehr nicht einfach ein Handtuch übers Gesicht legen. Nein, Marga ist mir fürchterlich auf die Nerven gegangen. Im Bett nichts mehr los, und dann das blöde Gezetere. Widerlich. Auf die Straße konnte ich hier in Heringsdorf auch nicht mehr mit ihr gehen. Auf so einer Insel kennt man sich schließlich. Und Marga war peinlich. Nicht, dass die Leute sich was hätten anmerken lassen, aber trotzdem.

Irgendwann als sie mal wieder stundenlang in der Badewanne gefaulenzt hat, hab ich den Föhn reingeworfen. Sie hat mich blöd angeglotzt, so wie immer und dann hat der Körper gezuckt und sie hat mit den Armen gewackelt wie eine Verrückte auf dem Tanzboden, und dann, dann ist die Sicherung rausgeflogen. Ja, die Ehe ist ein großes Rätsel.

Unten im Keller hab ich eine Wand hochgezogen und sie da eingemauert. Stehend. Fehlt noch, dass sie da faul rumliegt, nachdem sie mir jahrelang das Leben sauer gemacht hat.

Eigentlich war das ja für die Ewigkeit gedacht, aber jetzt suppt das durch. Ich verstehe gar nicht, wie jemand nach so vielen Jahren noch auslaufen kann. Aber das ist typisch Marga. Immer Ärger machen. Ich hab notdürftig ein altes Bettlaken über den Fleck gehängt, aber ich muss da was unternehmen. Fehlt noch, dass ich auf meine alten Tage ins Gefängnis … und dann auch noch wegen Marga! Das wäre das Höchste. Vielleicht sollte ich einfach eine Tapete über den Fleck kleben?

Krankheit hin, Krankheit her. Ich werde gleich einen großen Zettel mit dem Wort »Mauer« schreiben und … ja, am besten hänge ich ihn an die Decke. Damit ich das auch ganz bestimmt nicht vergesse. Na, und diesen als Krankenschwester verkleideten Spion geht das schließlich auch nichts an. Das Wort »Mauer« muss reichen.

2.

Da schreibe ich schon mal Tagebuch und nun fällt mir partout nicht ein, wo ich den ersten Zettel hingelegt habe. Dabei hab ich einen geschrieben. Ich weiß es genau. Wird sich schon anfinden. Ich hoffe nur, dass diese slowenisch-chinesische Pflegerin nicht überall herumschnüffelt. Gestern hab ich sie erwischt, wie sie im Schrank rumwühlte. Sie hätte nur frische Unterwäsche für mich gesucht. Na ja, diese Ausreden kennt man ja. Frauen sind eben neugierig. War meine Frau auch. Wie hieß sie noch gleich? Irgendetwas mit »M«, ja mit »M«. Das weiß ich genau. Davon las ich mich nicht abbringen. Aber die Pflegerin frag ich nicht. Fehlte noch. Das wäre doch ein Triumph für die. Ich muss sowieso aufpassen. In diesem Haus passieren seltsame Dinge. Wahrscheinlich nutzt sie meine Gedächtnisschwäche aus und packt die Sachen immer extra woandershin. Damit ich sie nicht finde. Damit sie hier ja nicht ihre Stellung verliert. »Arbeitsbeschaffung«, nennt man das ja wohl. Aber ich behalte sie im Auge. Ich spiele hier den Idioten, knete den Plastikball und behalte sie im Auge. Mein Feuerzeug ist verschwunden. Das werd ich wohl nur auf dem Polenmarkt wiederfinden. Ja, der Polenmarkt, da war ich auch schon lange nicht mehr einkaufen. Seitdem ich mir das Rauchen abgewöhnt habe. Hatte keinen Zweck mehr. Überall in der Wohnung glimmten die Kippen.

Ist nichts, wenn man keine Frau mehr hat, auf die man sich verlassen kann. Was immer an Marga auszusetzen war, verlassen konnte man sich auf sie. Ach ja, Marga, heute habe ich den Zettel an der Decke gesehen. Es funktioniert. Ich muss mich unbedingt um den Fleck kümmern. Wenn Claus das erfährt, dass seine Mutter ... Wo er doch so lange um sie getrauert und ein Jahr lang Suchanzeigen aufgegeben hat. Ihn hat das damals schwer getroffen, als ich erzählt habe, dass sie so mir nichts dir nichts verschwunden ist. Der Junge hat gelitten. Wenn der erfährt, dass er die ganzen Jahre mit seiner Mutter unter einem Dach ... nein, der Fleck muss weg. Da gibt's kein Vertun.

3.

Auch mein letzter Zettel ist verschwunden. Ich komme zwar gerade nicht auf den Namen, aber diese slowenische Pflegerin ... ich muss sie im Auge behalten. Auch jetzt, wo ich das hier schreibe lächelt sie ganz verschlagen zu mir rüber. Sie hat mir wieder diesen widerlichen Plastikball hingelegt. Ekelhaft. Sie behandelt mich wie ein kleines Kind ... dabei hab ich die Raketen fliegen lassen. Die V 6. 1943 ... ja, genau 1943 war der erste Versuch. Da sag noch einer, mein Gedächtnis taugt nichts. Drüben in Peenemünde war das. Ein paar Minuten von hier. Ja, die Wunderwaffe ... zwei Wochen ... wir waren nur zwei Wochen im Rückstand. Die Welt würde heute anders aussehen. Die Raketen hätten sie kleingekriegt. Die Alliierten hätten sich umgesehen. Der Führer hat mir persönlich die Hand gedrückt. Keine Frage, wir hätten den Krieg gewonnen. Aber es war Spionage. Ganz sicher. Auch die Pflegerin benimmt sich verdächtig. Ich habe einen Riecher für so was.

Heute Morgen war Claus da. Er hat mich gefragt, was der Zettel an der Decke soll. Ich guck hoch und da hängt ein Zettel und darauf steht »Mauer«. Es ist meine Handschrift, aber ich kann mich einfach nicht erinnern. Hier passieren merkwürdige Dinge. Hat die Pflegerin ihn da oben befestigt? Um mich zu ärgern? Oder um mich zu verunsichern? Sie denkt, dass ich denke, meine Güte, das ist ein wichtiger Zettel, sonst hättest du ihn nicht da oben befestigt und dass ich mir dann Gedanken mache … dabei hat sie ihn da oben … auszuschließen ist das jedenfalls nicht. Ich muss das alles wieder unter Kontrolle bekommen. Manchmal geht das ganz gut. Heute hat sich die Pflegerin mit mir die alten Fotoalben angesehen. Ich konnte mich an alles erinnern. Nur an die Frau nicht und da sagt die Slowenin: »Aber das ist doch Ihre Frau.« Muss ich ihr wohl glauben. Aber eigentlich hab ich doch einen ganz anderen Geschmack.

4.

Ja, im Alter ist es schon schön, wenn man jemanden an seiner Seite hat. Marga, du fehlst mir. Gerade jetzt. Mir sind heute die Urlaube eingefallen. Damals in Bad Ischl und in Berchtesgaden. Ganz in der Nähe des Führers. Und später dann am Schwarzen Meer. Rumänien. Ich kann mich genau erinnern, wie du aus dem Restaurant davongelaufen bist, als plötzlich der Fischkopf auf deinem Löffel … und wie der dich angeglotzt hat. Ja, und wie mir dann beim Schwarztausch diese Schweine ein paar Tempotaschentücher in einen Geldschein gewickelt in die Hand gedrückt haben und mein gutes Geld war weg. Du weißt, die D-Mark, die dir deine Schwester aus Hamburg geschickt hatte. Und wie wir die Hosen an die Zigeuner verkauft haben. Und wie der Genosse Honecker in seinem Wagen auf der Straße vorbeigefahren wurde. Wäre man dem nicht in den Rücken gefallen … ich kann mich sogar an das Meer erinnern. Und an die alten Frauen, die morgens den Dreck weggesammelt haben. Constanza. Genau, der nächste Ort hieß Constanza. Das Training hilft. Es geht aufwärts mit meinem Kopf. Ganz ohne Zweifel. Preußisches Pflichtgefühl, preußische Disziplin und ein bisschen Schmackes und dann wuppen wir das schon. Doch wo ist eigentlich meine Frau? Und was macht diese Fremde mit dem seltsamen Dialekt in meiner Wohnung?

5.

Das mit der Mauer muss etwas Wichtiges sein. Warum klebt der Zettel sonst an der Decke? Kein normaler Mensch klebt etwas an die Decke! Jedenfalls nicht ohne Grund. Diese Pflegerin frag ich nicht mehr. Ich glaub, sie lacht hinter meinem Rücken. Weil ich so viel vergesse. Ich kann ihr nicht trauen. Aber irgendetwas muss es mit der Mauer auf sich haben. Ich habe heute Morgen die ganze Wohnung abgesucht. Alle Mauern hab ich inspiziert. Alles ist normal. Gut, es müsste mal gestrichen werden. Vielleicht sollte ich Claus bitten. Ich kann jedenfalls nichts Merkwürdiges an der Mauer entdecken. Vielleicht ist ja auch die Berliner Mauer gemeint? Die ist mir heute plötzlich eingefallen. Gibt es die eigentlich noch?

6.

Diese Frau hat mir einen Zettel hingelegt und einen Stift. Ich soll Tagebuch schreiben. Wieso soll ich Tagebuch schreiben? Sie sagt, ich hätte in den letzten Tagen immer Tagebuch geschrieben. Ich glaube ihr das nicht. Sie will mir nur nachspionieren. Ich habe sie gefragt, worüber ich schreiben soll. Sie hat gesagt: »Über meine Frau.« Bin ich verheiratet?

Vielleicht will man mich hier auch verrückt machen. Und warum hat man den Zettel mit dem Wort »Mauer« an die Decke geklebt? Stürzen die Mauern von Jericho ein? Ist mir auch recht. Dann ist wenigstens Schluss mit dem Rätselraten. Auch den Namen meiner Krankheit hab ich schon wieder vergessen. Das ist ein schlechtes Zeichen. Und heute Morgen hab ich vergessen aufzustehen. Dabei bin ich mir sicher, dass irgendjemand den Wecker verstellt hat. Mir ist plötzlich das Gesicht von Marga erschienen. Wo steckt sie nur wieder? Hat sie den Zettel an die Decke geklebt? Wahrscheinlich wollte sie mich an etwas erinnern.

7.

Heute kommt eine völlig fremde Frau in die Wohnung und behauptet, sie würde mich pflegen. Zum Beweis hat sie mit meinem Wohnungsschlüssel gewedelt. In der Zeitung habe ich von Trickdieben gelesen. Ich muss auf der Hut sein. Ich könnte platzen, so einen vollen Bauch habe ich. Die Frau behauptet, ich hätte zweimal gefrühstückt. Lächerlich.

Sie sagt, ich solle mir alles aufschreiben, ich hätte so eine schöne Schrift. Jetzt kocht sie etwas zu essen. Kann man jemanden damit umbringen, dass man ihn zum Platzen bringt? Aber warum will sie mich umbringen? Bin ich reich? Vielleicht hat sie einen Komplizen. Ich hab Verdacht geschöpft, weil: Sie stellt eine Flasche Wein auf den Tisch und sagt: »Zur Feier des Tages«. Dabei bringt mir Trinken überhaupt keinen Spaß mehr. Gibt ja nichts mehr, was ich vergessen müsste. Oben an der Decke hängt ein Zettel mit dem Wort »Mauer«. Ein Signal? Ein Codewort? Vielleicht habe ich irgendwo einen Tresor in der Mauer, aber ich kann mich nicht erinnern.

Heute habe ich noch einen anderen Zettel gefunden. Wenn er keine Fälschung ist, dann muss ich ihn geschrieben haben. Ich war mal verheiratet. Sie hieß Marga. Ich kann mich nicht erinnern.

8.
Gestern die Frau und heute steht schon wieder ein völlig Fremder im Wohnzimmer. Ein Mann. Er sagt, er sei mein Sohn. Da kann ja jeder kommen. Hat sich mit Claus vorgestellt. Ich war tatsächlich mal verheiratet. Hatte eine richtige Familie. Ich würde mich so gern an meine Frau erinnern. Der Mann sagt, sie hätte Marga geheißen.

9.
Ich habe die Räume untersucht. Wegen dem Wort »Mauer«. Und da habe ich einen Zettel gefunden, auf dem steht, dass es sich um eine Kellermauer handelt. Ich bin sofort runter. Tatsächlich eine Wand ist ganz feucht. Irgendeine dunkle Flüssigkeit dringt durch den Putz. Da muss etwas passieren. So etwas geht an die Substanz.

10.
Habe den Zettel von gestern wiedergefunden. Alles wird gut. Mein Gedächtnis rastet wieder ein. Konnte mich sogar an den Fleck an der Kellermauer erinnern. Zwischenzeitlich habe ich wohl herumgerätselt, was der Zettel mit dem Wort »Mauer« da oben an der Zimmerdecke zu suchen hat. Manche Dinge erledigen sich eben von ganz allein. Da muss man sich keine Sorgen drüber machen.

Heute habe ich lange mit Claus diskutiert. Claus ist mein Sohn. Kein Zweifel. Im Badezimmerspiegel hab ich gesehen, dass wir uns ähnlich sind. Da gibt es kein Vertun.

Ja, wer rastet, der rostet. Meint auch die Pflegerin. Was das allerdings mit diesem stacheligen roten Ball zu tun haben soll, den sie mir hingelegt hat, keine Ahnung, was ich damit soll. Aber ansonsten hat sie Recht. Wer rastet, der rostet. Ich hab das Werkzeug schon hingelegt. Morgen geht es los. Claus wollte ja zuerst nicht, aber nun hat er eingesehen, dass es mir wichtig ist. Ist ja so etwas wie ein kleiner Sieg über meine Krankheit mit diesem seltsamen Namen. Und außerdem: Fehlt noch, dass der Schimmel ins Haus einzieht. Nein, morgen machen wir uns ans Werk. Morgen reißen wir diese feuchte Mauer im Keller weg. Ist sowieso überflüssig. Möchte wissen, welcher Idiot ausgerechnet da eine Wand hochgezogen hat. Aber morgen, morgen stemmen wir sie weg. Ist ja nur ein Klacks. Claus hat seine Arbeitssachen schon bereitgelegt. Er sagt, das sei zwar eine staubige Angelegenheit, aber irgendwie hat das auch was mit Klar-Schiff-Machen zu tun. Und mit Aufräumen. Und da freut er sich schon drauf.

Carmen Korn

Nur eine Dichterin

Warum dachte sie an Heine? Zeilen eines seiner Gedichte hingen ihr im Kopf. *Sie saßen und tranken am Teetisch. Und sprachen von Liebe viel.*

Die vier, die am großen Tisch im Erker des Fensters saßen, sprachen von ganz anderen Dingen. Dessen war sich Telse sicher. Und sie tranken nicht einmal Tee.

Tod und Verderben. Darum ging es in den Gesprächen da drüben. Wer sprach nicht von Tod und Verderben, seit die Leiche des Jan Asmus auf einem Acker nahe der Engelbrechtschen Wildnis gefunden worden war. Gepflegtes Land. Bauernhand. Das stand auf der Stellwand, unter der er erschlagen gelegen hatte. Telse hatte ihn gut gekannt. Ihre Söhne waren mit ihm zur Schule gegangen. Damals.

Die zweite Kanne Kaffee wurde am großen Tisch im Erker serviert. Dazu eine neue Schüssel Sahne. Die Flasche Rum leerte sich. Einen ordentlichen Schuss gaben die vier in die Tassen. Telse schaute dem seit Tagen zu. Seit dem Tod von Jan Asmus. Saß nachmittags ab halb fünf am kleinen Tisch in der Ecke, aß lange an ihrem Stück Torte herum und hielt die vier Alten im Visier.

Keinen Blick schenkten sie ihr. Die zwei Frauen. Die zwei Männer. Obwohl sie doch wussten, wer Telse war. Nicht einmal, wenn Telse vor sich hin sprach, Gedichtzeilen und anderes aufsagte, schauten sie.

Die Verrückte aus Husum hatte einer mal gesagt. Husum schien hier unten an der Elbe schon weit genug weg zu sein von allem Vertrauten und Guten. Eine Verrückte, die dichtete und nicht mal eine Heimatdichterin war, und die sich zwei Kinder hatte andrehen lassen von Daases Sohn, der dann auf und davon gegangen war. Damals.

»Wollen Sie noch eines?«

Telse schreckte hoch und sah in die Augen der Serviererin. Hatte sie zu schnell gegessen? Sie konnte sich nicht täglich zwei Stücke Torte leisten.

»Ich bringe Ihnen noch ein Stück. Ist mir vom Tortenheber gekippt. Das kostet nichts.«

Telse nickte. Nur keine Tränen in die Augen kriegen. Nicht für jede Freundlichkeit.

Die eine der Frauen am großen Tisch im Erker hob die Hand, und zeigte auf die Kanne, kaum dass sie die Aufmerksamkeit der Serviererin hatte. Noch mehr Kaffee. Dabei litten sie alle an Bluthochdruck, und die Röte war ihnen schon bis zum Hals gekrochen. Sollten sie doch tot umfallen. Telse hätte eine kleine Freude gehabt.

Draußen vor dem großen Erkerfenster blieb wieder einer stehen und grüßte zum Tisch der vier hin. Verbeugte sich. Die Alten nahmen es gnädig hin.

Darum saßen sie doch da. Vor dem großen Fenster, das von gerafften Gardinen eingerahmt war. Sichtbar genug für jeden, der draußen vorbeiging. Die Paten von Glückstadt.

Hatten die Finger überall drin. Einer war ein Freund des alten Daase gewesen. Hatte der Telse nicht immer gehasst?

Der Großvater ihrer Kinder. Die mach ich kaputt, hatte er einmal gesagt und Telse gemeint. Nun lag er längst unter einem steinernen Engel begraben, unter dem die Daases seit Generationen lagen.

Telse dachte an Jan Asmus, der auch nicht viel Glück gehabt hatte, obwohl er aus einer der wohlhabenden Familien kam. Vieles war zu Bruch gegangen in seinem Leben. Immer Leichtsinn dabei. Bis hin zu der großen Leichtsinnigkeit, sich erschlagen zu lassen.

Die Fahrradtour zum Balksee, die sie mit den Jungen und Jan gemacht hatte. Jan. Zwei Jahre älter als ihr großer. Vier Jahre älter als der Kleine. Ein ewiger Sitzenbleiber, dieser Jan Asmus. Zum Schluss war er in der Klasse des Kleinen gelandet und auch da gescheitert.

Der Balksee. Reiche Vogelwelt. Erst mit der Fähre über die Elbe. Dann die Tour durch die Vingst hin zum See. Neben dem Weg waren die feuchten Löcher. Das alte Moor. Jan war gern ganz zufällig abgekommen vom Weg. Hatte Spaß an ihrem Schrecken gehabt, wenn er schon mit einem Fuß im Sumpf versank und den Kleinen mit sich zog.

Die Herren waren ästhetisch. Die Damen von zartem *Gefühl.*

Schon wieder dieser Heine. Nein. Da war nichts zart und ästhetisch an dem großen Tisch im Erker. Laut ging es dort jetzt zu. Viel Rum. Viel Kaffee. Viel Angabe. Alles an den vieren strotzte.

Warum war sie hier hängen geblieben? Sie hätte zurück nach Husum gehen können oder den Sprung nach Hamburg wagen. Was sollten diese Gedankenspiele? Sie wusste es doch. Der Jungen wegen blieb sie da.

Längst schrieb sie keine Gedichte mehr. Die Worte fingen an, ihr zu fehlen. Als gäbe es danach nichts mehr zu sagen. Nur noch anderer Leute Gedichte fielen ihr ein. Heinrich Heine und Paul Celan. Die Todesfuge.

Draußen vor dem Erkerfenster senkte einer den Kopf und ging eilig vorbei. Grußlos. Vielleicht einer, der nichts mehr zu verlieren hatte. Kein Haus. Kein Hof. Kein Land. Nichts, was noch für einen Appel und ein Ei aufgekauft werden konnte, um Baumärkte darauf zu stellen oder ein Autohaus.

Telse hatte die Geschäfte der vier Alten nie durchschaut, wenn auch ihr Großer einiges zu erzählen wusste während seiner Arbeit im Autohaus. Nach der Schule. Als er noch auf seinen Studienplatz wartete. Damals.

Die Verrückte. War das drüben im Erker gesagt worden? Telse glaubte, es gehört zu haben. Doch. Die eine der Frauen hatte sich kurz zu ihr umgedreht. Die vom Autohaus.

Jan Asmus war der Sohn ihrer Kusine gewesen. Die Trauer schien nicht allzu groß zu sein. In dieser Familie stand keiner dem anderen nahe.

»Die hat sich doch immer schon lächerlich gemacht.«

Das hatte jetzt einer der Männer gesagt. Telse zuckte zusammen. Nun kamen sie ihr zu nah. Weiter durften sie nicht gehen. Sonst war sie zum Handeln gezwungen.

Bisher war sie ihnen nur nachgegangen. Der einen. Dem anderen. Ein kurzes Stück des Weges gingen die zwei Frauen und die zwei Männer gemeinsam. Dann trennten sie sich. Ein jeder trat allein in die Dunkelheit.

Heute waren sie noch später dran als sonst. Draußen wartete schwarze Nacht.

Telse stand auf, als sie das Scharren der Schuhe unter dem Erkertisch hörte. Die vier hatten es immer eilig, wenn sie sich dann zum Gehen entschlossen.

Telse legte die abgezählten Münzen für Torte und Kaffee auf den Tisch und ein Trinkgeld. Sie war nett, die Serviererin.

Kalt würde es draußen sein. Keinem konnte der dicke alte Wollmantel auffallen, den Telse anzog. Die aufgesetzten großen Taschen machten ihn noch voluminöser.

Sie stand schon im Toreingang, der zu den Sträßchen der Altstadt führte, als die vier aus dem Kaffeehaus kamen. Viel zu viel Hitze in ihnen, um die Kälte wahrzunehmen. Nur ihr Atem stand in kleinen Nebelschwaden.

Wie gut, dass die Sinne der zwei Frauen, der zwei Männer vom Rum ertränkt waren.

Jan Asmus hatte auch vieles im Alkohol ertränkt. Hätte sie mitleidiger sein sollen?

Am Tische war noch ein Plätzchen. Mein Liebchen, da hast du gefehlt.

Schluss mit dem Heine. Sie sollte sich konzentrieren. Gleich teilten sich die Wege der vier. Telse entschied, der aus dem Autohaus nachzugehen.

Sie erinnerte sich noch an den Abend, an dem Jan mit dem tiefgelegten Auto vorfuhr. Geld hatte Jan immer in den Taschen. Wer wusste woher. Doch das Auto hatte ihm die Kusine seiner Mutter zu einem guten Preis überlassen. War nicht mehr neu, der Wagen, wenn das hochglänzende Rot des Lackes auch alle alten Schäden vergessen ließ.

Die Jungen staunten. Sie besaßen nur die Fahrräder.

Eine kleine Spritztour, hatte Jan gesagt. Telse hatte sich von ihm anhauchen lassen, doch er hatte nichts getrunken.

Trotzdem war sie dankbar gewesen, als ihr Großer und ihr Kleiner wieder heil vor der Tür gestanden hatten.

Die Alte da vorne drehte sich um. Ihre Schritte fingen an, eilig zu werden. Hatte sie Telse bemerkt?

Telse griff in die Tasche ihres Mantels, der aussah wie aus zwei Pferdedecken genäht. Die bronzene Marienfigur hing schwer in der Manteltasche. Die Bronze fühlte sich noch warm an trotz der Kälte.

Warum blieb die Alte stehen? Dort, wo tiefste Dunkelheit herrschte?

Männer müssen das abkönnen. Hatten sie das nicht gesagt, als sich die Volltrunkenheit von Jan Asmus herausstellte? Waren sie nicht diejenigen gewesen, die Jan immer nachgeschenkt hatten? Keine Pharisäer. Nur Köm.

Die Alte aus dem Autohaus und ihre Kumpane.

Wer hätte gedacht, dass Telse so beweglich war in ihrem schweren Mantel. Maria hervorzog und zuschlug.

Ein zweites Mal, als die Alte schon auf dem kalten Boden lag und keinen Laut von sich gab.

Mussten Männer es abkönnen, totgefahren zu werden auf Fahrrädern, denen ein volltrunkener Fahrer in einem tiefer gelegten Auto entgegenkam? Männer, die doch noch Jungen waren. Ihr Großer. Ihr Kleiner.

Jan Asmus hatte gewusst, wie sentimental Telse war. Dass sie immer wieder Johanneslichter aufstellte an dem Kreuz aus schlichtem Holz, das am Straßenrand stand. Dort, wo die Jungen gestorben waren.

Er war bereit gewesen, sie zu begleiten. Zwei Töpfe Erika hinzustellen. Zwei Lichter. Jan hatte nicht gewusst, wie stark Telse war und wie hart. Der Schlag der Marienfigur hatte ihn getroffen, und sie hatte sein Erstaunen gesehen.

Nur wenige Meter waren es gewesen zum Fundort seiner Leiche. Die Stellwand. Gepflegtes Land. Bauernhand.

Telse machte sich keine Illusionen. Sie würde es nicht schaffen, die drei anderen zu töten.

Sie würde diesen Ort verlassen müssen. Trotz der Jungen. Die nicht weit von dem steinernen Engel lagen.

Ralf Kramp

CUP H

Es gibt in unserem Beruf nicht sehr viele Gelegenheiten, bei denen man wirklich die Wahl hat.

Ich will nicht jammern. Die Weihnachtssaison ist eigentlich nicht übel. Die Kassen klingeln nie süßer. Da bekommt auch unsereins ein wenig von der Wärme des Herzens ab. Auf dem Umweg über die Registrierkasse natürlich.

Manchmal wird man dann leichtsinnig. Und manchmal muss man schließlich teuer dafür bezahlen.

Ich hatte die Wahl zwischen dem Blaster-Sound-HiFi-Megastore und der Boutique Bijou – beides Wand an Wand, in bester Lage, mitten in der Fußgängerzone, mit erfreulich schlecht beleuchteten Hintereingängen vom rückwärtig gelegenen Parkplatz.

Sie finden, das ist gar keine richtige Wahl? Sie mögen Recht haben. Vom merkantilen Standpunkt aus gesehen, hätte es nichts Vernünftigeres geben können, als linker Hand in dieses technische Schlaraffenland einzusteigen, sich mit der gebotenen Sorgfalt über die Kasse voller Weihnachtsgeld herzumachen und sich auf dem Heimweg, gewissermaßen im Vorübergehen, eine neues Heimkino unter den Arm zu klemmen.

Ich bitte Sie jedoch eines zu bedenken: Einzelhändler mit ausgeprägtem technischen Verständnis pflegen für solcherlei unvorhergesehene Besuche allerlei Spielereien zu ersinnen. Kameras, Lichtschranken, Alarmglocken. All diese Dinge lauern in einem solchen Laden nur auf Leute wie uns. Diese Tüftler basteln und schrauben an ihren technischen Vorsorgeapparaturen oftmals mit solchem Feuereifer, dass manch einer von ihnen richtiggehend froh wäre, wenn endlich einmal jemand in die bereitgestellte Falle tappen würde.

Außerdem schneite es. Und wenn man in der kalten Winternacht unschlüssig zwischen zwei möglichen Arbeitsstätten zu wählen hat, da erscheinen einem die kalten, chromglänzenden DVD-Gehäuse und die mattschwarzen HiFi-Apparaturen mit einem Mal so frostig und unnahbar.

Und in der rotsamtenen Auslage der Boutique Bijou gleich nebenan, da schmiegen sich zarte, halbtransparente Stretch-Bodies an wohlgeformte Frauenkörper, da spannen sich raffinierte Spitzenbustiers über Brüste von geradezu idealen Ausmaßen. Künstliche Körper und künstliche Brüste natürlich – dennoch fiel mir in dieser Nacht die Wahl nicht schwer. Auch in der Kasse der Boutique Bijou würde so mancher größere Geldschein aus so manchem Herrenportemonnaie gelandet sein. Und ein Mitbringsel für irgendeine künftige Eroberung fände sich schließlich auch noch. Sogar zwei, drei. Je raffinierter die Spitze, desto mehr passte in die Tasche. All dies waren meine Gedanken, als ich mich mit bescheidenem, aber effektivem Werkzeug daranmachte, die Tür zum rückwärtig gelegenen Parkplatz zu öffnen.

Sie mögen das für Standesdünkel halten, aber es gibt tatsächlich Schlösser, die einen derart unterfordern, dass einen geradezu die Wut packen möchte. Diese Tür, die die schwüle Traumwelt der Miederboutique von der klirrend kalten Winternacht trennte, hatte ein solches Schloss. Ich kenne einen Kollegen, der mir einmal im Brustton der Entrüstung erzählte, er habe, als er an eine solche Spielerei von einem Schloss geraten war, den Laden erst gar nicht betreten und als stumme Anklage die Tür weit offen stehen lassen. Zu solcher Größe konnte ich mich angesichts der mir entgegenschlagenden parfümierten, warmen Luft nicht aufschwingen.

Ich blickte mich ein letztes Mal auf dem Parkplatz um und trat in das Dunkel hinter der Tür.

Es roch nach einem schweren Parfüm und auch ein wenig nach nassen Mänteln. Als ich am Nachmittag einen Erkundungsgang durch die vorweihnachtliche Fußgängerzone angetreten hatte, war das Geschäft voller Leute gewesen.

Für gewöhnlich trage ich eine kleine Taschenlampe bei mir, deren Lichtschein durch eine rote Folie gedämpft wird. Ihr warmes Licht sollte mich davor bewahren, herumzustolpern und Unheil anzurichten. Mein Ehrgeiz war es von jeher gewesen, bei meinem Besuch nicht übermäßig viel zu zerstören.

Der helle Teppichboden zu meinen Füßen war fleckig. Wahrscheinlich lag er ansonsten außerhalb des Blickfelds der Besucher dieser Räumlichkeiten. Der rötliche Schein meiner Lampe wanderte höher und rückte nun das ins rechte Licht, was Tag für Tag hier die Blicke anzog. Eine dunkelhäutige Schönheit lächelte mich mit strahlend weißen Zähnen an. Sie war etwa so groß wie ich und hielt mit ihrem hochgereckten, angewinkelten linken Arm das schwarze, lockige Haar auf dem Hinterkopf zusammengerafft. Sie hatte unglaublich schlanke Beine, die in glänzenden, kaffeebraunen Hüften mündeten, und eine Taille, die man womöglich mit zwei Händen umfasst bekam. Ihr Busen war beeindruckend, ohne sich allzu sehr in den Vordergrund zu spielen. Ich flüsterte: »Hallo, meine Schöne«, ohne eine Antwort abzuwarten. Sie war aus Pappe. Über ihren herrlichen Rundungen spannte sich ein blassblauer Spitzenbody, der nur am unteren Ende dicht genug gewirkt war, um einen Durchblick unmöglich zu machen. Als ich meine Hand ausstreckte, um meine Bekanntschaft wenigstens einmal sanft zu berühren, streifte mein Ellenbogen einen Ständer voller Büstenhalter. Einer von ihnen, ein Exemplar größeren Ausmaßes, schaukelte sanft im Dunkel der Nacht, und für einen Augenblick gab ich mich der Illusion hin, er schaukele am ausgestreckten Zeigefinger einer verführerischen Schönheit, die sich seiner gerade erst entledigt habe. Ich richtete meine Lampe unwillkürlich dahin, wo ich sie vermutete. Tatsächlich war dort ein weiblicher Körper. Er hatte mir allerdings den Rücken zugekehrt und machte Werbung für Strumpfhosen. Schwarzes Gewebe, ein verführerischer Hauch nur, zart wie eine zweite Haut über zwei herrlichen Pobacken.

Fast hätte ich vergessen, warum ich eigentlich hier war. Fast wären meine Gedanken in eine höllische Falle geraten, hätten sich an der Erinnerung an meine letzte Nacht mit einer Frau festgebissen und hätten mir endlos und immer wieder bewusst gemacht, dass all das viel zu lange her war, dass ich hier, am Ort der Polystyrolbrüste und Glasfiberschenkel falsch war, dass ich heute Nacht das Gefühl von weichem, weiblichem Fleisch unter meinen Fingern zu spüren bekommen musste.

Ich riss mich zusammen, machte ein paar entschlossene Schritte nach vorne, ließ auf der Suche nach Theke und Registrierkasse den Lichtstrahl über lächelnde Gesichter tanzen, über nicht enden wollende Beine, über Tangas und Strapse – und mit einem Mal war mir, als sei ich nicht allein.

Ich weiß schon, was Sie sagen wollen. Sie glauben, das virtuelle Vorhandensein eines halben Dutzends sparsam verhüllter Traumfrauen habe mir die Sinne verwirrt. Ein Männertraum im Wachzustand. Eine Halluzination von zu nächtlichem Leben erwachter, liebeshungriger Modelle mit gierigen Fingern und lüsternen Blicken, die sich in diesem Moment leise schnurrend und voller Lust anschlichen …

Und doch hörte ich tatsächlich ein Geräusch. Es kam aus dem Dunkel hinter mir und trieb augenblicklich einen eisigen Pflock der Kälte in die plüschige Gemütlichkeit, die mich umfing.

Ich spürte einen Luftzug ganz dicht hinter mir, und dann zerbarst etwas an meinem Hinterkopf, warf mich mit aller Wucht nach vorne, und ich sah noch im tanzenden Rot meiner Taschenlampe den fleckigen Boden auf mich zurasen, bevor ich die Besinnung verlor.

Zuerst war da diese Frauenstimme, rauchig, flüsternd. So leise flüsternd, dass in meinem Dämmerzustand sofort wieder diese Fantasie entfacht wurde. Die schwarzhaarige Schönheit, der Duft frischer Kokosmilch, zwei Hände, die nach den meinen greifen, sich um die Gelenke legen und sie langsam zu ihren Brüsten führen …

Was redete sie? Was sagte sie mir eigentlich?

Es war ein monotoner Singsang, ächzend, durchaus rauchig, wie gesagt, aber jetzt hörte ich etwas heraus, das sich wie ein leises Schimpfen anhörte. Ich öffnete langsam die Augen. Das linke Auge schmerzte, war irgendwie verklebt, zugeschwollen. Ich musste mich bei meinem Sturz verletzt haben. Warum war ich überhaupt gestürzt? In dem Moment, in dem ich begann, mich an die Sekunden vor meiner Bewusstlosigkeit zu erinnern, breitete sich augenblicklich ein brennender Schmerz über meinen Hinterkopf aus. Mein Hemd klebte mir am Rücken. Unter den schwülen Duft des

Dessousladens, in dem ich mich noch immer befand, hatte sich der metallische Geruch von Blut gemischt.

Dann sah ich, was wirklich geschah.

Sie hielt in der Tat meine Handgelenke umklammert. Allerdings war sie weder im Begriff, meine Hände in irgendeiner Form auf eine besonders appetitliche Stelle ihres Körpers zu pressen noch sie in anderer Form zu liebkosen oder zu massieren. Sie war damit beschäftigt, unter stetigem Zischeln und Geflüster etwas um meine Gelenke zu schlingen, das ich, je mehr ich meine Augen öffnen konnte, als das erkannte, was man einen Tanzgürtel nennt. Ein violettes, spitzenbesetztes Etwas, von dem die Knopfbänder für die Strümpfe herabbaumelten und das sich mir tief ins Fleisch grub.

Irgendetwas steckte in meinem Mund und etwas anderes spannte über meinen Wangen. Als ich den Kopf bewegte, konnte ich schemenhaft weitere Strapsbänder unterhalb von meiner Nase baumeln sehen. Ein Knebel aus feinster, cremefarbener Spitze hinderte mich daran, in dem Moment loszuschreien, in dem sich mein Gesichtskreis erweiterte und sich aus dem Nebel meiner Umnachtung die Gestalt meiner geheimnisvollen Schönheit herausschälte.

Der Duft, der mir in die Nase stieg, war alles andere als der von karibischer Kokosmilch. Es war Schweiß. Herber, süßsaurer Schweißgeruch, der aus dicht behaarten Achseln drang.

Sie war groß, mächtig und unglaublich fett. Selbst als sie vor mir kniete und unter Ächzen und Schnaufen die Spaghettiträger eines Bikinis um meine Fußgelenke schnürte, sah sie im Halbdunkel aus wie ein Berg. Ich sah ihre teigigen, zitternden Arme, die aus ihrer Kittelschürze hervorwuchsen, ihren feisten Nacken, sah das dunkle Haar, das sie zum Knoten gebunden hatte und von dem sie sich immer wieder die eine oder andere fettige Strähne aus dem Gesicht strich. Im Hintergrund lag der Schrubber, ganz offensichtlich die Waffe, mit der sie mich außer Gefecht gesetzt hatte.

Als sie die Schlinge um meine Füße zuzog, durchzuckte mich ein Schmerz, und mir entfuhr, gedämpft durch meinen Knebel, ein leiser Schrei.

Sie blickte auf.

Dicht unter der knolligen, kleinen Nase, direkt über der Oberlippe kräuselte sich der Flaum des beeindruckendsten Damenbartes, den ich je gesehen hatte. Am Kinn erkannte ich kleine Borsten. Ich stöhnte erneut auf. Dieses Mal allerdings nicht vor Schmerz. Ihr Mund verzog sich augenblicklich zu einem Grinsen, das auf vielerlei Arten gedeutet werden konnte.

Eine Putzfrau hatte mir meinen Bruch versaut. Wenn das die Runde machte, hätte ich für die nächsten paar Jahre unter den Kollegen den Vogel abgeschossen.

Die Putzfrau erhob sich. Ich hörte Gelenke knacken, ich sah, wie sich ihre gewaltige Silhouette aufrichtete und fast völlig das kleine, mattgraue Rechteck des hinter ihr liegenden Schaufensters verdeckte. Sie stemmte die Hände in die Seiten und seufzte schwer.

Sie sagte: »Arschkarte jezogen, wa?« Und dann kicherte sie. Eine rheinische Frohnatur.

Ich machte den Versuch, mit ein bisschen Zappelei und mit ein paar melodiös aneinander gereihten Vokalen darum zu betteln mich loszubinden, oder mir wenigstens den Knebel aus dem Mund zu nehmen. Ich bin nicht klaustrophobisch veranlagt, aber zusammengeschnürt wie eine Kohlroulade fühle ich mich unwohl. Dazu kam ein Gedanke, der plötzlich irgendwo in meinem Hinterkopf Gestalt annahm: Wenn sie jetzt stolperte und nach vorne fiele, dann …

Der Knebel, nur den Knebel raus, und ich könnte meine Überredungskünste einsetzen. Ich kann das gut. Frauen mögen es, wenn ich erzähle.

»Armes Würstchen«, sagte die Walküre, und ich sah eine Reihe gelber Zähne in der Höhe über mir. Das von unten hinaufscheinende, rötliche Licht meiner am Boden liegenden Taschenlampe gab ihr etwas Höllisches. »Dat haste dir so jedacht, wa?«

Bind mich los, lass mich reden und atmen!

»Strapsejeil, wa? Biste so 'n Perverser? Ziehste so wat selber an oder wat haste hier jewollt?« Und sie hob sehr langsam einen ihrer Füße, die in – das glaubt mir alles sowieso kein Mensch! – die in dunkelbraunen Socken und Birkenstocklatschen steckten. Der Fuß kreiste für einen Moment über meinen Füßen, wanderte hoch, bis sie ihn über meinem Unterkörper positioniert hatte, und dann senkte er sich langsam, bis er schließlich auf meinem besten Stück ruhte.

»Un?« Sie verstärkte den Druck. »Tut sich da wat? Macht dich dat alles an hier?«

Da tut sich überhaupt nichts! Da ist etwas klein und verängstigt und versucht sich zu verkriechen!

Ich spürte, wie mir buchstäblich der kalte Angstschweiß auf die Stirn trat. Was war, wenn sie jetzt ihr Gewicht verlagerte … nur ein bisschen mehr nach vorne …

»Ooooh, ist der kleine Piephahn müde?« Sie verschränkte die Arme und schüttelte mit gespieltem Bedauern den Kopf. Aus meinem Blickwinkel sah sie aus wie der Golem, wie das Monster des Dr. Frankenstein, wie ein überlebensgroßes Michelinmännchen … nein -weibchen. Nur noch viel, viel fetter.

Als sie den Fuß mit einem Ruck wegnahm, entspannte sich mein Körper.

Sie bummelte scheinbar ziellos umher, bis sie schließlich neben der kaffeebraunen Papp-Latina zu stehen kam, die mich vorhin noch so beeindruckt hatte. Abschätzig ließ sie den Blick von oben nach unten an ihren Kurven entlanggleiten. Schließlich packte sie sie und trug sie zu mir herüber. Sie hielt sie locker mit einer Hand fest, und ich erkannte, dass ihre Fingerkuppen auf beiden Seiten der Taille der braunen Schönheit hervorguckten.

»Dat isset, wat dich anmacht? Biste deswejen hier?«, fragte der Berg patzig. »Nä, nä, nä, Liebelein. Da isset ja kein Wunder, dat de keinen hochkriegst. Dat is doch en Fliejenjewicht. Dat is doch en Handtuch. Nix dran, kein Arsch, kein Busen. Nur Haut un Knochen. Wat du brauchs, is wat anderes, glaub et mir, Kerlchen.« Und sie presste die ausgestreckte Hand einfach zusammen, dass der Schönen mit leisem Knistern die Hüfte zerschrumpelte, bis ihr Oberkörper nach vorn klappte und zu Boden segelte. Ich sah noch ihr Lächeln, das ungebrochen strahlte, bis sie mit dem Gesicht nach unten auf dem fleckigen Teppichboden lag.

Den Unterleib warf die Wuchtbrumme hinter sich. Er schwebte zu den Bademoden und blieb schief auf einem Metallständer mit Tangas liegen.

»Die liebe Tante zeicht dir jetz mal, wie so wat wirklich aussehen muss. Pass emal auf.«

Es war, als sei ich in den Albtraum von Russ Meyer geraten. Das alles hier war doch inszeniert! Vielleicht war es ein mieser Scherz, den sich meine Kollegen mit mir erlaubten. Dieses Monstrum konnte doch unmöglich echt sein. Keine

Frage, wenn ich noch ein paar Minuten tapfer aushielte, würde jemand hervorspringen und »Überraschung« rufen und würde sie wieder wegsperren, zurück in irgendein Versuchslabor, von dem man sie ausgeliehen hatte.

Aber das Grauen hatte gerade erst begonnen.

Neue Panik befiel mich, als ich mit meinen Blicken der spielerischen Bewegung ihrer Finger folgte, die sich an den Knöpfen ihrer Kittelschürze zu schaffen machten. Sie setzte dabei einen genießerischen Blick auf und summte leise etwas vor sich hin, das irgendwie nach Dieter Bohlen klang.

Der erste Knopf schlüpfte erleichtert aus dem Loch und der Stoff entspannte sich.

Der zweite.

Der dritte.

Allmächtiger, hilf mir!

Der vierte. Eine bedrohlich tiefe Hautfalte im entstehenden Keil zwischen den beiden Kittelnähten kündigte Unglaubliches an.

Der fünfte Knopf. Sie summte lauter. Ihr Kopf schwang mittlerweile rhythmisch hin und her, und sie wankte im Takt ihrer Melodie von einem Fuß auf den anderen. Dann drehte sie sich einmal um die eigene Achse und stand unvermittelt wieder breitbeinig vor mir, steigerte die Melodie zu einem imaginären Trommelwirbel und riss mit in den fetten Nacken geworfenem Kopf die Kittelschürze auseinander, sodass die Knöpfe nur so durch die Gegend prasselten.

Ich schloss gepeinigt die Augen. Wenn mich bis jetzt noch das Unfassbare in seinen Bann gezogen und mich, wie es einem mitunter bei einem grauenhaften Unfall geht, daran gehindert hatte wegzuschauen, war es jetzt genug.

Ich hörte nur noch ihr Schnaufen. Und obwohl ich die Augen fest zusammenkniff, sah ich vor mir das Bild ihres weißen, aufgeblähten, unglaublichen Körpers, der in einem Mieder steckte, das die Farbe von Karamellpudding hatte. Ihre Brüste wurden nur mühsam im Zaum gehalten und drohten jeden Augenblick über den Stoff des Mieders hinauszuschwappen. An den Oberschenkeln sah es aus, als quelle der Hefeteig aus der Schüssel.

»Augen auf!«, schrie sie, und als ich augenblicklich schockiert Folge leistete, sah ich wieder ihren Fuß, den sie drohend erhoben hatte und der auf mein Zentrum zusteuerte. »Ich bin noch net fertich!«

Ich wimmerte, riss die Augen weit auf, um zu zeigen, dass ich ein folgsamer Junge und sie eine Augenweide sei, dass ich den Blick nicht von ihr abwenden könne.

Wieder senkte sich der Fuß auf meine Hose und ein mitleidiges Lächeln machte sich breit. »Hab ich dich erschreckt?« Sie fischte mit einer schwungvollen Handbewegung ein paar fliederfarbene Strapse von einem Ständer, dass die Kleiderbügel nur so tanzten. »Aber eijentlisch isset ja auch dat hier, wat dich so anmacht, ne?«

Ich nickte mechanisch und ahnte in diesem unheilvollen Augenblick nicht, was ich damit auslöste. Sie grinste geradezu mädchenhaft, zwinkerte mir zu und hauchte: »Aber nur für disch, Liebchen. Weil du mir so jut jefälls und weil du so schön still zugucks.«

Sie legte die Strapse auf der nahen Verkaufstheke ab und kehrte mir den Rücken zu. Als sie den Dutt, der sich halbwegs aufgelöst hatte, erneut zusammenzurrte, winkelte sie die Arme weit vom Körper ab und ihre Achselhaare kräuselten sich im nächtlichen Halbdunkel. Dann beugte sie den Kopf nach vorne und mir stockte der Atem, als ich mit ansehen musste, dass sie offensichtlich im Begriff war, die winzigen Knöpfchen ihres Mieders zu öffnen.

Ein Mieder hält etwas zusammen. Dafür wird es genäht und gekauft. Und was hier darunter hervorquoll, wollte ich nicht sehen. In meinem Kopf wirbelten Gedankenfetzen durcheinander. Was konnte ich tun? Wie konnte meine Rettung aussehen? Hatte ich überhaupt noch eine Chance?

Sie ächzte und grunzte und ich ahnte, dass es ihr mit ihren fleischigen Fingern schwer fallen musste, die kleinen Knöpfe zu greifen.

Meine Blicke schossen wild durch den Raum. Kleiderständer ragten kühl in die Höhe. Im spärlichen Licht verschmolzen die Stofffetzen zu einer bizarren Masse undefinierbarer Farbe. Schaufensterpuppen lächelten mit entrückter Miene ins Nichts. Diesen kühlen Schönheiten war mein Schicksal völlig gleich, von ihnen war keine Hilfe zu erwarten. Draußen hatte es wieder zu schneien begonnen. Kein Mensch trieb sich in der Nacht auf der Straße herum. Alles lag friedlich schlummernd in den Betten. Niemand würde mich hören, solange dieser Knebel in meinem Mund steckte. Das Unheil war nicht aufzuhalten.

Das Mieder flatterte zu Boden. Ich zwang mich, die Augen offen zu halten, bevor sie mir etwas antun würde. Sie blinzelte schelmisch über die Schulter zu mir herüber. Während ihre Rechte nach den Strapsen fingerte, war die Linke auf der vorderen Seite ihres Körpers damit beschäftigt, irgendetwas festzuhalten.

Ich starrte wie gebannt auf ihren Hintern. Sie verstehen vielleicht, dass es Dinge gibt, wo jedes beschreibende Wort und jede Metapher versagt.

Dann legte sie den dünnen Riemen Stoff um ihren Körper, das heißt: Sie machte den verzweifelten Versuch dies zu tun. Es sah aus, als versuche jemand ein Einmachgummi über einen Fesselballon zu stülpen. Sie drückte und quetschte. Sie zurrte und zerrte und bei jedem Handgriff wand sich ihr Körper hin und her wie eine Qualle. Sie sprang von einem Fuß auf den anderen, dass der Boden leise bebte, und langsam aber sicher wuchs in ihr die Wut, das konnte ich sehen. Ich sah auch die Schweißtropfen, die durch die Luft tanzten, ich sah ihre Hüften, in denen das Fett wogte, ich sah Haare an allen Stellen, an denen ich sie nie, nie, niemals sehen wollte.

Auch ich begann mich zu winden, da ich Angst hatte. Pure, höllische Angst vor dem, was kommen sollte. Ich zuckte hin und her, die elastischen Fesseln um meine Gelenke gaben nach und zogen sich unerbittlich wieder zusammen. Ich schrie lautlos in mich hinein und spürte, wie Übelkeit in mir aufstieg. Gleich würde ich mich übergeben müssen. Es konnte nicht mehr lange dauern. Ich würde elend ersticken.

Die Strapse schossen plötzlich, von der Elastizität des Gummis beflügelt, durch die Luft, meine Peinigerin torkelte herum, ruderte mit den Armen, stand breitbeinig und bis auf die wollenen Strümpfe ohne den kleinsten Fetzen Stoff am Leib vor mir und präsentierte sich in all ihrer unfassbaren Nacktheit. Sie sollten nicht versuchen, sich das auszumalen.

Als ich spürte, wie es mir hochkam, schloss ich die Augen, winkelte die Beine an und stieß mit aller Kraft, die ich aufzubieten imstande war, mit den Füßen zu. Es passierte das Unglaubliche: Ich verfehlte den Fleischkloß, traf aber stattdessen einen Kleiderständer, der mitsamt seinen Spitzenhöschen und den Kleiderbügeln unter rasselndem und klimperndem Lärm umstürzte und einen weiteren, kleineren Ständer mitriss. Dieser stieß gegen eine langbeinige Blondine aus Glasfiber nahe der Eingangstür, die ihrerseits einen weißhäutigen Rotschopf von geradezu knabenhafter Gestalt in weinroten French-Knickers gegen die Schaufensterscheibe torpedierte, die in tausend Teile zerbarst und mit ohrenbetäubendem Geschepper in die Nacht hinaussplitterte.

Die Putzfrau stieß einen bestialischen Schrei aus.

Dies war mein Ende.

Manchmal träume ich davon. Manchmal sehe ich, wie sie sich auf mich wirft. Ich erkenne alles, bis ins kleinste Detail. Eine Momentaufnahme des Grauens.

Ich sitze jetzt schon seit drei Monaten. Nicht wegen des Einbruchs. Man hat mich wegen versuchter Vergewaltigung angeklagt. In meinem Beruf werde ich nie mehr tätig sein können. Man kennt mich. Die Bilder in der Zeitung haben Bände gesprochen. Ich bin ein Perverser. Mit so was wollen die anderen nichts mehr zu tun haben. Meine Prellungen und Brüche heilen langsam wieder. Ich habe seither nie mehr eine Erektion gehabt.

Gestern war Besuchszeit. Raten Sie bitte, wer mir gegenübersaß, von mir nur getrennt durch eine viel zu dünne Scheibe und ein lächerliches bisschen Gitter. Ich glaube, sie hat sich extra für mich den Bart abrasiert. So genau habe ich gar nicht hingesehen. Nur einmal, da konnte ich den Blick einfach nicht abwenden. Da nestelte sie plötzlich an ihrer Bluse herum, machte, nachdem sie sich versichert hatte, dass außer mir niemand zusah, zwei Knöpfe auf und ließ etwas Mintfarbenes durchschimmern, das aus feiner Spitze gewirkt war.

Ich habe Angst davor hier rauszukommen, und ich denke, ich werde mir demnächst das Leben nehmen. Vermutlich werde ich mich in meiner Zelle erhängen. Aber womit?

Etwas aus Spitze wäre schön.

Sandra Lüpkes

Klackklack-Klackklack

Aimo Behrenzen fing schon sehr früh mit dem Geldverdienen an.

Wie alt war er, zehn oder elf? Da sah man ihn mit kurzen, roten Hosen, gestreiftem Fischerhemd und Haaren, die für einen Jungen viel zu lang waren, neben den Gleisen sitzen. Das auflaufende Salzwasser der Nordsee hatte den hartgesottenen Boden bereits getränkt und die merkwürdigen, graublauen Gewächse rochen so aromatisch wie gesunde Medizin. Es blieb noch etwas Zeit, das Schiff legte gerade dort draußen auf dem Wattenmeer an. Matrosen warfen raue Seile über Bord und befestigten die Fähre an den dunkelgrauen Dalben des Anlegers.

Heute war große Anreise. Die Osterferien hatten begonnen und man erwartete mehr als tausend Gäste, die einen kurzen Urlaub auf der Insel Juist verbringen wollten. Die ersten Frauen in hellen Kleidern tippelten den steilen Steg hinab, danach drei Kinder und ein Hund. Die Männer mit den schweren Reisetaschen ganz zum Schluss, schauten sich um, und wohin jetzt? Wirklich in dieses Ding da? Diese Verniedlichung eines funktionierenden Zuges, dessen Schienen auf einem Gerippe aus Holz bis zum sicheren Boden der Insel führten? Inselbahn? Oh Himmel, was für ein Urlaubsbeginn!

Aimo schaute hinüber. Natürlich konnte er die Gespräche

der Touristen nicht hören, geschweige denn ihre Gedanken lesen. Er war viel zu weit weg, fünfhundert Meter bestimmt. Doch er wusste, was die Leute dachten. Auf dem Festland war alles so modern, so tiptop, es gab seit neuestem Intercity-Züge, die irrsinnig schnell von Großstadt zu Großstadt rauschten, nicht bis Norddeich-Mole, aber immerhin bis Oldenburg. Da gab es sogar zu essen und zu trinken und eine Lautsprecherdurchsage, welcher Bahnhof als Nächster an der Reihe war und auf welchem Gleis man umsteigen musste. Und dann kamen diese Festländer also nach einer langen Reise hier an und mussten ganz zum Schluss, quasi auf Tuchfühlung mit dem Urlaubsziel, in ein schlickfarbenes Züglein steigen. Dieses Erlebnis ließ die Gäste während ihres gesamten Inselaufenthaltes nicht los. Keinen von ihnen. Sogar die nicht, die es schon vom letzten Jahr oder vorletzten Jahr oder von ganz früher her kannten. Und das war es, woraus Aimo Behrenzen schon ganz früh Kapital schlug.

Bei der Sparkasse kannte man ihn. »Na, wieder mal hundert Pfennige für 'ne Mark?«, fragte der dicke Mann hinter dem Panzerglas stets.

Aimo schob nur den abgegriffenen Lederbeutel in die Durchreiche und sagte nichts.

»Wie viel kriegste dafür? Das Zehnfache? Ich glaube schon, es ist das Zehnfache. Für was die Touristen nicht alles so Geld ausgeben …«, und der dicke Mann hinter dem Panzerglas schüttelte den Kopf. Manchmal, wenn Aimo schon fast wieder zur Tür hinaus war, rief er ihm auch noch etwas hinterher, etwas in der Art von: »Wenn du noch mal 'nen Job suchst, so geschäftstüchtige junge Männer wie dich könnten wir hier gut gebrauchen!«

Klackklack-klackklack. Sie setzte sich in Bewegung, taumelte ein wenig über dem Meer, und bei jeder Schweißstelle in den Gleisen machte die Inselbahn klackklack-klackklack. Aimo legte die Pfennige in gerader Reihe nebeneinander. Alle zehn Zentimeter eine kreisrunde, kupferfarbene Münze auf die Schienen. Und dann warten. Am Deich sitzen und warten. Sechs Anhänger. Vierundzwanzig Mal klackklack-klackklack. Wenn die Inselbahn weiter in Richtung Bahnhof tuckerte und in der Deichdurchfahrt verschwand, sammelte er die platten, länglich verformten Kupferkleckse ein, steckte sie rasch in den abgegriffenen Lederbeutel und eilte zum Kurplatz. Aimo hatte sein Pappschild unter den Arm geklemmt. Normalerweise hatte er eine vier in »Schrift und Form«, doch auf diesem Plakat hatte er eine ganze Reihe kerzengerader Buchstaben nebeneinander hinbekommen:

HIER SIND SIE MIT DER INSELBAHN DRÜBERGEFAHREN! STÜCK 10 PFENNIG!

Und daneben legte er die Souvenirs auf eine Decke, geordnet nach Anreisedatum, und da mogelte er auch nicht, selbst wenn es nie jemand gemerkt hätte. An guten Tagen verkaufte er bis zu dreißig Stück in einer Stunde, drei Mark also bei dreißig Pfennig Wareneinsatz. Für jemanden, der nur zwei Mark fünfzig Taschengeld in der Woche bekam, war das eine Menge Geld. Wie gesagt, Aimo Behrenzen war gut im Geldverdienen. Auf seinem Sparbuch warteten satte fünfundsiebzig Mark darauf, ausgegeben zu werden. Aimo war nicht geizig, doch er liebte es, wenn ihm Zinsen gutgeschrieben wurden und bislang hatte er noch keinen Wunsch gehabt, der ein geplündertes Konto wert gewesen wäre.

Dass für seinen Erfolg einige Dinge auf der Strecke blieben, nahm Aimo in Kauf. Einige Dinge hießen auf gut Deutsch: Freunde. Er hatte keine. Es gab da zwei drei Jungs, die er zu seinem Geburtstag einladen würde, wenn seine Mutter Zeit dazu hätte, ihn zu feiern. »Aimo, du kannst deine Freunde gern mal mit nach Hause bringen, wenn ihr nicht so laut seid«, sagte seine Mutter ungefähr einmal in der Woche, kurz bevor sie sich ihren schwarzen Rock anzog und das kurze Kellnerschürzchen um die Hüften legte. Hat er aber nie gemacht. Seine Mutter fand immer eine toll aufgeräumte Wohnung vor, wenn sie um neun Uhr abends nach Haus kam. Aimo war immer draußen und sonst wohnte da ja keiner in den zwei kleinen Zimmern mit Küche und Bad.

In der Schule war er der einzige Junge, der neben einem Mädchen saß. Er hatte es sich nicht gerade ausgesucht, doch der Platz neben Sybille Münch war einfach übrig geblieben. Wahrscheinlich, weil sie ebenfalls keine Freunde hatte. Aimo hatte nichts gegen sie. Er rechnete gern und fand die Geschichten interessant, die der Lehrer erzählte. Von Vulkanen und Erdbeben und einmal sogar von Eisenbahnen, die erste fuhr vor mehr als 130 Jahren von Nürnberg nach Fürth, das fand er natürlich besonders interessant. Aus diesem Grund nahm er das kleine, rothaarige Mädchen an seiner Seite gar nicht zur Kenntnis.

Bis eben zu diesem Tag, dem Beginn der Osterferien, als er elfeinhalb Jahre alt war, auf dem Kurplatz saß und die plattgefahrenen Pfennige verkaufte. Er freute sich, weil er dabei war, einen neuen Rekord zu brechen. Fünfunddreißig in einer Stunde und sechs Minuten, das waren mehr als ein halber pro Minute, das waren drei Mark fünfzig …

Und dann standen ihre dünnen Beine in der Sonne und warfen gerade Schatten auf seine Verkaufsdecke. »Was machst du da eigentlich?«, fragte Sybille Münch.

Meine Güte, hatte die blaue Flecken am Schienbein. Aimo war zwar den ganzen Tag an der frischen Luft, kletterte über die Bahnhofsmauer, spielte bei den abgestellten Pferdekutschen und sammelte bei Ebbe Strandgut, aber solch farbenfrohe Prellungen hatte er an seinen Beinen noch nie gesehen. »Was hast du denn gemacht?«

Sie schaute an sich hinunter, strich ihren Stufenrock glatt und versuchte, den Jeansstoff in die Länge zu ziehen. »Nix. Sport!«

Soweit sich Aimo erinnern konnte, hatte er sie nie im Rock gesehen, sie trug normalerweise lange Hosen. »Was denn für ´n Sport? Catchen?«

»Musst du mich so anstarren?«, entgegnete sie, doch statt beleidigt abzudampfen, wie Mädchen es normalerweise zu tun pflegen, setzte sie sich neben ihn als wären sie Geschäftspartner.

»Lass mal sehen, was du schon verdient hast«, sagte sie, griff sich ohne Zögern seinen Lederbeutel und leerte die Tageseinnahme in ihren Handteller. Schnell zählten ihre Finger die Groschen. »Und dafür sitzt du den ganzen Tag am Bahnhof rum? Würde mir ja nicht einfallen!«

»Ach ja?«, keifte er wütend und schlug ihr auf den Arm, so dass das Geld herunterfiel und in den kurzgeschorenen Rasen fiel. Er bemerkte ihr Zucken, sofort bemerkte er es, und für einen kurzen Moment bereute er sein Verhalten, er hatte noch nie ein Mädchen geschlagen. Doch wenn sie sich über seinen Job lustig machte? »Du hast es ja nicht nötig, Sybille Münch!«

Sie schmollte ein wenig, doch sie machte keine Anstalten, aufzustehen. »Ach, und ich dachte, wenigstens du hättest nichts gegen mich.«

Aimo atmete tief durch. Das sollte mal einer verstehen. Bis vor wenigen Minuten hatte er überhaupt keine Meinung zu diesem Mädchen gehabt, dann kam sie zu ihm, setzte alles daran, ihm auf den Geist zu gehen und war dann beleidigt, wenn er sie ein wenig aufzog. Sybille Münch war nämlich ein reiches Mädchen, die sowohl einen Vater wie auch eine Mutter mit viel Zeit, einen Hund, einen kleinen Bruder und ein eigenes Zimmer hatte. Alles Dinge, die Aimo auch ziemlich gern gehabt hätte, die sich aber entweder gar nicht oder zumindest nicht mit 75 Mark kaufen ließen.

»Du hast sicher ein Problem damit, weil deine Mutter im Hotel meines Vaters arbeitet und wahrscheinlich immer erzählt, was für ein Ungeheuer er ist. Das machen alle unsere Angestellten. Die Kellner, die Köche, die Zimmermädchen.«

Aimo zuckte nur die Schultern, dann trat eine ältere Dame an die karierte Decke, auf der er seine Ware präsentierte und lächelte. Er grinste zurück. »Wann sind Sie denn auf Juist angekommen?«

»Oh, mein lieber Junge«, sagte die Touristin mit einer leicht jodelnden Altfrauenstimme. Da wusste er schon, dass er seinen sechsunddreißigsten Groschen so gut wie verdient hatte. »Vor drei Tagen. Das ist ja eine hübsche Idee. Ihr beide seid ja ganz tolle Kaufleute.« Und prompt war der Handel perfekt.

Aimo steckte das Geldstück mit den anderen zurück in den Beutel und war sich bewusst, dass diese Sybille jede seiner Bewegungen genau beobachtete.

»Was kaufst du dir davon?«

»Ich kauf mir gar nichts!«

»So ein Quatsch. Ich hab dich schon ganz oft hier sitzen sehen. Von meinem Zimmer aus kann ich dich genau beobachten.« Sie zeigte zum Dach des großen Hotels gegenüber des neuen Musikpavillons. »Du musst schon ein kleines Vermögen verdient haben, da kannst du mir nicht erzählen, dass du dir nichts kaufst. Kaugummis?«

Er schüttelte den Kopf.

»Eine Tüte Schlickersachen von Bäckerei Habbinga?«

»Du nervst.«

Sie blieb noch eine ganze Weile neben ihm sitzen, sagte zwar kein Wort, was auch vernünftig war. Leider blieb nach der älteren Dame kein Gast mehr bei ihm stehen. Aimo überlegte, ob Sybille ihm Unglück brachte. Er wusste, dass solche Gedanken Aberglauben waren, doch er gab sich dieser Schlussfolgerung trotzig hin. Kurz bevor er wirklich wütend auf sie wurde stand sie auf und ging davon. Einfach so. Er schaute ihren nackten Beinen hinterher und konnte noch aus zehn Metern Entfernung die krassen Flecke darauf erkennen.

Verkauft hatte er nichts mehr an diesem Tag.

»Du liebst Züge, nicht wahr?«

Sybille hatte sich in den Osterferien jeden Tag ungefragt neben seinen Verkaufsstand gesetzt und kurz vor Himmelfahrt wagte sie sich das erste Mal an den Deich, wo er bislang immer unbehelligt gewesen war. Glücklich machte ihn diese Gesellschaft nicht, doch Sybille störte nicht genug, um sie zu verjagen.

Er musste kurz überlegen, auf eine solche Frage wollte er unbedingt die richtige Antwort geben. Schließlich war es schon von Bedeutung, wen oder was er liebte. »Nein, nicht die Züge. Wenn, dann liebe ich die Gleise. Die bestimmen ja schließlich, wohin die Reise geht. Verstehst du den Unterschied?«

Es freute ihn, dass sie nickte.

»Aber ich liebe die Züge. Sie bewegen sich. Sie bleiben nicht liegen wie deine faulen Gleise.« Nun mussten sie lachen, und es fühlte sich gut an, über eine solche Feststellung zu lachen.

»Wer verhaut dich eigentlich immer so?«, fragte Aimo dann.

»Wie kommst du denn darauf?«, fragte sie, und er konnte merken, dass sie nur so tat, als ginge diese Frage sie nichts an.

Klackklack-klackklack. Vierundzwanzig Mal. Er kroch zu den Schienen und sammelte die Kupferstücke ein. »So blöd bin ich nun auch nicht. Diese blauen Flecken sind nicht mehr dieselben wie die von Ostern, außerdem kenne ich keinen Sport, wo man sich gleichzeitig die Beine und den Oberkörper anschlägt.«

»Geht dich nichts an!« Sie saß im Deichgras, das zu dieser Zeit dicht mit gelbem Löwenzahn übersäht war, der dem eigentlichen Grün gar keine Chance ließ.

»Und warum trägst du dann immer so kurze Sachen, wenn du mir hinterherläufst? In der Schule bist du immer hochgeschlossen und hier hältst du mir deine Verletzungen direkt unter die Augen.«

»Das denkst du dir nur aus.« Sie lehnte sich zurück, legte sich in die kleinen Löwenzahn-Kissen und schaute nach oben. Ihr T-Shirt rutschte hoch. Klar, das war Absicht. Ein Abdruck, so groß wie ein Kartoffelpuffer, breitete sich an der Stelle aus, wo nach Aimos Biologiekenntnissen die Nieren lagen. Das musste schmerzhaft gewesen sein, verdammt noch mal.

»Meistens sind es doch die Väter, oder nicht?«, bohrte er nach. Natürlich schwieg sie sich aus. »Verkloppt dein Vater dich? Sag doch mal!«

Da lachte Sybille ganz komisch. Ihr flacher Bauch zuckte dabei, und sie fasste sich mit beiden Händen an die Stirn, so als müsste sie ihren Kopf beim Lachen festhalten. Aimo hatte noch nie so etwas Trauriges gesehen. Es machte ihm richtig Angst.

Zum Glück hörte sie genauso schnell wieder auf, wie sie begonnen hatte, dann fasste sie in die Tasche ihrer kurzen

Hose und holte ein grünes Portemonnaie heraus. Als sie es öffnete, quoll ein ganzer Batzen Pfennige hervor. Aimo hatte inzwischen einen guten Blick für Kleingeld entwickelt und er schätzte den Inhalt auf zwei bis drei Mark.

»Was ist denn jetzt los?« Meine Güte, war er wütend. Von einer Sekunde auf die andere. Wollte sie ihm sein Geschäft kaputtmachen? »Ich glaube, du spinnst!«

Sie setzte sich wieder auf. »Mensch, Aimo, ich weiß ja, dass es deine Idee ist. Aber ich brauch doch das Geld.«

»Blödsinn! Wozu brauchst du denn Geld? Du bist, glaube ich, das reichste Mädchen, das ich kenne!«

»Zum Abhauen,« sagte sie ganz schnell und ganz leise.

Irgendwann nach Pfingsten kam Sybille nicht mehr.

In der Schule wollte er sie nicht darauf ansprechen, denn sie sah so schlapp aus und sprach manchmal einen ganzen Vormittag kein Wort, noch nicht einmal, wenn der Lehrer sie aufforderte, die Hausaufgaben vorzulesen.

»Fräulein Münch hält es nicht für nötig, sich am Unterricht zu beteiligen«, schlussfolgerte der Lehrer, und Aimo hasste ihn dafür, dass er Sybille einfach so abtat. Warum wehrte sie sich nicht?

Nach dem Unterricht war sie schnell verschwunden. Aimo war klar, dass sie vor ihm flüchtete. Die Sache mit den blauen Flecken hatte er in den letzten Wochen kein einziges Mal mehr angesprochen, auch wenn sie noch so kurze Röcke trug. Verkauft hatten sie beide ganz gut, Aimo überschlug, dass seine Kollegin sicher auch schon fast zehn Mark zusammenhaben musste. Seine Geschäfte gingen schlechter durch die neue Konkurrenz, er hatte sogar das erste Mal in seinem Leben einen Kunden betrogen und einen vor vier Wochen überrollten Pfennig als ein Exemplar vom Vortag verkauft. Doch trotz allem hatte er sich an Sybille gewöhnt. Er vermisste es, sich mit ihr bei den Gleisen zu treffen.

»Was machst du denn hier?«, fragte seine Mutter entsetzt, als er eines Tages nach der Schule in das Hotel spazierte. Er hatte sie noch nie auf der Arbeit besucht und staunte über die hohe Decke im Restaurant, die silbernen Kerzenständer auf den Tischen und den Mann am Klavier, der leise Musik in den Speisesaal klimperte.

»Ich will zu Sybille. Weißt du, wo ihr Zimmer ist?«

»Das ist der Privatbereich, du kannst da nicht hin, Aimo!«

»Wir wollen miteinander spielen, wir haben uns verabredet«, log er.

Seine Mutter klackerte auf ihren glatten Absätzen hastig über den Flur und kam nach einer Minute mit einem großen Mann zurück. Herr Münch sah nett aus, Aimo kannte ihn vom Sehen, sie waren mal auf derselben Fähre nach Norddeich gefahren und seine Mutter hatte ganz besonders freundlich gegrüßt und ihm dann verschwörerisch ins Ohr geflüstert, dass das eben ihr Chef gewesen sei. Er war groß und kräftig, diese Ausmaße taxierte Aimo im ersten Augenblick, doch er sah wirklich nett aus. Dieselben roten Haare wie Sybille und dazu einen lustigen Oberlippenbart. »Du möchtest mit meiner Tochter spielen? Das ist aber sehr edel von dir, junger Mann. Aber Sybille muss erst ihre Schulaufgaben machen.«

»Ja, aber ...«, Aimo stotterte ein wenig. Es war schrecklich peinlich, seine Mutter und Herr Münch grinsten ihn an. »Aber richten Sie ihr bitte aus, dass sie heute Nachmittag unbedingt zu unserer Stelle kommen soll, ja?«

Herr Münch lachte laut. »Ja, das sage ich ihr sehr gerne, versprochen. Wenn du mir versprichst, dass ihr an eurer geheimnisvollen Stelle keinen Unfug anstellt!«

Aimo nickte und dann sah er zu, dass er von hier verschwand.

Um zwei Uhr nachmittags saß er dann am Deich. Nur so. Schon seit einer Woche legte er keine Pfennige mehr auf die Gleise, ihm war nicht danach. Alles hatte sich verändert, seit Sybille auf- und wieder abgetaucht war. Sie fehlte ihm. Komisch, sie hatten beide eigentlich nichts Besonderes getan. Hatten nur diese Sache mit den Pfennigen gemacht. Und manchmal gequatscht. Aimo wartete bis fünf Uhr. Sybille kam nicht. Hatte ihr Vater sein Versprechen gebrochen und ihr nichts von Aimos Besuch erzählt? Oder wollte sie vielleicht gar nicht kommen?

Er bohrte einen Finger durch die Grasnarbe und pulte frische, feuchtdunkle Deicherde hervor, die Krümel blieben unter seinen Fingernägeln hängen und er hielt sie an die Nase. So roch sein Platz. Nach Salz und Erde. Er würde nie woanders leben wollen.

Doch Sybille wollte weg. Sie hatte es gesagt, und zwar nicht einfach so, es waren keine Kleinmädchenworte gewesen. Er war nicht näher darauf eingegangen, doch der Satz mit dem Abhauen saß ziemlich fest in seinem Gedächtnis.

Um halb sechs schloss die Sparkasse in der Strandstraße. Er stand auf und hatte es sehr eilig, den schweren Lederbeutel fühlte er in seiner Jackentasche. Das aufgeregte Gefühl in seinem Inneren machte ihm bewusst, wie gut das Geldverdienen doch war. Wenn man wusste, wofür man es ausgeben wollte, dann war Geld sogar das Wichtigste auf der Welt.

Vielleicht war es ja ganz spannend, was der Lehrer am nächsten Morgen erzählte. Thema Eiszeit, es ging um Endmoränen und mitteldeutsche Gebirge, um Flüsse und Täler, vor der Tafel war eine riesige Deutschlandkarte ausgeklappt.

Doch Aimo hörte nicht richtig zu. Er beobachtete Sybille. Ja, sie schaute mit aufmerksamen Blick auf die Karte, verfolgte sie Wege auf dem Festland, man konnte ihr das Fernweh an den Augen ablesen.

Sie hatte eine neue Schramme, diesmal mitten im Gesicht. Es war das erste Mal, dass sie eine Verletzung hatte, die man nicht verbergen konnte. Himmel noch mal, der Kratzer war nicht tief, doch er zog sich von der linken Augenbraue runter bis zum Kinn und am Mundwinkel waren noch ein paar Abschürfungen zu sehen.

Der Lehrer hatte sich Sybilles Gesicht genau angeschaut. »Bin von der Treppe gefallen«, hatte sie ungefragt erklärt und der Lehrer hatte genickt. Von der Treppe gefallen, von der Treppe gefallen … Aimo konnte nicht verstehen, warum der Lehrer diese offensichtliche Lüge nicht entlarvt hatte, sondern einfach mit dem Unterricht fortfuhr.

»Sybille«, flüsterte Aimo.

»Lass mich bloß in Ruhe, du Idiot. Und besuch mich nie wieder, hörst du? Nie wieder!«

»Es ist was anderes. Ich hab was für dich!« Und dann schob er ihr den Lederbeutel rüber. Das Ding war leicht, denn es waren diesmal keine Münzen darin, sondern Scheine. Zwei Stück. Zwei Mal Fünfzig. Das Frühjahr war ganz gut verlaufen, Zinsen und Taschengeld hatten sein Vermögen aufgestockt. Sybille öffnete den Beutel, schob ihre Finger um die glatten Scheine, zog die Hand zurück, als hätte sie sich verbrannt und starrte ihn an.

Er freute sich über ihre Ungläubigkeit. »Ein kleiner Fahrplan ist auch dabei. Alle Züge ab Norddeich-Mole stehen drin. Und ab Oldenburg fahren die Intercitys, die sind ganz schnell und fahren in alle großen Städte«, flüsterte er und seine Stimme überschlug sich bei einigen Silben vor Aufregung, so dass der Lehrer einen bösen Blick in ihre Richtung warf und sie für den Rest der Schulstunde schweigen mussten.

Und dann war sie verschwunden. Aimo hatte sich so beeilt, hatte alle Hefte und Stifte achtlos in den Ranzen geworfen und war nach draußen gerannt, doch ihr Fahrrad stand schon nicht mehr in den Ständern neben dem Schulhof, und so weit er den Weg die Düne hinauf einblicken konnte war von Sybille keine Spur mehr zu sehen.

Es war ein gutes Zeichen, beschloss er zu denken. Sie würde in ihr Zimmer eilen, die nötigsten Sachen packen und dann die Abfahrt um Viertel nach zwei nehmen. Also musste auch er sich beeilen, denn er wollte dabei sein, wollte an der Stelle stehen und vielleicht winken. Er war so aufgeregt, als ginge er selbst auf Reisen und fuhr direkt an den Deich.

Einen Pfennig hatte er noch. Es würde sein letzter sein. Irgendwie war es nun doch nicht mehr dasselbe, wenn sie fort war. Vielleicht sollte er Koffer fahren? Damit konnte man auch gutes Geld verdienen, man durfte sich nur nicht von den professionellen Gepäckträgern erwischen lassen, sonst gab es Ärger.

Er hatte ein feierliches Gefühl, als er das Geldstück auf die Schienen legte. Es war schließlich das erste Mal, dass er es bei einer Abfahrt machte. Und sie würde darüberfahren. Das machte alles anders.

Er saß im Gras und hörte die Inselbahn einen kurzen Moment, bevor sie in der Deichöffnung auftauchte. Seine Augen schärften sich, er versuchte, durch die Scheiben zu schielen. Die Waggons waren nicht allzu voll. Er sah den Abschied in den Gesichtern der Passagiere, die ihre Augen auf das letzte Stückchen Insel hefteten. Wo war Sybille? Wo waren die roten Haare und das Gesicht, in das er immer nur so flüchtig geschaut hatte?

Klackklack-klackklack.

Warum konnte er sie nicht sehen? Stand sie nicht am Fenster und winkte ihm zu?

Klackklack-klackklack.

Wie sollte er jetzt wissen, ob sie fort war?

Klackklack-klackklack.

Dann schob sich die Bahn in die Kurve und folgte den Gleisen auf das graue Watt. Er hatte sie nicht gesehen.

Aimo schob sich im Sitzen an die Gleise heran. Da lag es. Ein Andenken. Platt und unförmig, kupferrot und grau. Es war so leicht, dass man das Gewicht in der Hand kaum spürte. Er ließ es in seine Hosentasche gleiten und beschloss, es auf ewig zu behalten.

Kleine Jungen nehmen sich viel vor.

Die Mutter fand das Ding beim Wäscheaufhängen. Es klimperte auf den Boden, sie hob es auf, schaute nur kurz darauf und warf es in den kleinen Eimer in der Ecke, in dem alle diese seltsamen, unnützen Kupferplättchen landeten, die sie in den letzten Jahren aus seiner Kleidung gefischt hatte.

Vielleicht war die Zeit ja jetzt endlich vorbei. Seit zwei Wochen verdiente er sich nun ein paar Mark beim Kofferfahren, ihr lieber, ihr fleißiger Aimo.

Und sie musste seufzen bei dem Gedanken, wie viel Glück sie doch hatten.

Glück kann man nicht kaufen.

Was nutzte ihrem Chef das ganze Vermögen. Es muss schlimm sein, dachte Aimos Mutter, unvorstellbar schlimm, wenn das eigene Kind spurlos verschwindet.

Michael Molsner

In einer Stunde reich

Mit bösem Lächeln beobachtet Jochen die Straße. Er denkt an Banknotenbündel in Banderolen. Endlich taucht der Golf von Lucie auf.

Selbstverständlich sitzt nicht Lucie am Steuer. Werner hat den Golf unter einem Vorwand bei ihr entliehen. Lucie hat sich überreden lassen, weil sie keine Ahnung hat, wozu ihre Rostlaube herhalten muss. Das ideale Tatfahrzeug. Unauffällig bis hart an der Grenze zur Unsichtbarkeit. Golfs zwischen grau und schmutzig sind ein gewohnter Anblick auf allen Straßen.

Werner grinst zu Jochen herüber und hält den Daumen hoch, bevor er zum Parkhaus einbiegt und darin verschwindet.

Jochen lässt den Motor seines weißen Transit an und folgt Werner.

In der obersten Etage des Parkhauses gähnen die Parklücken einander an. Hier sind sie ungestört.

Werner ist bereits ausgestiegen, als Jochen seinen Transit neben den Golf stellt. Mit einem selbstgefälligen, geradezu eitlen Grienen hält Werner ihm die noch gültigen Nummernschilder hin, die er seinem Freund Karlheinz geklaut hat. Karlheinz betreibt einen Gebrauchtwagenhandel. Immer liegen irgendwo in seiner Werkstatt Nummernschilder, die noch nicht abgemeldet sind.

Jochen betrachtet sie.

Werner lässt sich auf ein Knie nieder und schraubt Lucies KFZ-Kennzeichen vom mausgrauen Golf ab. Er schnauft schwer, denn er ist aufgeregt, und ächzt laut. Seine kaputte Hüfte macht ihm zu schaffen.

Die sind nicht gleich!, bemerkt Jochen. In seiner Stimme ist ein harter Klang.

Werner erschrickt, wie immer, wenn Jochen streng mit ihm ist.

Wieso?

Du hast ein Bremer und ein Hamburger Kennzeichen erwischt. Einmal HB und einmal HH!

Schlimm?, fragt Werner ein wenig ängstlich.

Jetzt ist es, wie es ist, sagt Jochen und blickt auf, denn endlich trifft auch Bussenbrock in seinem Geländewagen ein.

Bussenbrock stellt den SUV neben Jochens Transit und steigt aus. Sein Hund Bommi schaut aus dem Wagen hinter ihm her. Das große Tier macht ein erstauntes Gesicht. Parkhäuser kennt Bommi, aber dieses noch nicht.

Alles klar so weit?, fragt Bussenbrock und reibt sich ein wenig nervös die Hände.

Werner hat zwei verschiedene Nummernschilder mitgebracht, sagt Jochen.

Bussenbrock schaut sich den Golf von vorne an. Dann überprüft er das Heck. Dolles Ding, sagt er. Find ich gut, Jochen. Wenn Zeugen befragt werden, dann meint der eine, der Golf war aus Bremen, und der andere behauptet steif und fest, nee, aus Hamburg. Klasse, Werner, fügt Bussenbrock hinzu. Hast du gut gemacht.

Bist Optimist, ja?, fragt Jochen. Es klingt, als ob seine Stimmbänder aus Stahl wären.

Doch Bussenbrock lässt sich nicht so leicht einschüchtern wie Werner, er grinst nur.

Werner ist eben dabei, das zweite Nummernschild in der Halterung zu fixieren. Als er fertig ist, wischt er seine Stirn mit dem Handrücken ab.

Fahren wir endlich?, fragt Bussenbrock und steigt als Erster in Lucies Golf ein. Höflich, wie er als Steinmetz sein muss, um seine Grabmale an den Mann zu bringen, verzieht er sich auf den Rücksitz.

Bommi im nebenan geparkten Geländewagen sagt zwei Mal laut wuff. Damit gibt der Hund zu verstehen, dass er sich damit abgefunden hat, eine Weile allein zu bleiben. Gleich wird er sich zusammenrollen und dösen und erst wieder aufwachen, wenn die Großen zurück sind. Mit dem Geld zurück sind, denkt Bussenbrock, der die Gedanken seines Hundes lesen kann wie die Maserung eines Steins, den er unter Hammer und Meißel nimmt.

Sie fahren los. Eile mit Weile, mahnt Jochen. Nur jetzt keine Polizeikontrolle.

Es beginnt heftig zu regnen.

Als Beifahrer vorn neben Werner sitzend, lädt Jochen seine Pistole durch.

Sie bemerken schnell, wie Recht Lucie hatte, als sie ihren Wagen als undicht bezeichnete. Von allen Seiten spritzt Wasser herein.

Jochen unterdrückt aufkommende Zweifel und sagt laut: Es war richtig, dass wir meinen weißen Transit nicht genommen haben. Der fällt sofort auf.

Mein Geländewagen mit Bommi auf dem Rücksitz ginge erst recht nicht, meint Bussenbrock. An den erinnert sich jeder.

Werner folgert unbehaglich: Es ist insofern richtig, dass wir uns für ein unauffälliges Fahrzeug entschieden haben.

Insofern schon, sagt Jochen.

Aber sie müssen sich irgendwo unterstellen. Weder die Türen noch das Schiebedach schließen dicht. Von überall her pisst der Regen herein und duchnässt Jochens Joppe, Bussenbrocks Parka, und Werners Pullover.

Die Bankfiliale ist noch zwanzig Autominuten entfernt. Wo findet man auf freier Strecke ein Dach?

Werner biegt auf eine Streuobstwiese ein. Unter einem Baum mit dicht belaubter Krone stoppt er den Golf.

Lucie hat gesagt, wir sollen die Schutzhülle über den Wagen ziehen, wenn es regnet, sagt Werner. Die liegt im Kofferraum, schätze ich.

Jochen wirft ihm einen Blick zu, der kälter ist als der Regen. Er steigt aus, öffnet die Heckklappe und nimmt die Schutzhülle heraus. Den gummierten Witterungsschutz über das Auto auszubreiten dauert nicht lang. Der Landregen hat jedoch genug Zeit, um Jochen bis auf die Haut zu durchnässen.

Nun kann er allerdings nicht wieder einsteigen, und heraus kann auch niemand, da der Überzug die Türen bedeckt.

Bussenbrock ruft aus dem Innern des Wagens, wo es dunkel ist: Am besten halten wir an einer Tankstelle und warten ab.

Ich muss zurück nach Leer und ausliefern wie jeden Tag, widerspricht Jochen.

Und ich hab bei Aurich eine Küche zu fliesen, merkt Werner an. Er ist Fliesenleger. Seit seinem Betriebsunfall bekommt er eine kleine Rente, die bessert er durch Schwarzarbeit auf. Er selbst bezeichnet seine Tätigkeit als Nachbarschaftshilfe und ist darauf bedacht, seine Kunden zufrieden zu stellen, damit sie ihn weiterempfehlen. Zu annoncieren traut er sich nicht, das Finanzamt könnte ihm draufkommen.

Dass wir wie jeden Tag zur Arbeit antreten, ist unser Alibi, sagt Jochen zu Bussenbrock.

Bussenbrock nickt, obgleich es unter der Schutzhülle niemand sieht. Er versteht die Kumpels. Er selbst ist nicht an feste Arbeitszeiten gebunden. Er checkt die Todesanzeigen kleiner, entlegener Ortschaften durch, und meldet sich bei Hinterbliebenen mit günstigen Angeboten. Seine Spezialität sind Engel, die eine Blumenschale über das Grab halten. Es ist immer der gleiche Engel. Aber die Ortschaften sind verschieden, deshalb muss Bussenbrock nicht mit Reklamationen rechnen. Das Geschäft hat gebrummt, aber seit die Zeiten schwierig geworden sind, begnügen sich Hinterbliebene mit einfachen Grabmalen.

Jochen hat sein Taschenmesser aufgeklappt und schneidet den Überzug längs der Türen auf. Die weggeschnittenen Reste reißt er ab. Nun kann er zu Werner auf den Beifahrersitz einsteigen und sich zu Bussenbrock auf dem Rücksitz umdrehen; die Front- und Heckscheiben sind allerdings noch nicht frei.

Ich kann so nicht fahren, bemerkt Werner aufgebracht.

Mach einen Vorschlag, fordert Bussenbrock. Es ist konziliant gemeint, er gibt Werner damit zu verstehen, dass dessen Meinung ihm wichtig ist.

Jochen hat den Plan ausgeknobelt, er ist verantwortlich, wehrt Werner Bussenbrocks Angebot ab, das er als Zumutung empfindet.

Jochen sieht das selbst auch so. Er steigt wieder aus und läuft durch den dichter werdenden, vom Wind beinah flach über die Wiese gepeitschten Regen noch einmal zum Kofferraum. Dort hat er einen Erste-Hilfe-Kasten bemerkt. Beim Verbandszeug findet er eine Schere. Er nimmt sie heraus, steigt wieder ins Auto und drückt Werner die Schere in die Hand.

Zuerst die Heckscheibe, ordnet Jochen an, während er sich auf den Beifahrersitz fallen lässt und seine außen nasse, innen klamme Joppe eng um sich zieht.

Gut, dass bei dem Wetter niemand unterwegs ist, sagt Bussenbrock. Er spürt, dass es wichtig ist, die Kumpels aufzubauen; die Stimmung darf nicht zu weit absinken. Böswillige, spricht er weiter, könnten den Bauern alarmieren, dem die Obstbäume gehören. Er würde glauben, dass wir seine Äpfel klauen, und käme mit der Schrotflinte. Und Gutwillige würden anhalten, um Hilfe anzubieten. Gleichermaßen peinlich, nicht?

Kein Mensch sagt gleichermaßen, rügt Jochen.

Jedenfalls sind wir Glückspilze, Jochen.

Draußen schnippelt Werner die Heckscheibe frei. Es geht langsam, denn die Schere ist klein. Sie ist dazu bestimmt, Mullbinden und Pflasterstreifen zu durchtrennen.

Tropfnass kommt Werner zurück und reicht die Schere an Bussenbrock auf dem Rücksitz weiter.

Der freischaffende Künstler schiebt die Lehne des Fahrersitzes nach vorn und bringt es irgendwie fertig, sich zwischen dem Sitzpolster des Rücksitzes und dem des Fahrersitzes vorbeizuklemmen. Er beugt sich im klatschenden Regen über die Motorhaube und schneidet den Überzug von der Frontscheibe.

Es ist ein solider Überzug, er leistet gerade an dieser Stelle hartnäckigen Widerstand. Lucie hat ihn für gelegentliche Fahrten nach Litauen gekauft, wo sie her ist und ihre Eltern bald besuchen will. Der Überzug ist stabil genug, den Stürmen und Schneemassen des Baltikums zu trotzen. Über der Frontscheibe ist er besonders gediegen gearbeitet.

Endlich hat Bussenbrock mit seinen kräftigen, an Granit erprobten Händen die Frontscheibe vom Schutzüberzug befreit. Ebenso durchweicht wie Jochen und Werner kommt er zum Auto zurück. Er geht zur Beifahrertür. Das tut er aus Rücksichtnahme auf Werner, denn dieses Mal ist es Jochen, der aussteigen und Platz machen muss, damit Bussenbrock wieder auf den Rücksitz gelangen kann.

Als der ummantelte Golf sich nähert, nimmt Kommissar Theuer im Innern der Bankfiliale sein Fernglas von den Augen. Der erfahrene Kriminalist hat schon manches gesehen, aber nun ringt er nach Worten.

Wen verarschen die?, fragt er. Sich selber – oder uns?

Seine Mitarbeiter schweigen betreten

Von rückwärts ruft der Leiter der Filiale: Wir öffnen jetzt.

Ein Gong ertönt. Der schaltet sich jeden Morgen automatisch ein, wenn das Schutzgitter hochgefahren wird.

Kommissar Theuer setzt sein Fernglas ab und greift nach dem Funksprechgerät: Achtung: Kunden in Bereitschaft.

Von unterschiedlichen Seiten nähern sich auf der vom Regen gepeitschten Straße teils im Auto, teils zu Fuß, männliche und weibliche Kriminalbeamte, die als Kunden getarnt sind.

Theuer wendet sich an den Filialleiter: Türen auf!

Auf einen Wink des Chefs drückt ein Angstellter einen Knopf. Die schussfeste Doppelglastür wird entriegelt. In der Filiale gehen die Lichter an. Erste angebliche »Kunden« betreten die Zweigstelle.

Jochen, Werner und Bussenbrock beobachten diese Vorgänge durch die Sehschlitze aus Lucies Golf. Der Wagen wird von der Schutzhülle nur unvollkommen abgedichtet. Nach wie vor spritzt Wasser herein.

Dass an einem so verregneten Morgen so viele Kunden da sind, sagt Bussenbrock mit aufsteigendem Unbehagen.

Na und?, fragt Jochen.

Und wenn einer von denen sich wehrt?!, ruft Werner.

Wird er umgelegt, blafft Jochen. Dann spuren die andern schon.

Werner schweigt. Bis zu diesem Punkt hatte er den Plan nicht durchdacht.

Wir haben uns auf die Straße zum Bösen begeben, sagt Bussenbrock mit nachdenklicher Miene. Das bedeutet, wir gehören jetzt zu den Verworfenen. Den Verdammten. Den Absinthtrinkern und Selbstmördern. Akzeptieren wir das? Ich fühle mich van Gogh nah. Jawohl, dem heiligen Vincent. Kein Scheiß. Ich glaube, ich bin dabei, mich neu zu definieren.

Dein Gequatsche dreht mir den Magen um, sagt Jochen in aller Ruhe. Fahr los, Werner!

Werner dreht den Zündschlüssel um. Der Motor hustet und scheint sich zu verschlucken.

Klingt irgendwie nass, das Getriebe, stellt Bussenbrock sachlich fest.

Nochmal, befiehlt Jochen.

Werner gibt sein Bestes. Seine Hände liebkosen den Schalthebel. Der Wagen ruckt zweimal, als wolle er anfahren. Doch er bleibt jedes Mal wieder stehen.

Ich krieg die Kupplung nicht durchgetreten, klagt Werner angstvoll. Meine Hüfte! Ich kann das Bein nicht strecken.

Seit dem Unfall hat er diese Beschwerden. Die Kumpels wissen es und sind weder erstaunt noch böse.

Das klappt schon, sagt Jochen. Denk an die Moneten.

Werner legt in der Aufregung den falschen Gang ein und würgt den Wagen ab.

Der Golf macht einen Sprung vorwärts und bleibt stehen wie ein bockendes Pferd vor einem Hindernis.

Dadurch wird das Wasser, das vor Anbringung der Schutzhülle durch die undichte Heckklappe in den Kofferraum eingedrungen war, unter dem Rücksitz nach vorn gedrückt. Ein gewaltiger Guss knallt eiskalt von hinten gegen Werners Waden. Er schreit auf. Meine Hose!

Und meine erst!, blökt »Bussi«.

Blitzgeschwind, wie man es dem Hüftgeschädigten gar nicht zutrauen würde, arbeitet Werner sich aus dem Wagen heraus und blickt an sich hinunter. Die Hosenbeine haben sich in nasse Lappen verwandelt. Ich muss ins Trockene oder ich hol mir den Tod!

Werner steigt wieder ein und fährt, taub gegen die Ermahnungen Jochens und gegen Bussenbrocks Beruhigungsversuche, an der Bank vorbei – nur weg hier.

In der Filiale hat der zuständige Staatsanwalt sich zu Kommissar Theuer durchgedrängt.

Komm ich zu früh?, fragt der ehrgeizige Beamte tatendurstig.

Zu spät, faucht Theuer.

Wieso?

Die sind auf dem Heimweg.

Und die Straßensperre?

Theuers Miene erhellt sich. Da bleiben sie hängen!, stimmt er zu. Da packen wir sie.

Er kontaktiert den Einsatzleiter auf der Straße und gibt ihm über das Funksprechgerät die Beschreibung des Wagens durch.

Lucies Golf mit der durchlöcherten Schutzhülle reiht sich in die Autoschlange vor der Straßensperre ein. Der Einsatzleiter an der Sperre hat den Wagen nach Theuers Beschreibung erkannt. Er ist allerdings verunsichert, weil er vorne ein Bremer Kennzeichen sieht und Theuer ihm eine Hamburger Nummer genannt hatte. Um nichts falsch zu machen, fragt er über Funk bei Theuer nach, ob er zugreifen soll.

In der Bank kommen dem Staatsanwalt inzwischen Bedenken. Was werfen wir dem Trio vor?

Verabredung zum Verbrechen!, ruft der Kommissar aus.

Der Staatsanwalt kaut mürrisch an seinem Daumen. Wenn wir sie deswegen packen, sind sie demnächst wieder frei und können seelenruhig neue Schwerverbrechen planen.

Durchlassen?, fragt Theuer.

Durchlassen, entscheidet der Staatsanwalt. Wir packen sie beim nächsten Mal, wenn sie ernst machen! Dann holen wir saftige, schöne, lange Freiheitsstrafen für sie heraus.

Es ist eine Aussicht, die einen Glanz wie von Sonne über seine Miene ausgießt.

Die Freunde im Golf warten auf einen schrillen Pfiff oder was sonst kommen kann, wenn der Einsatzleiter die verschiedenen Nummernschilder bemerkt. Doch sie werden durchgewinkt.

Am andern Morgen treffen sie sich wie an jedem Arbeitstag frühmorgens am Stehtisch der Allnight-Tankstelle. Jochen schneidet von langen Papierfahnen einzeln aufgedruckte Lieferscheine ab. Pro Kunde braucht er nur einen Lieferschein und nicht einen Bogen voll. Dass man ihm die Scheine in Bögen gibt, empfindet er als Schikane der Speditionsfirma. Deren Geschäftsleiter lässt sich ständig Sparmaßnahmen einfallen. Jede einzelne bedeutet Mehrarbeit für die Fahrer.

Werner schaut nach Lucie aus. Sie schiebt die Nachtschichten in der Tankstelle, und weil es sechs Uhr früh ist, hat sie eigentlich schon Feierabend.

Nachdem Werner ihr den Golf mit durchnässten Sitzen und zerschnittenem Überzug zurückgebracht hat, fürchtet er ihren Zorn. Aber noch ist Lucie nicht explodiert. Womöglich hat sie das ganze Ausmaß des Schadens noch nicht erfasst.

Bussenbrock fährt im Geländewagen vor, den er gelegentlich als SUV bezeichnet, Abkürzung von Sport Utilities Vehicle. Sein Hund Bommi schaut ihm vom Rücksitz aus kurz hinterher. Dann verschwindet der schöne Hundekopf, Bommi hat sich hingelegt und wartet dösend die Rückkehr seines Chefs ab.

Bussenbrock kommt herein und nimmt im Vorbeigehen eine Zeitung aus dem Regal. Er sagt nicht »Bitte einmal BILDung«, wie die meisten Kunden hier, sondern nimmt eines von den Blättern, wo zum Beispiel erklärt wird, was SUV bedeutet.

Lucie schenkt eine Tasse Kaffee ein und stellt sie Bussenbrock hin.

Wieso kriegt er hingestellt und wir müssen uns selbst bedienen?, beschwert Jochen sich. Seit er mit Lucie Schluss gemacht hat, gibt er sich ihr gegenüber kritisch.

Wo krieg ich ein wasserdichtes Auto her?, fragt Lucie dagegen.

Alle Autos sind wasserdicht, behauptet Jochen.

Meiner ist fünfzehn Jahre alt. Wenn es regnet, muss man ihn unterstellen, oder man kann ihn als Pool benutzen. Das hab ich Werner auch gesagt.

Ich hab das nicht wörtlich genommen, wehrt sich Werner.

Weiß Gott nicht, tritt Jochen nach.

Ich brauch selbst ein neues Auto, eines mit Automatic, lenkt Werner ab. Bei den andern krieg ich die Kupplung nicht mehr durchgetreten. Die Hüfte.

Er massiert seine Hinterbacken.

Der Banküberfall, sagt Jochen leise, als Lucie wieder an ihre Kasse zurückgekehrt ist. Das ist immer noch die Lösung für unsere Probleme. Meine Pistole hab ich noch.

Das sagt er, weil ursprünglich ausgemacht war, die Tatwaffe nach dem Überfall wegzuwerfen. Aber wenn der Überfall ausgefallen ist?

Bussenbrock durchsucht alle Taschen seiner Jacke, er sagt: Ich hab mir auch einen Totmacher zugelegt. Er kramt in den Taschen. Da ist irgendwo ein Klettverschluss, aber den muss ich erst finden, wo war er gleich? Ein Geheimfach. Da isses!

Er nimmt eine Packung Schlaftabletten heraus.

Zwanzig von denen runtergegurgelt, und der Tod holt mich aus jedem Schlamassel heraus. Toll, was?

Verwundert schaut Jochen ihn an, während Werner sich zu Lucie hin orientiert.

Vorsicht, die hört *alles*!

Bussenbrock achtet nicht auf ihn, er sagt in sehr ernstem Ton zu Jochen: Aber du erschießt keinen, und ich bring mich nicht um.

Er öffnet das Türchen des Abfallfachs unter dem Stehtisch und wirft die Tabletten hinein. Nun will er die Tür wieder schließen. Das gelingt nicht. Er versucht es tapfer weiter und sagt: Weil wir wissen, dass wir noch gebraucht werden. Ich von meiner alten Großtante. Sie ist beleidigt, wenn ich ihr nicht die Tür aufhalte, nicht den Stuhl untern Hintern schiebe, nicht in den Mantel helfe … Aber wen hat sie außer mir?

Lucie sieht ihn an der Abfallklappe des Stehtisches hantieren und kommt sofort herüber. Was habt ihr nun schon wieder kaputtgemacht?

Bussenbrock tritt beiseite und lässt Lucie an die Schadensstelle heran. Er sagt: Dabei ist ständig eine diplomierte Altenpflegerin zur Hand. Die weiß besser als ich, wie man die zerbrechlichen Knochen einer Hochbetagten anfasst.

Lucie passt die Tür wieder ordentlich in den Rahmen ein und überlegt, wie man sie fixieren könnte.

Hat deine Großtante schon mal gearbeitet?, fragt sie und

beweist damit, dass sie tatsächlich mehr hört, als für sie bestimmt ist.

Als Grundschullehrerin, sagt Bussenbrock.

Als Paukerin hat die sich ans Bedientwerden gewöhnt?

Lucie richtet sich auf und klappt das Abfallfach zu, indem sie ein zusammengefaltetes Stück Pappe zwischen Tür und Türrahmen einklemmt. So, jetzt hält es.

Sie strebt wieder der Kasse zu, wo Kundschaft wartet.

Am Tisch wird die Unterhaltung leise weitergeführt.

Wir sind zu anständig für so was, meint Bussenbrock.

Jochen widerspricht in seiner ruhigen Art. Ich bin nicht anständig, ich bin pleite.

Lucie ruft von der Kasse herüber: Da fragt einer nach dem Weg!

Jochen legt leise schimpfend Schere und Lieferscheine beiseite und geht hin.

Bussenbrock und Werner beobachten, wie er mit dem Fremden rausgeht und ihm die Richtung weist. Ohne Jacke, die hat er hinter dem Stehtisch auf die kaputte Kühltruhe gelegt.

Und der sagt, er sei nicht anständig, sagt Bussenbrock kopfschüttelnd zu Werner.

Jochen kommt wieder an den Tisch.

Bussenbrock sagt zu ihm: Gewalt willst du doch gar nicht. Die Pistole ist bestimmt seit Jahren nicht nachgeladen. Womöglich funktioniert sie nicht mal.

Lucie kommt wieder her. Ständig sucht sie die Nähe von Jochen, obgleich sie nicht mehr zusammen sind.

Jochen bietet ihr eine Zigarette an.

Sie lehnt ab: Hier wird nicht geraucht.

Jochen zündet sich gleichwohl eine an.

Rauchverbot!, wiederholt Lucie.

Kannst mich ja beim Chef verpfeifen, schlägt er ironisch vor.

Bevor ich mir eine Gasmaske aufsetze, tu ich das!

Werner, seit seiner Behinderung übersensibel und daher Frauenkenner, bemerkt ahnungsvoll: Wenn Lucie giftig wird, ist sie unglücklich.

Soll ich glücklich sein mit dem nassen Auto?

Jochen hustet. Er drückt die Zigarette aus. Sein angeekeltes Gesicht spricht Bände. Wie viele Stangen hast du dem Vietnamesen abgekauft?

Fünf für mich, drei für dich.

Was hast du bezahlt?

Zehn Euro pro Stange. Sehr preiswert.

Jochen zieht noch einmal an der Zigarette. Es sind Stinker. Probier selbst.

Werner zieht eine Zigarette aus dem beanstandeten Päckchen, das Jochen ihm hinhält. Er lässt sich von Jochen Feuer geben und saugt den Rauch ein. Sein Gesicht läuft rot an, er würgt heftig, hustet, spuckt und krümmt sich.

Stinker, wiederholt Jochen. Die gibst du zurück.

Werner ringt nach Luft.

Jochen zieht seinen Geldbeutel heraus, zählt dreißig Euro ab und legt sie vor Werner auf den Stehtisch. Du bezahlst aber erst, wenn er anständige Ware liefert.

Zwei Wochen später tritt Jochen morgens kurz nach Schalteröffnung in den kleinen Vorraum der Bankfiliale.

Er setzt eine Mütze auf und zieht sie in die Stirn. Seinen Schal zieht er über den Mund bis fast zur Nase hoch. Da seine Augen von der Sonnenbrille verdeckt sind, fühlt er sich ausreichend getarnt.

Er greift zu seiner Pistole. Sie steckt unter der Joppe im

Gürtel. Der Griff liegt fest und vertrauenerweckend in seiner Hand.

Lucie kommt mit einer Plastiktüte aus der Schalterhalle auf ihn zu.

Jochen! Ich hab was für dich.

Sie nimmt ihn am Arm und führt ihn hinaus.

Im Freien öffnet sie die Tüte. Deine Zigaretten. Werner hat sie umgetauscht. Drei Stangen. Sie sind jetzt garantiert okay. Freust du dich? Ist ein gutes Geschäft, zehn Euro pro Stange, kannst dich nicht beklagen.

Wie kommst du hierher?

In meinem Golf. Die Sitze sind wieder trocken, und der Tag ist schön.

Du kannst gar nicht wissen, dass ich hier bin.

Deine Kumpels haben mich drum gebeten. Du hättest einen schweren Tag vor dir und bräuchtest was zu rauchen. Bin ich halt gefahren. Tu ich gern für dich.

Kommissar Theuer in der Schalterhalle der Bank greift zum Funktelefon. Er meldet dem Observationsteam, das draußen auf der Straße postiert ist: Die Verdächtigen entfernen sich kurzzeitig vom Tatort. Nicht aus den Augen lassen!

Durch den Personaleingang kommt eilig der ehrgeizige junge Staatsanwalt herein und strahlt Theuer an. Wie sieht es aus?

Augenblick bitte. Theuer aktiviert sein Funktelefon. Ich erwarte ständig Positionsmeldung!, bellt er und hört eine Weile zu. Endlich lässt er das Gerät entnervt sinken und jault auf: Der Überfall findet wieder nicht statt.

Der Staatsanwalt läuft rot an. Wir müssen die Bank selbst ausrauben, sonst passiert es nie.

Theuer greift wieder zum Funktelefon. Positionsmeldung,

wenn ich bitten darf! ... Er begleitet die Schlampe zum ... wohin? Zum Friedhof? ... Zum Friedhof, Herr Staatsanwalt.

Ja! Gut! Macht er richtig! Soll sich begraben lassen! Der Staatsanwalt kämpft einen Wutanfall nieder. Ist sowieso das Beste. Als Bankräuber wird er nichts mehr.

Aber unsere Überwachungskamera in der Tankstelle, fängt der Komissar an. Der Hinweis war klar!

Jochen folgt seiner Ex-Freundin, ohne von der Umgebung viel wahrzunehmen.

Er ist in Gedanken. Endlich schreckt er auf. Was willst du von mir, Lucie?

Hab die Pistole gesehn, sagt sie.

Wann?

Jedes Mal.

Wenn du mich nicht abgefangen hättest, wär ich jetzt reich oder tot oder im Knast. Sorgen hätt ich jedenfalls keine mehr.

Kommissar Theuer in der Bankfiliale nimmt am Funkgerät die Meldung seines Observationsteams entgegen und gibt sie an den Staatsanwalt weiter. Die gehn auf dem Friedhof spazieren. Was machen wir?

Pinkeln wir uns gegenseitig an, schlägt der Staatsanwalt in einem eisigen Ton vor. Ist nachher so schön, wenn es trocknet.

Die Pistole!, ruft Theuer. Die darf er nur führen, wenn er Wertsachen in seinem Transit ausfährt. Jetzt hat er bloß Pharmascheiß geladen.

Jesus Maria, sagt der Staatsanwalt. Dafür zweimal ein Dutzend Beamtinnen und Beamte. Mein Ober reißt mir den Kopf ab und setzt ihn mir verkehrt wieder auf.

Theuer besinnt sich und fährt fort: Wir haben die Videofilme der Überwachungskamera in der Tankstelle!

Ich hab sie dreimal abgespielt, sagt der Staatsanwalt mit einem Unterton von Sarkasmus, den der Kommissar unzart findet. Das Bild ist verwackelt und die Tonspur gestört.

Theuer lässt sich nicht entmutigen. Man hört das Wort Banküberfall. Und er zeigt seine Pistole vor.

Herr Kommissar, setzt der Staatsanwalt an. Er macht eine Pause, um sich zu keiner Unüberlegtheit hinreißen zu lassen. Der letzte Winkeladvokat weiß, dass bei Rücktritt vom Versuch kein Richter der Welt gern Freiheitsstrafen verhängt. Allenfalls mit Bewährung.

Warum rufst du mich nicht an, wenn du Hilfe brauchst?, fragt Lucie und zieht Jochen neben sich auf eine Bank.

Du willst dir keinen Pechvogel einfangen. Dafür bist du nicht aus Litauen gekommen. Du willst, wie sagt man, dein Glück bei uns machen.

Mit einem flinken Griff, den er nicht erwartet hatte, zieht Lucie die Pistole aus seinem Gürtel und rennt damit weg.

Er folgt ihr, ohne sie einholen zu wollen.

Sie erreicht eine tiefe Abfallgrube zur Entsorgung von veralteten Grabschmuck.

Dort hinein wirft sie die Waffe und dreht sich zu ihm um – bereit, ihre Handlungsweise zu verteidigen.

Aber er schüttelt nur den Kopf. Auf den Schreck hin qualme ich erst mal eine.

Er greift nach den Zigaretten, die sie ihm mitgebracht hat. Drei Stangen.

Lucie ist froh, dass er nicht mehr aus der Sache macht. Sie öffnet eine Stange und nimmt die oberste Packung für ihn heraus.

Autos mit langen Antennen biegen in den Hauptweg des Friedhofs ein.

Lucie erschrickt, als die Autos direkt vor der Bank stoppen. Sie macht eine unwillkürliche Bewegung. Ihre Hand trifft die Zigarette, die Jochen sich eben anstecken wollte. Der Glimmstengel fliegt ins Gras.

Polizei!, bellt Kommissar Theuer. Wir wissen, Sie sind bewaffnet, Mann. Keine Gegenwehr!

Jochen hebt die Hände. Lucie nicht, sie bückt sich nach der Zigarette. Die ist noch intakt.

Hände hoch oder Sie sind tot!, kreischt ein junger Kriminalmeister Lucie an.

Jochen stellt sich mit einer blitzschnellen Bewegung vor sie. Er sieht den Tod in der Mündung der Polizeipistole. Eine Kältewelle schlägt durch seinen Körper und lässt ihn weiß werden wie Kalk. Doch er weicht nicht vom Fleck.

Der Kommissar wirft sich auf den überforderten Mitarbeiter und ringt mit ihm um die Dienstwaffe.

Der Kriminalmeister kommt zu sich. Er überlässt seinem Vorgesetzten die Waffe und beginnt zu zittern. Eine erfahrene Kollegin führt ihn weg und spricht leise auf ihn ein. Sie hat einen Fortbildungskurs in Psychologie absolviert. Kann jedem passieren, sagt sie.

Lucie schiebt den Glimmstengel zwischen Jochens Lippen und gibt ihm Feuer, während er vom Kommissar abgetastet wird.

Also gut, sagt Theuer und spuckt vor Wut aus. Wo habt ihr die Knarre versteckt?

Jochen fängt an zu husten. Er verschuckt sich und hustet noch stärker. Er keucht, wird blass und krümmt sich zusammen.

Keine Mätzchen, fährt der Kommissar ihn an.

Es sind Stinker!, würgt Jochen hervor.

Lenken Sie nicht ab, Mann! Sie haben einen Bankraub geplant!

Werner hat die Stinker umgetauscht, versichert Lucie. Er schwört, er hat Qualitätsware dafür bekommen.

Da ist eine Matratzenfüllung drin!

Überall suchen!, brüllt Theuer. Hundestaffel anfordern. Sie werden sich noch wundern, wir finden Ihre Artillerie!

Beamte zerstreuen sich zwischen die Gräber und suchen in gebückter Haltung. Einer lässt sich, übermannt von Diensteifer und getrieben von Leistungswillen, auf alle viere nieder.

Der junge Kriminalmeister übergibt sich in eine frisch ausgehobene Grube.

Er begreift, dass er ums Haar seinen ersten Verdächtigen erschossen hätte. Die disziplinarischen Folgen hätten unschön werden können.

Jochen erholt sich allmählich. Was ist das für ein Lieferant? Der begeht Mordversuch an seinen Kunden!

Zeig ihn an. Da steht der Kommissar.

Dann krieg ich keine billigen Zigaretten mehr. Jochen atmet tief, um frische Luft zu tanken.

Sie hält sich den Bauch vor Lachen. Dass der Kriminalmeister eben fast ausgerastet wäre, hat sie gar nicht mitgekriegt.

Jochen denkt an die Zeit, als er glücklich mit ihr war. Wie oft sind sie vergnügt und lustig miteinander gewesen.

Theuer nähert sich mit einem Hund, der auf Pulverspuren und Waffenöl trainiert ist.

Jochen küsst Lucie. Ihre Fingerspitzen, die seinen Nacken streicheln, überzeugen ihn davon, dass ein Leben in Freiheit seine Reize hat.

Der Kommissar sieht auf einmal alt aus. Er kann eine Hundertschaft anfordern, um den Friedhof mit letzter Gründlichkeit zu durchkämmen. Aber man wird sie ihm nicht bewilligen. Wo bleibt da die Gerechtigkeit.

Ingrid Noll

Die Sekretärin

Ich freute mich sehr, als Eva anrief. Wir hatten uns zwar ein wenig aus den Augen verloren, aber im Grunde waren wir seit unserer Kindheit gute Freundinnen. Sie tat geheimnisvoll. »Wir müssen uns unbedingt sehen, ich habe dir etwas zu sagen, was sich nicht fürs Telefon eignet.« Keine Frage, dass ich diesem Treffen voller Neugierde entgegenfieberte.

Wenige Tage später saßen wir auf meinem Balkon, tranken Campari-Orange und sprachen von alten Zeiten.

»Du warst doch mal die Sekretärin von Bolle ...«, fing sie an. Ich nickte und verzog schmerzlich das Gesicht. »Ich weiß Bescheid«, sagte Eva, »du hast es mir beim letzten Klassentreffen ausführlich erzählt.

Er war ein – »Mit A fängt's an«, sagte ich.

Bolle hieß eigentlich Dr. Siegmar Bollberg und war vor zwanzig Jahren längst nicht so bekannt wie heute, wo er es zum Minister gebracht hat. Damals war er noch jung und ich kaum erwachsen. Klar, dass ich mich in meinen ersten Chef sofort verliebte. Wie er mich glauben ließ, war er unglücklich verheiratet, und darum spielten wir das uralte Theaterstück: Jugendliche Naive geht mit ihrem Vorgesetzten ins Bett und macht sieben Jahre lang Überstunden wie eine Weltmeisterin.

»Was ist ihm passiert?«, fragte ich, denn es hätte mich nicht gewundert, wenn dieses Energiebündel, durch und durch eine charismatische Erscheinung, ehrgeizig und karrierebewusst, nun endlich auf die Schnauze fiel. Nach mir hatte er, wie ich aus zuverlässiger Quelle wusste, eine Vielzahl ergebener Frauen ausgebeutet – sowohl für sexuelle als auch betriebliche Sonderleistungen.

»Es ist zwar jammerschade«, meinte Eva, »aber der Fuchs ist zu schlau, um sich erwischen zu lassen. Doch jetzt gehe ich zum delikaten Teil meines Anliegens über, aber du darfst mit keiner Menschenseele darüber sprechen.« Begierig schwor ich Stillschweigen. Eva arbeitete bei einem privaten Fernsehsender als Redakteurin. Sie hatte die Aufgabe, eine Art Talk-Show vorzubereiten. »Die Sendung ist keine neue Idee«, sagte sie, »die Konkurrenz macht seit Jahren etwas Ähnliches. Eine Persönlichkeit des öffentlichen Lebens wird vorgestellt, in unserem Fall Bolle. Zur Auflockerung werden Überraschungsgäste eingeladen, also Weggefährten aus der Vergangenheit, etwa ein ehemaliger Lehrer, das alte Mütterchen, der verschollene Jugendfreund und so weiter. Bei Bolle möchte ich fünf Sekretärinnen gemeinsam antreten lassen, die ihn als verantwortungsbewussten Chef und gütigen Menschen preisen.«

»Ohne mich«, sagte ich, »die Lüge bliebe mir im Halse stecken.«

Eva lachte. »Pass auf, es kommt ja noch besser! Im Grunde bin ich vertraglich verpflichtet, über Berufsgeheimnisse den Mund zu halten. Aber neulich habe ich nach einigen Gläschen Wein im Familienkreis über diesen geplanten Auftritt geplaudert. Mein Schwager ist zwar in der gleichen Partei wie Bolle, aber es gibt dort eine Gruppe, die ihn lieber heute als morgen absägen möchte.«

Ich riss die Augen auf, jetzt hieß es gut aufpassen. »Was hat das alles mit mir zu tun?«, fragte ich mit leichter Ungeduld.

»Du könntest ein paar Sätzchen vorbringen, die den guten Bolle in einem neuen Licht erscheinen lassen. Damit hättest du erstens die Möglichkeit, dich an ihm zu rächen, zweitens würden dir bestimmte Interessenten eine Erfolgsprämie garantieren.«

Wir schwiegen beide. Wenn ich richtig verstanden hatte, sollte ich nicht in das allgemeine Loblied auf Bolles Humanität und Kompetenz einstimmen, sondern genau das Gegenteil tun: ihn fertig machen.

»Wie denkst du dir das?«, fragte ich furchtsam, denn ich bin nicht sonderlich mutig. Eva erklärte mir das Procedere. Zuerst sollte Bolles Lebensweg von der Grundschule bis zum Ministeramt kurz vorgestellt werden. Dann trete als erster Gast sein Bruder, ein Franziskanermönch vor die Kamera und erzähle vom Elternhaus in einem Münchner Vorort und von gemeinsamen Jugendstreichen. Als Nächstes falle die Tochter, Studentin in den USA, ihrem Papa um den Hals. Das Highlight sollte eigentlich der Bundespräsident sein, der jedoch bereits absagen ließ. Im Gespräch seien ferner ehemalige Skatbrüder oder Freunde aus einer studentischen Verbindung.

»Als Abschluss plane ich den spektakulären Auftritt der Sekretärinnen, von dreien habe ich schon die Adresse. Man könnte euch alle gleich anziehen, ich dachte an ein dunkelblaues Nadelstreifenkostüm mit rosa Seidenschal, das ihr selbstverständlich behalten dürft. Natürlich erwartet man, dass auch alle etwas Ähnliches sagen – etwa so: ein energischer, aber auch großzügiger Chef, Perfektionist in der Sache, jedoch mitfühlend, absolut integer, herzlich und blablabla. Dann kommt deine große Stunde: Sobald das Lämpchen deiner Kamera aufleuchtet, sagst du völlig überraschend, was du schon lange auf dem Herzen hast. Es ist eine

Live-Sendung. Wenn du einmal im Bild bist, wird man nicht gleich abblenden. Dein erster Satz kann ihn ruhig in Sicherheit wiegen, also beispielsweise: ›Es war eine schöne Zeit mit Ihnen, Herr Bollberg!‹ Und dann folgt, ruck, zuck!, was er für ein Schweinehund war.«

Das stimmte. Ich hatte ein Kind von ihm abgetrieben und war kurz darauf in eine andere Abteilung »weggelobt« worden. Meine Nachfolgerin war ebenso jung und dumm, wie ich es anfangs gewesen war.

Mir klopfte aber jetzt schon das Herz. »Eva, die Idee gefällt mir zwar gut, doch wer bin ich denn, dass ich mich mit den Mächtigen anlegen kann? Erstens verliere ich meinen Job, und zweitens wird mich Bolle wegen übler Nachrede oder Verleumdung verklagen!«

Eva versuchte, mich zu beruhigen. Im Falle einer Anklage werde man mir die Prozesskosten und den besten Verteidiger bezahlen. Überdies – sie senkte ihre Stimme zu einem Flüstern – sei die Gratifikation von einmaliger Höhe. Mit roten Ohren nannte sie einen Betrag, den sie mir noch zweimal wiederholen musste.

Daraufhin beschloss ich, das Wochenende zum Nachdenken zu verwenden.

Eva wollte sich am Montag wieder melden.

Natürlich konnte ich nicht schlafen. Wie im Film sah ich mich vor Bolle stehen und ihm meine aufgesparten Vorwürfe mit überschnappender Stimme ins Gesicht speien: wie er besoffen ins Auto gestiegen war, einen Radfahrer angefahren und Fahrerflucht begangen hatte. Wie er seine Frau belogen, seine Sekretärinnen verschlissen und öffentlich gegen Schwangerschaftsunterbrechungen gewettert hatte, die er bei seinen privaten Affären für selbstverständlich hielt.

Gut, da stand ich also als hysterischer Racheengel im

Rampenlicht, verbittert, nicht mehr jung, von Eifersucht und Mißgunst gezeichnet. Machte ich eine gute Figur? War eine abgehalfterte Geliebte eine glaubwürdige Zeugin? Die zahllosen verstoßenen Frauen von Königen, Schahs oder Politikern waren nur dann Sympathieträger, wenn sie mediengerechten Glamour wie Lady Di oder Soraya ausstrahlten.

Das allgemeine Mitgefühl und Wohlwollen würde sofort Bolle gelten. Alkohol am Steuer? Ein Kavaliersdelikt; der Radfahrer war ja nicht gestorben. Ein Frauenheld in der Politik? Wie schön! Es gibt in Deutschland viel zu wenig Clintons und Kennedys. Ehefrau hintergangen? Na und? Wer würde diesen arroganten Drachen nicht ebenfalls betrügen? Ausbeutung der Untergebenen? Tut doch jeder, der ein bisschen clever ist. Ohne zu delegieren, ist noch keiner groß geworden.

Die Wahrheit war so banal, dass ich keinen Blumentopf damit gewinnen konnte und auch meine anonymen Auftraggeber keinen Anlass hätten, eine derart fette Summe auszuspucken. Ich beschloss, mich zu drücken.

Eva war entsetzt. »Auf keinen Fall, ich beschwöre dich! Wie stehe ich da, wenn du auch noch abbröckelst! Bis auf eine einzige Sekretärin haben alle einen Rückzieher gemacht, leider auch Bolles Kollegen! Wenn du nicht genug Mumm hast, um ihm die Leviten zu lesen, dann mach einfach nur ein betont muffiges Gesicht. Denk doch mal: Flug, Übernachtung im Kempinski, Nadelstreifenkostüm. Und als Krönung der Scheck!«

Wer kann bei einem neuen Kostüm widerstehen? Laut Evas Empfehlung wollte ich derart gequält und wortkarg über meine verflossenen Dienstjahre sprechen, dass auch ohne großartige Anklage demonstriert wurde: Das war keine gute Zeit.

Schließlich war es so weit. Mit den anderen Gästen wartete ich in einem Nebenraum des Studios und verfolgte am Monitor den Auftritt unserer Vorgänger. Eva saß bei uns, tat aber vorsichtshalber so, als würden wir uns nur flüchtig kennen. Alles lief programmgemäß. Bolle thronte gutgelaunt mit Ehefrau und Moderator am runden Tisch und trank Mineralwasser, als Profi kannte er kein Lampenfieber. Seine puppig geschminkte Frau weilte wohl dank eines Tranquilizers nicht in dieser Welt, während sich der Ordensbruder als amüsanter Entertainer erwies. Die Tochter musste sich noch eine Weile mit uns im Warteraum gedulden. Bei Bolles Worten: »Das Wichtigste in meinem Leben war immer die Familie!« sprühte sie in einem Anflug von Wut ihrem Bildschirmvater eine Ladung Cola ins Gesicht, enthielt sich aber eines Kommentars. Das brachte mich jedoch dazu, in aller Eile einen teuflischen Plan zu schmieden.

Gemeinsam mit Bolles jetziger Sekretärin betrat ich schließlich die Arena, angekündigt als die erste und die letzte Schreibtischdame. Zwillingsmäßig gekleidet, identisch frisiert, aber im Alter durch zwei Jahrzehnte getrennt, gesellten wir uns als doppelte Miss Moneypenny zu Bolles Hofstaat.

Ich hörte kaum, was meine Kollegin sagte, sah aber das erwachende Misstrauen in den Augen von Bolles schläfriger Frau. Als mein Minütchen geschlagen hatte, wusste ich genau, was ich sagen würde.

»Es war eine tolle Zeit«, begann ich und sah Bolle voll ins rote Bulldoggengesicht, »geprägt von Pioniergeist. Ich bewunderte Herrn Dr. Bollberg und vor allem auch seine Frau!«

Überrascht blickte sie mich an.

»Ja, Frau Bollberg, ich habe große Hochachtung davor, wie Sie es jahrelang Seite an Seite mit einem Bettnässer ausgehalten haben. Ich hatte bereits nach drei Überschwemmungen die Nase voll.«

Die junge Sekretärin wollte ihrem Chef beistehen und versicherte eifrig: »Bei mir hat er aber noch nie ins Be …«

Da konnte auch ein gewandter Moderator nicht mehr viel retten.

Später erfuhr ich, dass die Einschaltquote 29,7 Prozent betragen hatte. Und wer es nicht am Bildschirm sah, wie Bolle violett anlief und mit geballten Fäusten auf mich losging, der las es am nächsten Tag in der Presse. Ganz Deutschland lachte über meine Lüge. Wie versprochen, wurde ich vorzüglich entlohnt, denn aus dem großen Zampano ist eine lächerliche Figur geworden.

Mein neuer Job in der Werbebranche macht mir viel Spaß. Dem Prozess sehe ich mit Gelassenheit entgegen, denn wie soll Bolle beweisen, dass er vor zwanzig Jahren kein Bettnässer war?

Petra Oelker

Das leise Lied vom Aufruhr

Dass Anneken starb, war nichts Besonderes. Alle Tage starb jemand in den nassen Löchern unter den Häusern der Handwerker am Hamburger Burstah. Vor allem im Frühling des Jahres 1576. Ständig war Sturm, und Hochwasser ließ die Keller voll laufen wie die alten Tonnen im Stadtgraben. Die Nacht auf der Straße zu verbringen war nicht erlaubt. Die Wächter machten ihre Runde und scheuchten die Hungerleider, Tagelöhner und Mägde mitsamt ihrer Brut in die düsteren Höhlen, deren Feuchte bis in den Sommer hinein jedes wärmende Feuer ersticken würde.

Anneken starb nur wenige Stunden nach dem mageren Kind, das sie am heiligen Freitag vor Ostern geboren hatte.

»Karfreitag ist immer ein schlechtes Omen«, sagte Margarete aus dem Nachbarkeller, »nun ist eben ausgelitten.«

Sie wickelte sich selbst in das letzte trockene Tuch und die tote Anneken mitsamt ihrem toten Kind in die klebrigen Lumpen, die das Sterbebett gewesen waren. Was sollte man tun? Leicht gesagt, dass die Menschen schön und sauber vor Gottes Richterstuhl treten sollten. Annekens Kleid aus blauem Tuch mit feinen grauen Streifen war längst gegen eine Kumme Roggen und eine Karre Holz verhökert worden.

»Dummes Gör«, murmelte Margarete zornig und schnürte ein Stückchen Hanf um Lumpen, Mutter und Kind, »als ob je ein Reicher einem armen Ding Glück gebracht hätte.«

Ihren letzten Platz bekam Anneken auf dem Armenfriedhof vor dem Wall. Das Loch in der Erde war schnell zugeschaufelt, und der Nordwest jagte den Pastor und die Nachbarn, die zur letzten Ehre gekommen waren, schnell zurück in die Stadt.

Geweint hatte niemand.

Auch der Junge weinte nicht. Er wusste nicht, wie das geht. Aber als alle weg waren, stand er noch auf der nassen Erde. Stand einfach da, fühlte nicht den Wind, sah nicht die untergehende Sonne und die Masten im Elbehafen, deren Spitzen sich wie ein lautloser, staksiger Wald hinter der Schaar gegen den Himmel abzeichneten.

Schließlich begann er zu singen, zittrig zuerst, doch dann klang seine raue Jungenstimme klar und fest. Er hätte gern ein frommes Lied gesungen. Eins von Engeln und grünen Auen im Himmel. Aber ihm fiel keines ein. Auch war ihm nicht fromm zumute, und so sang er seiner Schwester zum Abschied vom Leben das Lied der Korsaren. Ein verbotenes Lied von Aufruhr und Totschießen, von Säbelhieben und Kaperei gegen die hanseatischen Pfeffersäcke. Zu seinem Glück hörte ihn niemand.

»Vorsicht, Herr!«, schrie eine helle Stimme. Dann fühlte Joost Herrmanns einen kräftigen Schubs und fand sich auf der Erde wieder.

»Was zum Teufel …«, schimpfte er, aber da raste mit kreischendem Getöse ein herrenloser Karren an ihm vorbei, polterte den abschüssigen Weg hinunter auf den Kai, zerschlug donnernd die Holzrampe und stürzte mit seiner Fracht, drei großen Tonnen Bier, in die Elbe. Herrmanns wurde blass. Er war ein kräftiger Mann, noch in den besten Jahren, und es hieß, er habe auf seinen Reisen manchen Räuber in die

Flucht geschlagen und dass er weder Tod noch Teufel fürchte. Doch der Karren hätte ihm alle Knochen zerschlagen, und er erinnert sich gut an das jämmerliche Ende des Ratsherrn Sögel, dem ein wild gewordener Hengst die Beine zerschmettert hatte.

»Verzeiht den Stoß, Herr,« sagte die Stimme, »der Karren …«

Herrmanns rappelte sich auf und sah sich nach seinem Retter um. Ein Junge. Zerlumpt, aber offensichtlich kräftig. Er fühlte den Stoß noch im Rücken.

»Das war knapp«, sagte Herrmanns, »du hast wache Augen.«

Der Junge sah ihn an, und Herrmanns nahm etwas eigenartig Vertrautes wahr. Unsinn, dachte er, ein Tagelöhner, ein Hafenkind. Aber wach. Und kramte in seinem Rock nach einer Münze für seinen Lebensretter. »Wie heißt du? Wer sind deine Eltern?«

»Jan, Herr«, antwortete der Junge und sah ihn aufmerksam an. »Ich bin Jan vom Burstah. Ich hab keine Eltern.«

Wer die Bremssteine von den Rädern des Karrens genommen hatte, konnte später niemand sagen.

Joost Herrmanns galt als gottesfürchtiger und gerechter Mann, und die Leute sagten, dass er den Lohn dafür wahrlich schon im Leben erhalte. Seine Segler fuhren nicht nur bis nach Flandern, Schonen und Amsterdam, sondern weiter bis nach Frankreich und nach Santander an der spanischen Küste. Die besten Kapitäne führten seine Schiffe, und noch nie war ihm eine Fracht verloren gegangenen. Vor allem exportierte er das begehrte hamburgische Bier. Seine Hopfengärten hinter dem Eichholz gediehen, die Malzpfannen in seinen Brauhäusern waren Tag für Tag unter Feuer, und nur die beste Gerste aus dem Holsteinischen war ihm gut genug. Seine Schiffe verließen den Hafen bis an die Luken gefüllt mit Fässern, beladen mit kostbaren Waren aus südlichen Ländern kamen sie zurück.

Herrmanns war geachtet. Wegen seines wachsenden Reichtums, und weil sein Haus ein ordentliches Haus war. Selbst seine Küchenmägde waren immer in reines Tuch gekleidet, blau mit feinen grauen Streifen. Er achtete streng auf Sitte und Anstand.

In seinem Kontor in dem großen Haus an der Deichstraße empfing er Händler aus ganz Europa. Seine Hausfrau hatte er klug gewählt. Das Beste an ihrer Mitgift waren die guten Handelsbeziehungen ihrer flämischen Familie gewesen. Als sie im vergangenen Winter am Pyp, dem spanischen Fieber, starb, hatte er ihr ein Begräbnis ausrichten lassen, dessen Pracht jeder Hochzeit zur Ehre gereicht hätte.

In seinem Kontor beugten sich nur die besten Schreiber über Verträge, Lieferlisten und Abrechnungen, jüngere Söhne aus guten Familien. Ohne Aussicht auf ein Erbe, aber mit solidem hanseatischem Ehrgeiz.

Jan fügte sich lautlos in diesen Haushalt ein. Sie gaben ihm saubere Kleidung, für die Nacht einen Platz am Feuer, und er hatte nun nie mehr Hunger. Er tat jede Arbeit ohne Klage, und wenn die Kutsche in den Hof rollte, war er zur Stelle, seinem neuen Herrn den Schlag zu öffnen. Abends saß er oft bei der alten Hanne, lauschte ihren Geschichten von ehrlosen Nonnen, gefallenen Engeln und allerlei düsteren Geistern. Am liebsten ließ er sich die Kräuter und Wurzeln erklären, die sie in Säckchen und Holzschachteln verwahrte. Hanne wusste alles über die alte Heilkunst. Sie kannte Hilfen gegen den bösen Blick, das Kindbettfieber, die Gicht oder schwarzen Husten. Sie wusste, was der Liebe förderlich war, aber auch, welche Gewächse tödlich sein konnten. Bilsenkraut und Teufelspetersilie. Oder Fingerhut, der rote war am giftigsten. Das Gesinde ließ sich gern von ihr kurieren. Der Hausherr hingegen vertraute auf die Kunst des Baders.

Nach einem halben Jahr bekam Jan ein anderes Wams. Er war nun Kontorbote, immer unterwegs zwischen dem Haus und dem neuen Hafen am Vorsetzten. Der alte an der Trostbrücke war längst zu eng und zu flach für die neuen großen Segler geworden. Bald war Jan auf den Herrmanns'schen Schiffen so bekannt wie im Haus an der Deichstraße. Jeder mochte den Jungen, auch wenn mit ihm nie viel Spaß zu haben war.

»Wie alt bist du, Jan?«, fragte Herrmanns ihn eines Tages.

»Ich weiß nicht genau, Herr. Wohl zwölf Jahre.«

»Fast ein Mann«, sagte Herrmanns lächelnd und steckte ihm eine kleine Münze zu. »Warum lachst du nie?«

»Ich weiß nicht, Herr. Ich bin es so zufrieden.«

Die Leute gewöhnten sich daran, dass der vornehme Kaufmann seinen schweigsamen Boten gern um sich hatte. Zwischen seinen Wegen saß Jan bald nicht mehr im Hof, sondern im Kontor. Er lernte schreiben.

Das gehe doch zu weit, sagten die Leute, da verlöre so einer schnell den Sinn dafür, auf welchen Platz der Herrgott ihn gestellt habe. Aber der Herrmanns sei ja von jeher eigen gewesen. Wenn Herrmanns nun am Vormittag zur täglichen Zusammenkunft mit den anderen Handelsherren zur Börse ging, ließ er sich von Jan begleiten. Es könne doch eilige Nachrichten geben, erklärte er den Börsianern, Vertragsabschlüsse, die schnell ins Kontor gebracht werden müssten. Niemand war so schnell wie Jan.

»Ich fühle mich eben sicherer, wenn du in der Nähe bist«, sagte Herrmanns einmal lachend, als die beiden, Herr und Bote, am Hafen über die Hohe Brücke zu den neuen Lagerplätzen und Speichern am Cremon gingen, »falls mal wieder ein Karren angesaust kommt und mich erschlagen will …«

Wer fremd in der Stadt war, mochte die beiden für Vater und Sohn halten, so vertraut erzählte der Ältere von seine Geschäften und Gedanken, so ergeben hörte der Junge zu.

Herrmanns hatte vier Kinder. Die Tochter war schon in ganz jungen Jahren nach Amsterdam verheiratet worden, die drei Söhne waren bei fremdländischen Geschäftsfreunden in der Lehre. Der Älteste, Gregor, würde bald aus Schonen zurückkommen. Dann wollte Herrmanns wieder heiraten. Die richtige Braut wurde schon gesucht. Diesmal in Kursachsen. Dahin gingen die Geschäfte noch schlecht.

Jan saß oft auf den Schiffen, beobachtete das Beladen, fragte die Matrosen nach der weiten Welt und den Frachtmeister nach der Ware. Er war ein aufmerksamer Zuhörer und interessierte sich für alles, sogar für das richtige Stapeln. Aber oft saß er einfach nur da, lauschte dem leisen Knarren von Planken und Seilen, sah den Wolken nach, die der Wind jagte. Das Geschrei der Menschen, das Quietschen des Krans und Poltern der Karren schien er nicht zu hören.

»Was siehst du, Jan Burstah?«, fragte dann wohl mal ein Matrose. Oder: Ob er nicht lieber mit auf See wolle, als im Kontor zu verstauben. Der Junge lächelte nur, schwieg und machte sich schließlich wieder an seine Arbeit.

Im folgenden Jahr stand ein böser Stern über dem Handel der Hamburger Kaufleute. Es gab Unruhen in Frankreich, die Preise fielen und die Korsaren kaperten frecher denn je zuvor.

Als Jan an einem sonnigen Julimorgen das Kontor betrat, hörte er aufgeregte Stimmen aus Herrmanns' Schreibstube. Es war noch früh, auf den Straßen war schon Gewimmel, aber die Bänke der Schreiber waren noch leer. Die Stimmen wurden lauter. Jan konnte sie jetzt erkennen.

»Erzähl mir nichts von Sturm und Klabautermann, Joost«, schimpfte der Ratsherr Von Stetten, »es ist mir völlig egal, was passiert ist, das Schiff ist jedenfalls weg, mit Mann und Maus, und unser Geld auch. Du hast dich für diesen Kapitän verbürgt, diesen Engländer! Der steckt vielleicht mit der Konkurrenz unter einer Decke, ist sicher mit dem Beiboot an Land gerudert, säuft und hurt in Bilbao, und wir sind bankrott. Hätten wir unser Geld bloß nicht in dein Schiff gesteckt. Hätten wir …«

»Halt die Luft an, Van Stetten«, unterbrach ihn Herrmanns ungeduldig. »Der Engländer war kein Betrüger, und wir sind nicht bankrott. Jedenfalls nicht ganz.« Er seufzte. »Und denkst du gar nicht an die Mannschaft? Alle tot. Der Steuermann war ein Vetter deiner Frau.«

»Dem wird Gott schon helfen.« Von Stetten sprang wütend auf und begann mit kurzen, steifen Schritten zwischen Schreibpult und Fenster hin und her zu marschieren. »Ausgerechnet die Kraweel, das größte Schiff. Eine Kogge hätte doch wirklich gereicht!«

»Vielleicht ist noch nicht alles verloren«, hörte Jan nun die wie stets etwas zaghafte Stimme des Ratsherrn Paulsen. »Vielleicht nur eine Verspätung, vielleicht in ein oder zwei Wochen …«

»Nein, Paulsen«, Herrmanns schüttelte den Kopf, »keine Hoffnung. Der Kapitän der *Dora van Coehn* hat die Kraweel im Sturm verschwinden sehen. Vor Asturiens Küste. Da liegt der Grund voll mit Schiffen. Und mit Leichen.«

»Und mit Ladung«, donnerte Von Stetten dazwischen. »Unsere Seide, Gewürze, Hölzer …«

So ging es eine ganze Weile hin und her. Jan saß still auf seiner Bank beim Fenster und wartete, dass seine Dienste gebraucht werden würden. Niemand hätte sagen können, was hinter seiner Stirn vorging. Vielleicht interessierte ihn die ganze Sache einfach nicht.

Mit dem Untergang der Kraweel begann Herrmanns' Pechsträhne. Ganze Schiffsladungen Bier erreichten verdorben ihr Ziel, drei in Antwerpen, eine in Frankreich und zwei in Helsingborg. Das Bier war nicht nur sauer, das kam bei so langer Fahrt schon mal vor, sondern schimmlig, und es stank übel.

Auf einem Ewer, während der Fahrt die Elbe hinauf ins Kursächsische, kam eine Ladung Holz ins Rutschen und ging mitsamt einer Ladung Indigo über Bord.

Am teuersten kam Herrmanns aber die Sache mit dem Safran. Der Beutel mit dem gelben indischen Pulver war kostbar wie Gold, und niemand konnte erklären, wie er aus der Kapitänskajüte verschwunden war. Wenigstens hatte der Dieb keinen Nutzen von seiner frevelhaften Tat. Er musste im Davonlaufen gestolpert sein. Warum sonst war die ganze Kostbarkeit am Morgen auf dem Armenfriedhof verstreut? Von weitem sah es aus, als wäre über Nacht ein Meer von zarten Blüten aus den Gräbern gewachsen. Alles war gelb, safrangelb, doch bevor irgendjemand ein kleines Restchen des teuren Pulvers von der Erde kratzen konnte, kam ein Windstoß und trug alles davon.

Herrmanns schickte in diesen Monaten oft nach dem Bader. Der ließ ihn zur Ader und gab ihm einen Topf voller Kräuter.

»Bitter, Herr, grässlich bitter«, erklärte er, »lasst einen Löffel voll davon in gekochtem Wasser ziehen und trinkt den Sud. Es wird Eure verstopfte Leber erleichtern. Dann schmeckt auch der Braten wieder.«

Herrmanns gewöhnte sich an den bitteren, braunen Trank, und der Braten schmeckte tatsächlich wieder. Ein Wundermittel, es war auch teuer bezahlt. Den kostbaren Topf verwahrte er in seiner Schreibstube, und wenn er leer war, schickte er Jan zum Bader um neue Kräuter.

Dann kam die Nachricht, dass in Jütland wieder eine Ladung Bier voller Schimmel und brauner Klumpen angekommen sei. Die Jütländer wollten Herrmanns' Bier nun nicht mehr.

»Der Teufel macht's«, sagten die Leute. »Oder Gott. Wie bei Hiob.«

»Einer, der mich ruinieren will, macht's«, dachte Herrmanns und machte heimlich einen Plan.

Die Nacht neigte sich schon dem Morgen zu, als er die Knechte endlich hörte. Sie kamen durchs Kontor und drängten sich in seine Schreibstube.

»Hier ist er, Herr«, sagte der Älteste, »wir haben ihn erwischt. Einen ganzen Beutel voll mit schimmeligem Brot hatte er auf der Schulter, wollte auf dem Schonen-Segler gerade das erste Fass aufstemmen und den Schiet reinbröseln.«

Mit einem heftigen Stoß schupste er den Jungen ins Licht.

Erschrocken wich Herrmanns zurück. »Ihr Tölpel«, schrie er, Zornröte stieg ihm ins Gesicht, »das ist doch Jan!«

»Ja, Herr. Das ist Jan. Der hat Euer Bier verdorben. Und wer weiß, was sonst noch.«

Herrmanns setzte sich schwer auf die Bank hinter dem großen Tisch. »Warum, Junge? War ich dir nicht ein guter

Herr? Habe ich dir nicht zu essen gegeben, dich nicht das Schreiben gelehrt? Du gehörst doch zu meinem Haus, als wärst du darin geboren.«

Jan schwieg. So sehr sie sich auch bemühten, er nannte niemanden, der ihm aufgetragen hatte, dem Handelsherrn Joost Herrmanns die Geschäfte zu verderben.

Er schwieg auch auf der Streckbank und als die glühenden Zangen sich zischend und stinkend in sein Fleisch fraßen. Nur einmal habe er geschrien, wurde Herrmanns berichtet. Anneken!, habe er gebrüllt. Da sei einer noch fast ein Kind und schreie in höchster Not nicht zu Gott, sondern nach der Liebsten. Als sie ihn von der Streckbank nahmen und mit kaltem Wasser übergossen, habe er noch etwas herausgestöhnt. Es habe geklungen wie: »Er muss doch büßen.« Oder so ähnlich.

Der Pastor, der die ganze Zeit dabeigestanden hatte, damit die Seele nicht ohne christlichen Beistand zum Teufel entfloh, hatte triumphiert. Auch wenn der junge Sünder sein Geheimnis nicht preisgab, schien er am Ende doch zu bereuen.

Herrmanns nickte nur dazu. Anneken? Das war schon so lange her. Und plötzlich begriff er, warum ihm Jan von Anfang an so vertraut erschienen war.

Er sah alt aus an diesem Tag, und die ganze folgende Nacht hindurch brannte in seiner Stube eine Kerze. Noch bei seinem letzten Rundgang kurz vor Sonnenaufgang sah der Nachtwächter seinen Schatten hinter dem Fenster.

Am Morgen ließ Herrmanns den Bader kommen. Ihm war übel und sein Kopf schmerzte, als ob er platzen wolle. Der Aderlass brachte ihm keine Erleichterung, selbst der bittere Sud bereitete ihm diesmal nur neue Übelkeit.

Das Gericht sprach Jan Burstah der Anschläge auf die Herrmanns'schen Geschäfte für schuldig und fällte das Urteil. Auf ein so schweres Verbrechen konnte nur der Tod stehen. Einen Knaben hatten sie in dieser Stadt noch nie geköpft. Und auch wenn dieser mit seinen dreizehn Jahren schon fast ein Mann war, verboten sie dem Volk das grausige Vergnügen, das Schauspiel anzusehen.

Der Stundenrufer hatte längst die Mitternacht verkündet, als der Henker Jan in einer schwülen Augustnacht anno 1578 über die Trostbrücke und zum Meßberg führte, zu dem kleinen Hügel aus Schutt und Unrat von Generationen. Das Beil war gut geschärft und schnitt den Kopf mit dem ersten Hieb vom Körper. Der Kopf rollte davon, mitten hinein in das Gebüsch aus rotem giftigem Fingerhut, der rund um den Hügel wuchs. Ein triumphierendes Lächeln soll das tote Gesicht gezeigt haben, erzählte der Knecht des Henkers am nächsten Tag in der Cremon-Schänke, aber das hat ihm keiner geglaubt.

Joost Herrmanns ging nun wieder allein zur Börse. Aber nicht mehr lange. Immer häufiger rief er den Bader, immer mehr trank er von dem Sud, der ihm früher so wunderbar geholfen hatte, doch nun nur noch bitterer erschien. Der Topf war gut gefüllt, das war Jans letzter Dienst gewesen, bevor sie ihn mit dem schimmeligen Brot auf dem Segler ertappt hatten.

Nun half auch der Sud nichts mehr, fast schien es, als verstärke er sogar die Pein. Herrmanns' Atem ging immer schwerer, der Schlag seines Herzens langsamer. Übelkeit quälte ihn, und die Knochen seines Kopfes schienen viel zu eng. Er kämpfte drei Wochen, dann begannen die Krämpfe, und der Pastor kam zum letzten Gebet. Herr, du meine Zuversicht. Herrmanns Lippen erstarrten. »Jan«, flüsterte er, als sehe er Bilder, die niemand sonst sah, und umklammerte die trockene Hand des Pastors. »Sag Anneken, es tut mir Leid …« Das waren seine letzten Worte. Die hörte nur der Pastor, und der behielt sie für sich.

Achtzig Kutschen folgten dem sechsspännigen Leichenwagen. Und als sie die Marmorplatte auf das Herrmanns'sche Grab in St. Katharinen schoben, glaubten die Leute, die vor der Kirche auf ein Almosen der reichen Trauergäste warteten, im aufheulenden Wind ein Lied zu hören. Ein verbotenes Lied von Aufruhr und Totschießen, von Säbelhieben und Kaperei gegen die hanseatischen Pfeffersäcke.

Maj Sjöwall/Jürgen Alberts

Tod eines Multimilliardärs

Wir haben diese Geschichte niemals erzählt. Aber jetzt sollte sie wohl verjährt sein. Nach so langer Zeit.

Die Zeitungen waren jedenfalls voll davon. Nicht nur in den Staaten. Wochenlanges Rätselraten. Dicke Balkenüberschriften. Auf beiden Seiten des Atlantiks. Sogar in unserem kleinen Schweden.

Selbstmord oder Unfall? Was anderes kam für die Presse damals nicht infrage.

Es war keines von beiden. Aber außer uns hat das niemand mitbekommen. Wirklich not a soul.

Wir hatten ein Preisrätsel gewonnen.

Die Lösung war ganz leicht. I c h hab sie gefunden. Aber worum es ging? Keine Ahnung mehr.

Ist ja auch nicht so wichtig.

Wissen würde ich es schon gerne. Irgendwas mit Backpulver … oder Heizkissen … nein, es war was mit Bienenhonig.

Auf keinen Fall, Inger, mit Bienenhonig hatte das Lösungswort nichts zu tun. Das wüsste ich doch.

Ist ja nicht so wichtig. Aber Bienenhonig, irgendwas mit Bienenhonig. Ein Kreuzworträtsel und das Lösungswort war …

Also, wir hatten den ersten Preis geschnappt. Überfahrt von Southampton nach New York. Die letzte Fahrt der

Queen Elizabeth. Der ersten Queen Elizabeth, versteht sich.

Bist du dir da sicher?

Ganz sicher. Cunardline. Ein riesiges Schiff. Wir waren ziemlich beeindruckt, als wir den Pott zum ersten Mal gesehen haben.

War es nicht die QE 2?

Es war die QE 1. Das kann ich beweisen. Irgendwo muss ich noch die Tickets aufgehoben haben. Aber wo?

Ist ja nicht so wichtig … aber ich weiß …

Schon beim Einschiffen haben wir ihn gesehen. Er saß draußen. Mitteldeck. An der Bar. Er zog eine ziemliche Fresse, zweihundert Kronen nur fürs Rasieren.

Übertreib nicht wieder. Hundert Kronen, Olaf. Hundert Kronen.

Er saß da auf einem der Deckchairs und wartete, dass die Bar öffnete. Der Mann sah aus, als hätte er die sechzig schon überschritten. Später erfuhren wir, er war erst 41.

Sicher?

Ganz sicher. Ich hab mir doch mal seinen Pass zeigen lassen.

Was du alles behalten hast? Olaf, das hätte ich nie von dir gedacht. Zu Hause weißt du nachmittags nicht, was du am Morgen gefrühstückt hast, aber das Alter dieses Mannes … unglaublich. Übrigens: er war 45. Ganz sicher. Und kein Jahr jünger. Tut aber nichts zur Sache. Erzähl ruhig weiter.

Irgendwann wurde die Bar geöffnet. Wir stiegen auf die Barhocker und bestellten unsere Drinks. Damals tranken wir am Morgen gerne Martinis mit grüner Olive, Martinis gerührt, versteht sich, auf keinen Fall geschüttelt. Da ließ der Mann seine Schachtel Zigaretten zu Boden fallen und sagte zum Barmann: »Geben Sie mir meine Zigaretten!« Der Barmann blieb ganz ruhig und mixte unsere Drinks. Darauf er: »Meine Zigaretten sind zu Boden gefallen. Heben Sie sie auf!« Der Barmann tat so, als habe er ihn nicht verstanden. »Jetzt heben Sie verdammtnochmal die blöde Schachtel auf!« Keine Reaktion. Nur die Eiswürfel klirrten im Glas. Der Mann schreit: »Soll ich etwa ausrasten?« Der Barmann sieht ihn an, als stehe ein Nackter vor ihm. Der Mann rutscht vom Hocker: »Ich raste jetzt aus!« Hysterisch wie ein Fünfjähriger. Dann ging er hoch erhobenen Hauptes aus der Bar. Die Schachtel blieb auf dem Boden liegen.

Der Barmann verzog nicht eine Miene. Obwohl man ihm ansah, dass er innerlich tobte. Er hat den Vorfall auch nicht weiter erwähnt. Die Zigarettenschachtel hat er in den Abfalleimer geworfen.

Nichts da, Inger. Er hat sich die Schachtel angesehen, ganz genau angesehen und sie dann mit einem Grinsen eingesteckt. Das weiß ich noch wie heute.

Ich hab ihn n i c h t grinsen sehen. Der war nur ziemlich sauer.

Aber er hat sich die Zigaretten eingesteckt. War irgendeine Marke mit 'nem Goldrand. Ist ja nicht so wichtig.

Beim Abendessen wurden wir an den Tisch des Chefstewards platziert. Neben dem Mann. Der war schon wieder stocksauer, weil er gehofft hatte, am Kapitänstisch zu sitzen. Das steht mir zu, goddammit, hat er immer wieder gesagt. Wir fragten ihn nach seinem Namen. McGrant, knurrte er. Und wo leben Sie?, wollte ich wissen. In McGrant, selbstredend. Ihm gehörte die Stadt. Was sag ich, die Bank, das Theater, die Gebäude, die Politiker, einfach alles, was Sie sich denken können.

Es ist eine Stadt in Mississippi. Sein Ururgroßvater …

Olaf, du sollst nicht übertreiben. Wie oft muss ich dir das denn noch sagen?

Sein Ur … vater hat McGrant gegründet und dann ist sie von Vater auf Sohn auf Enkel auf … also immer weiter vererbt worden. Bis auf diesen McGrant eben, der da neben uns am Tisch saß.

Der Mann war Multimilliardär. Hat er in jedem dritten Satz betont. Ihm gehörte die Stadt mit zehntausend, ausschließlich weißen Einwohnern, auch die Bediensteten sind alles Weiße gewesen. Natürlich kontrollierte McGrant die Politik, den Bürgermeister hat er selbst eingesetzt. Es gab keinen Angestellten in der Stadtverwaltung, der nicht vor ihm Kotau machen musste. Alles seins, überall hatte er seinen Stempel drauf. Auf jedem Stück Vieh sein Brandzeichen. McGrant liebte seinen Bentley, obwohl er den Rolls Royce vorzog, auch wenn er die Cadillacs amerikanischer fand.

Er hatte zwanzig Cadillacs.

He? Wie bitte?

Zwei, meine ich. Er hatte zwei Cadillacs.

McGrant wurde schnell zum meist gehassten Mann an Bord. Wirklich, das müssen Sie mir glauben. Die Queen Elizabeth ist ein ziemlich großes Schiff. Da gab es viele Passagiere. Ein veritables Arschloch.

Inger, bitte.

Olaf, das hast d u damals selbst gesagt. *Ett riktigt arsel,* wie man bei uns zu sagen pflegt. Er benahm sich wie ein unverschämter Rüpel. Er hat niemals eine Tür selbst geöffnet. Er stand davor und wartete, bis jemand kam und sie ihm aufhielt.

An unserem Tisch blieb McGrant so lange stehen, bis ein Kellner ihm einen Stuhl unter den Hintern schob.

Fast jeden Tag ließ er eine Zigarettenschachtel fallen.

Kurz: er ist öfters ausgerastet.

Sehr oft. Er hat sich mit jedem angelegt. Nur nicht mit uns, aber wir haben ihm auch keine Gelegenheit dazu gegeben. So sehr es mich gereizt hat. Aber wann sitzt man schon mit einem Multimilliardär an einem Tisch. Und das fünf Tage lang. Und alles wegen Bienenhonig.

Es ging nicht um Bienenhonig. Da verwechselst du was, Inger. Das war viele Jahre später, bei einem anderen Preisausschreiben. An dem Lösungswort: Bienenhonig haben wir lange geknobelt. Daran kann ich mich genau erinnern. Aber gewonnen haben wir da wieder mal nix.

Einmal wollte ich ihn auflaufen lassen, weil er wieder so unerträglich mit einem Steward umsprang. Ich hab zu dem freundlichen Herrn gesagt: Mister McGrant ist heute außer Laune! Er hat gerade erfahren, dass sein Lieblingspferd bei einem Rennen in Ascot zu Tode gestürzt ist … Der Steward schüttelte den Kopf. Und McGrant? Der lachte bloß. Als hätte ich einen besonders perfiden Witz gemacht.

Wir wollten natürlich wissen, wie jemand so ein Arsch… Rüpel werden kann. So unausstehlich, überheblich, arrogant, widerlich, so Hundert Prozent Ekel.

Dafür hat er ja auch bezahlen müssen.

Und womit? Mit Recht.

Also das kam so.

Das wollte ich gerade erzählen.

Du erzählst hier schon ununterbrochen.

Das ist doch vollkommener Unsinn, Inger.

Meinst du, ich höre dir nicht zu?

Du hörst mir niemals zu.

Das behauptest du immer, aber tatsächlich ...

Was habe ich denn gerade als Letztes gesagt?

Hundert Prozent Ekel. Mit Recht. Na?

Dann erzähl du weiter.

Sein Vater

Edward McGrant.

Was soll das, Olaf?

Den Namen hättest du bestimmt nicht mehr gewusst.

Natürlich weiß ich den Namen seines Vaters. Der hieß George.

Edward.

George.

Der hieß Edward. Warum kannst du denn nicht ein einziges Mal nachgeben?

George McGrant war ein sehr starrköpfiger Mann mit hohen moralischen Ansprüchen. Er hat zu seinem Sohn gesagt. Hier hast du ein Ticket nach San Francisco. Da fährst du hin und verdienst deine Brötchen selbst. Ein Jahr lang. Dann kommst du wieder und dir gehört die ganze Stadt.

Das hat Edward zu seinem Sohn gesagt! Edward, meine Liebe.

So hieß der Sohn.

Sag ich doch. Edward junior. Der Vater hat seinem Sohn den gleichen Namen verpasst.

Vor mir aus. Du kannst einem wirklich die beste Geschichte versauen. Also: McGrant hat ein paar Dollars in der Tasche und einen kleinen Koffer dabei und fährt mit dem Zug nach San Francisco.

Das mit den paar Dollars hab ich nie geglaubt. Aber bitte!

Ich hab ihn gefragt, ob er sich einen Job gesucht hat. McGrant schaute mich an. Einen Job? Einen Job? Wieso das denn?, hat er ausgerufen. Er kommt in Frisco an und hat keinen Cent mehr. An der Bar will er unterwegs alles vertrunken haben. Da sieht er einen Sandwich-Mann am Bahnhof. Auf dem Plakat steht: Eat at FRIENDLY, the friendly restaurant. Und darunter in kleineren Buchstaben. Try our homecooking – if not pleased it cost you nothing!

Ja bravo, das hast du alles prima behalten. Weiter, Inger!

McGrant geht in das nächste FRIENDLYS, bestellt ein dickes Frühstück, verputzt es restlos und staucht dann den Ober zusammen, was das für ein Fraß sei. Der Chef kommt und natürlich braucht McGrant nichts zu bezahlen. Als er rausgeht, sieht er, dass einige Kunden Trinkgeld auf den Tisch liegen gelassen haben. Das hab ich mir sofort eingesackt, erzählte uns der Multimilliardär.

Tag für Tag hat er diesen Trick wiederholt. Es gab über hundert FRIENDLYS in San Francisco. Das hat McGrant im Telefonbuch rausgefunden. Und jedes Mal hat er nach dem Essen das Trinkgeld gemopst. Ein Ekelpaket, wie gesagt.

Aber das war nicht alles. Im Schaufenster einer Bäckerei mit dem Namen PARSLEYS stand ein Schild: A cake for free – on YOUR birthday only. Da musste man seine Identitätskarte zeigen und wenn das Datum des Geburtstags stimmte, bekam man eine Torte geschenkt.

McGrant hat sich ein paar Hundert IDs aus seiner Heimatstadt schicken lassen, für den passenden Tag sein Geburtsdatum eingetragen. Dann ging er zu PARSLEYS, holte die Torten ab und verkaufte sie an FRIENDLYS. Auch PARLEYS war eine riesige Kette, so dass das gar nicht auffiel.

Das Torten-Geschäft mit öffentlichen Verkehrsmitteln zu bewältigen, war McGrant zu mühsam. Also rief er ein paar Autohändler an und behauptete, seine reiche Tante wolle einen dicken Schlitten kaufen. Er müsse den aber ausführlich testen. Kein Problem, bekam er zu hören.

McGrant traf die Autohändler immer in der Lobby eines 5-Sterne-Hotels – wo er natürlich nicht logierte – machte mit ihnen eine Probefahrt und ließ sich dann für ein paar Tage die Schlüssel aushändigen, um den dicken Schlitten ausführlich zu testen.

Einen Daimler will er sogar zehn Tage gefahren haben. Aber das habe ich ihm nie geglaubt.

Am vorletzten Tag saßen wir nach dem Dinner wieder an der Bar. McGrant zog eine Fresse, dass es einer Sau grauste. Der Kapitän hat während der Atlantiküberquerung nicht ein Mal das Wort an ihn gewandt. Da sagte der Barmann: Sir, die Übung beginnt morgen früh bei Sonnenaufgang. Seien Sie rechtzeitig da.

Ich wollte natürlich wissen, was er damit meinte.

Das hätte ich dir gleich sagen können.

Ach, jetzt auf einmal! Damals hast du genauso gestaunt wie ich.

Deine Spürnase müsste man haben.

Kaum war McGrant aufs Klo, hab ich den Barmann gefragt, was er mit dieser Übung meine. Aber der hat so getan, als habe er nie etwas davon gesagt. Von welcher Übung sprechen Sie, Mrs. Widerberg?, fuhr er mich an.

Da wir beide Frühaufsteher sind, haben wir gedacht, warum nicht mal nachschauen, was für eine Übung bei Sonnenaufgang beginnen soll. Wir sind also früh raus, haben an Deck gewartet.

Plötzlich kommt McGrant im Nachthemd angerannt. Hinter ihm ein junger Matrose.

Nein, er trug einen goldenen Seidenschlafanzug.

Jetzt hör schon auf, Olaf, er trug ein blau-weiß gepunktetes Nachthemd. In Modefragen hast du überhaupt keine Ahnung. Also McGrant kommt schlaftrunken an. Der Matrose zeigt ihm den Weg zu den Rettungsbooten. Legt ihm die Schwimmweste an.

Wir haben uns näher rangepirscht. »Wir lassen Sie jetzt zu Wasser, Sir!«, ruft ein Obermaat, »dann machen Sie als Einziger an Bord der Queen Elizabeth eine private Rettungsübung.« Da war er natürlich gebauchpinselt.

Wir hatten nämlich während der ganzen Überfahrt keine Rettungsübung gemacht. War ja auch die letzte Fahrt der Queen Elizabeth.

Das Boot schwingt über die Reling und saust mit einem Affenzahn aufs Wasser.

Ich springe aus meinem Versteck und sehe gerade noch, dass das Rettungsboot sofort untergeht.

Entdeckt hat uns aber niemand, auch die Matrosen nicht, die McGrant dieses kleine Vergnügen bereitet haben.

Während auf der einen Seite Ellis Island mit der Freiheitsstatue auftaucht …

Na, na, das war schon noch ein bisschen später …

Das ist doch nun wirklich egal, Olaf. Wir sehen das Boot kieloben an Backbord auftauchen. Die Schrift stand auf dem Kopf. Man musste sich umdrehen, um den Namen des Bootes zu lesen. Da stand doch tatsächlich TITANIC.

Mann über Bord, schallte es plötzlich über das ganze Schiff. Alle Maschinen stopp.

Aber gefunden haben sie ihn nicht.

Und dann begann das Rätselraten: Unfall oder Selbstmord?

Keines von beiden. Aber außer uns hat das niemand mitbekommen. Dicke Balkenüberschriften. Auf beiden Seiten des Atlantiks. Sogar in unserem kleinen Schweden.

Jetzt können wir die Geschichte ja erzählen. Sie ist schon lange verjährt.

Regula Venske

Samtkrimi oder: Mord im Literaturhaus

Wir hetzen jetzt jemanden zu Tode. Sie und ich, und rein zu unserem Vergnügen. Dieser Mensch kann eigentlich nichts dafür, nur die Tatsache, dass er noch lebt, spricht gegen ihn. Jetzt aber soll er sterben. Viele Menschen kommen ja in diesem Moment um, auf einen mehr oder weniger soll es uns also nicht ankommen. Und schon gar nicht auf diesen Mann, der es allabendlich fertig bringt, im Schaukelstuhl zu sitzen und sich am Zigarettenrauch zu erfreuen. Und am leichten Quietschen des Schaukelstuhls, wenn er gemächlich vor- und zurückschaukelt, jeden Tag nach Feierabend, vor und zurück.

Der Mann blickt den Rauchringen nach, die sein Mund geformt und ausgestoßen hat. Wie sie schweben und sich entfernen, sich allmählich verlieren. Die Form verlieren, die Fassung?

Ich nicht, denkt der Mann.

Durch die Dachdaube fällt Spätsommerlicht ins Zimmer, Staubkörnchen tanzen, ein Sonnenstrahl bringt das Regal zu seiner Linken zum Leuchten. Nicht, dass es das einzige Bücherbord im Raum wäre. Die gesamte Einrichtung des Zimmers besteht aus Regalen. Sie verlaufen ringsherum an den Wänden entlang, vom Boden bis zur Decke gefüllt mit Büchern. Leere Fächer lassen ahnen, dass der Mann noch etwas vorhat mit seiner Bibliothek, er hat Platz für Neuzugänge. Weitere Regalreihen sind sternförmig durch den Raum gezogen, bis in Brusthöhe reichend, so dass sich auf ihren obersten Borden etwas abstellen lässt – ein Pfeifenständer, eine Lampe, der Whisky.

Im Zentrum des Sterns aus Bücherregalen, in der Mitte des Zimmers, steht der Schaukelstuhl. Der Mann blickt neben sich, auf die Bücherstapel, die er um sich herum verteilt hat. Das Gesamtwerk Gottfried Benns, ausnahmsweise in einer wohlfeilen Ausgabe, ein Geschenk seiner Frau, ist als Nächstes dran. Borges und Broch sollen folgen. Ein Buchstabe pro Jahr, das A hat er schon absolviert. Ein scharlachroter Buchstabe aus Goldpapier, eigenhändig auf Karton geklebt, schmückt das erste Regalbrett linkerhand der Eingangstür. Auf diesen Einfall ist er besonders stolz, obwohl er ja eigentlich aus dem Bastelalter heraus ist. Einundfünfzig. Für das B wird er sich etwas Neues einfallen lassen, vielleicht etwas Grünes, zu Benn passend, man wird sehen.

Man wird sehen? Nicht viel mehr wird er zu sehen bekommen, unser Mann. Jetzt kommt er gerade zum Stillstand, drückt die Zigarette aus, pustet versehentlich mit seinem Atem Staubkörnchen und Asche gleichermaßen aus dem Aschenbecher, steht auf und klopft sich das Hosenbein ab. Ein letzter Blick in die Runde, die Bibliothek ist sein ganzer Stolz. Sein heimlicher Stolz auch. Ein Refugium, in das kein Telefonklingeln eindringen kann. Sein Refugium. Nichts kann ihn hier erreichen, keine lästigen Klienten, keine Frau, die schmollend darauf wartet, dass er sich wieder ihr zuwenden möge.

Zu seinem Fünfzigsten, im vorigen Jahr, hat er sich selbst diese Zweitwohnung geschenkt. Jeder Maler braucht sein Atelier, da wird sich doch ein Leser noch eine Lektüredependance gönnen dürfen?

Sechsundzwanzig Buchstaben hat das Alphabet, bis er fünfundsiebzig ist, kann er, wenn nicht die gesamte, so doch einen Großteil der Weltliteratur durchaus noch schaffen.

Die Lebenszeit, die X und Y ihm schenken werden, soll dem vielbevölkerten M zugute kommen und dem S, das noch dazu diese Vielschreiber hervorgebracht hat, Schiller, Shakespeare, Sir Walter Scott. Aber auch auf das Fräulein von Scudéry und Ginka Steinwachs freut er sich, und seine Frau braucht nichts davon zu wissen. Sie würde ihm Blumentöpfe, Wandkalender, gar Häkelmützen für die Bücherstützen schenken, sie würde Kuchen backen und zum Abstauben kommen wollen. Dafür würde sie Fettflecke auf den Einbänden hinterlassen, seine Altmännerklause wäre sofort in Gefahr.

Es reicht, dass er die von ihr gestrickten Freizeitjacken tragen muss. Sicher sitzt sie jetzt im Moment gerade wieder daheim vor dem Fernsehgerät und wickelt ribbelt Wolle auf für die diesjährige Weihnachtsproduktion. Er aber hat Besseres im Sinn. Ihn erwartet Julian Barnes. Ja nicht ihn persönlich, aber *ihn,* den Leser und Literaturfreund, den Kenner seines Werkes, wenn auch nur in der deutschen Übersetzung. Barnes wird gleich im Literaturhaus an der Außenalster lesen, und er, unser Mann, wird bei diesem Anlass, wie schon oft, in der ersten Reihe sitzen.

Zum Literaturhaus hat er es nicht weit. Darauf hat er bei der Wohnungssuche geachtet, neben dem Lichteinfall von oben war der Fußweg zum Schwanenwik von ausschlaggebender Bedeutung. Und Bellevue, so darf eine Straße schon heißen, wenn unser Mann in ihr seine Zweitbibliothek einrichten soll.

Er braucht jetzt nur ein Stückchen an der Alster entlangzuschlendern, fünf Minuten, wenn's hoch kommt sieben, dann ist er da.

Wie immer hängt der Mann seinen Gedanken nach, und den Schatten, der auf ihn wartet, sieht er nicht. Jeder Mann wird ja bei seinen Taten von einem unsichtbaren Schatten verfolgt. Das hat er einmal irgendwo gelesen, nur selten denkt er daran. Er hat es eilig, der Mann.

Aber sein Schatten sieht ihn. Sein Schatten hat auf der gegenüberliegenden Straßenseite hinter einem Gebüsch auf ihn gewartet, er hat, leicht zitternd, zu den Fenstern der Dachwohnung hinaufgeblickt, er hat ob des wider Erwarten doch schon kühlen Sommerabends leise geflucht. Der Schatten hat sich die Beine in den Bauch gestanden, er hat an einem Schokoriegel geknabbert. Es ist ein sehr lebendiger Schatten, der da auf den Mann gewartet hat, ein Schatten, der sogar eigenen Gedanken nachhängt.

Der Schatten hat das beruhigende Tuckern der Alsterdampfer und das aus der Ferne herüberwehende Tuten der Schiffe im Hafen gehört. Erst haben Sehnsucht und Fernweh, dann hat Trauer vom Schatten Besitz ergriffen.

Ewig dieses Warten!, hat der Schatten gedacht. Aber damit wird es bald ein Ende haben.

Als der Mann das Haus verlassen hat und zum Greifen nah an ihm vorbeigegangen ist, hat der Schatten kurz die Luft anhalten müssen. Aber dann ist er aus dem Schutz des Gebüschs hervorgetreten und ist dem Mann betont unauffällig gefolgt. Er hat es dabei nach Möglichkeit vermieden, auf dessen Rücken zu starren. Heute Abend hat er den Mann nicht mehr zum Umdrehen bewegen wollen.

Wenige Minuten später sind sie am Schwanenwik angekommen, und der Mann hat die Straße zielstrebig überquert, während der Schatten hinter einem Baum unweit des Klohäuschens an der Alster gewartet hat. Dann ist auch er über die Straße gehuscht und zwischen den gut gekleideten jungen Leuten hindurch, die lachend und plaudernd die Treppen zur Nummer 38 hochsteigen, in die schöne Villa geschlüpft.

Links vom Eingang führt eine Treppe hinunter in den Keller, zu den Toiletten. Der Schatten weiß, dass der Mann das Herrenklo aufsuchen wird, wie immer vor längeren Veranstaltungen; er ist in den Jahren, wo er das schon aus prophylaktischen Gründen muss. Das ist jetzt die Chance des Schattens, der schwerelos die Stufen zum Keller hinabgleitet. Das einzige Geräusch, das dabei von ihm zu hören ist, ist ein leises Klicken in der rechten Tasche seines Trenchcoats, aber das hört niemand außer ihm. Von oben an der Bar hört man Stimmengewirr und, unten rauschen die Klospülungen der Damentoilette, und aus dem Kellerraum, der zum Restaurant gehört, dringt ein Schleifen und Scharren, derweil Getränkekisten über den Fußboden gezogen werden.

Im Bruchteil einer Sekunde, bevor sich noch die Tür zum Damenklo öffnen kann, hat sich der Schatten, lautlos und schnell wie eine Katze, in die Herrentoilette gewagt. Er vergisst nicht, die Tür hinter sich zu schließen, und steht nun leicht an die kühle Fliesenwand gelehnt. Endlich hat der Schatten den zu ihm gehörigen Mann erreicht. Jetzt kann er die Rechte aus der Manteltasche ziehen.

Schräg links vor ihm, keine zwei Meter entfernt, steht der Mann am Waschbecken und wäscht sich sorgfältig die Hände. Ihre Blicke begegnen sich im Spiegel. Erstaunt dreht sich der Mann zu seinem Schatten um, da fällt der Schuss.

Dann fällt der Mann, mit offenem Mund und nassen Händen, seinem Schatten entgegen.

Die Frau ist zur Alster zurückgekehrt. Es ging ja alles viel einfacher als gedacht. Unbemerkt hat sie aus dem Keller wieder hochsteigen können, und niemand hat von ihr Notiz genommen, als sie sich zwischen den immer noch ins Haus strömenden Besuchern nach draußen gedrängelt hat. Sie ist es gewohnt, dass kein Aufhebens um sie gemacht wird, wie unsichtbar wirkt sie oft. Das war jetzt einmal ihre Chance, wer achtete schon auf eine unscheinbare Frau wie sie?

Die Frau gluckst befriedigt vor sich hin, sie hat noch einen Schuss im Magazin. Es war richtig, die Pistole mit dem Schalldämpfer zu wählen. Sie lässt sich auf einer Bank nieder. Ein bisschen weich sind ihre Knie nun doch, aber sie hat ja keine Eile. Es ist schließlich völlig gleichgültig, ob die andere zehn Minuten früher oder später dran glauben müssen wird. Sie wird schließlich auch einmal jemanden warten lassen dürfen, oder nicht? Und wie oft hat sie selbst im letzten Jahr wegen dieser Dame hintanstehen, sich nach ihrem Mann sehnen müssen, der wieder nicht zum Abendbrot erschien. Von wegen Überstunden in der Kanzlei! Ihr hat er nichts vormachen können. Sie hat schon lange einen Verdacht gehegt. Bis sie ihm nachgeschlichen ist, mehrmals. Immer hat sie ihn in diesem Haus in der Bellevue verschwinden sehen, vom Gebüsch aus hat sie ihn beobachtet und geduldig darauf gewartet, bis er wieder herausgekommen ist, mit diesem befriedigten Lächeln auf den Lippen. Es ist ihr nicht entgangen, hat ihr bodenlos wehgetan, aber damit ist es nun vorbei. Dem Himmel sei Dank!

Und jetzt also zu dieser Dame. Sie weiß nicht einmal, wie sie heißt, welcher von den Namen auf den Klingelschildchen, die sie ausgiebig studiert hat, zu ihr gehört. Sogar gerochen hat sie an den Schildern, hat geschnüffelt, ob irgendwo ein Pfeifenduft vom Daumen ihres Mannes hängen geblieben sei, aber vergeblich. So ist die andere eben die Namenlose geblieben, ein weißer Fetzen Papier, blank und leer wie das oberste Klingelschildchen, von dem sie vermutet, dass es das

Richtige ist. Denn immer, wenn ihr Mann im letzten Winter in dem Haus verschwand, leuchtete kurz darauf in der Dachwohnung ein Lichtschein auf. Sie hat ihn wohl im Dunkeln erwartet, hat sicher auch sonst so einiges zu verbergen, die Schlampe. Aber das werden wir gleich haben. Die Frau hat sich alles bis ins Kleinste ausgemalt. Sie hat sich von dem verdächtigen Schlüsselbund, das sie bei seiner letzten – ja wirklich: letzten – Dienstreise in der Jackentasche ihres Mannes fand, zwei Nachschlüssel anfertigen lassen. Die probiert sie jetzt aus, der größere, wie erwartet, passt ins Haustürschloss. Langsam, sich zu ruhigerem Atem zwingend, steigt sie die Treppen hoch. Vor jeder Etagentür bleibt sie stehen und horcht. Kindergeschrei hinter der Tür im ersten Stock, die scheidet aus. Fernsehstimmen in der zweiten Etage, an deren Tür, anders als unten am Eingang, zwei Namensschilder kleben. Betrug in wilder Ehe? Möglich, aber uninteressant, solange die Nachrichten laufen.

Als sie den obersten Treppenabsatz erreicht hat, klopft ihr Herz so laut, dass sie denkt, es müsse bis in die Wohnungen hinein zu hören sein. Ihr Blick fällt auf das Pappzettelchen, das mit Tesafilm neben der Klingel angebracht ist. Zum zweiten Mal an diesem Abend schaut die Frau in einen Spiegel und erblickt darin ihren Mann. Sein Name ist es, der da geschrieben steht, sein Name, der auch der ihre geworden ist. Dass er so unverfroren sein konnte, die Wohnung selbst anzumieten, hat sie ihm nicht zugetraut. Aber jetzt wird sie das Liebesnest ausheben, und zwar ein für alle Mal. Sie hat es sich genau überlegt.

Gleich wird sie schellen und sich unter dem Vorwand, sich von Frau zu Frau aussprechen zu wollen, Einlass verschaffen. Dann wird sie der anderen ihre Fragen und die Pistole vorhalten. Sie wird ihr den Abschiedsbrief diktieren. Die Geliebte wird sich des Mordes an ihrem Gönner, der sie verlassen wollte, bezichtigen. Und dann wird sie Selbstmord begehen.

Die Frau holt noch einmal tief Luft, dann klingelt sie. Wieder muss sie warten, aber das ist sie ja gewohnt. Sollte die andere ausgerechnet heute Abend ausgegangen sein? Sie hat doch sonst nie nach ihrem Mann das Haus verlassen. Aber sei's drum, die Frau hat ja den Schlüssel. Sie wird eben in der Wohnung auf das Flittchen warten. Das wird ihr sogar einen Platzvorteil verschaffen.

Der Moment, in dem die Frau den Nachschlüssel zückt, ist der glücklichste ihres Lebens. Allerdings wird die Intensität dieses Gefühls im nächsten Augenblick, wenn sie schockiert vor ordentlichen Bücherregalen steht, noch übertroffen werden.

Der Umsatz war wieder mal bescheiden. Manchmal fragt sich der nette Buchhändler aus dem Literaturhaus, warum er nicht eine Kneipe aufgemacht hat. Für ihren Entre-deux-mers oder den sauren Edelzwicker, für ihren Campari-Soda, den dritten Expresso und vierten Cappuccino geben sie bedenkenlos Geld aus, aber bei den Büchern, da werden sie knauserig. Ein, zwei verkaufte Titel pro Leseabend, das ist kein angemessener Stundenlohn. Nun, Julian Barnes war nicht schlecht, und jeder Buchhändler ist nun mal ein gottverdammter Idealist, und zum Glück hat er ja ein paar gut verdienende Stammkunden. Die sorgen an den langen Sonnabenden schon dafür, dass seine Familie und er etwas zu beißen haben.

Er hat die unverkauften Bücher wieder in die Kiste gepackt, lediglich einige vom Autor handsignierte Exemplare ins Regal gestellt und seinen Laden abgeschlossen. Kurz hat er überlegt, ob er sich noch in die Runde um den Autor mischen soll, die sich, wie nach jeder Lesung, am Stammtisch im Café Schwanenwik eingefunden hat. Erstaunlich, wie schnell das Gespräch immer von den Büchern wegstrebt und bei Essen und Trinken oder dem Austausch von Eitelkeiten landet. Bestellungen werden aufgegeben, irgend jemand wartet mit einer Anekdote auf, ach nein, das muss er heute nicht haben. Außerdem wartet daheim seine Frau, es zieht ihn nach Altona.

Aber bevor er ins Auto steigt, will er schnell noch einmal auf die Toilette gehen, im Laden war so ein Betrieb, den ganzen Tag ist er nicht dazu gekommen.

Als Drittem haben wir nun also Herrn Samtleben den Schock seines Lebens verpasst. Das hat er eigentlich nicht verdient, der nette Buchhändler aus dem Literaturhaus, dass er seinen besten Kunden und noch dazu unter diesen Umständen verlor. Und nach Hause wird er jetzt auch nicht so schnell kommen, erst muss er noch der Kriminalpolizei Rede und Antwort stehen. Seine liebe Frau wird ein bisschen auf ihn warten müssen.

Gabriele Wolff

Wasserflut

Ich bin ein alter Mann. Ich weiß es und es macht mir nichts aus. Obwohl »alt sein« für alle Welt bedeutet, dass man hässlich ist und fern von allem, was mit Freude und Zärtlichkeit und Gefühl zu tun hat. Sollen die Leute so denken. Ich weiß ja, dass es nicht stimmt. Ich lasse sie gern in dem Glauben, dass mir Tränen aus den Augen laufen, weil der scharfe Winterwind sie entzündet hat.

Sie meinen, man sei so wie dieser zugefrorene Bach, der sich nicht mehr durch die sanfte Landschaft windet wie noch vor wenigen Monaten, mal tändelnd, mal mit reißender Gewalt, gierig darauf, woanders hinzukommen, weg zu sein, Neues zu sehen. Oder irgendwo anzukommen, an einem Ort, an dem man lieber wäre als an dem hier, von dem aus ich im vergangenen Sommer das Treiben beobachtete. Jetzt sitze ich wieder auf meiner Bank neben der Trauerweide. Ich sehe ein starres glitzerndes Band, das ihre Zweige mit eisigem Griff umklammert. Sie nicht mehr loslässt. Im Sommer tanzten die Zweige auf dem Wasser, schienen, je länger man sie anstarrte, fortzuschwimmen, die Blätter von der Strömung in lockige Wellen gekämmt …

»Schön, nicht?« Christinas erster Gruß. Obwohl das Mädchen leise sprach, zuckte ich doch zusammen. Zwang mich, den Blick vom Wasser und seinen hypnotisierenden Spielen zu lösen und ihn in Richtung der zarten Stimme zu lenken. Ich sah das Mädchen nur eine oder vielleicht zwei Sekunden an. Meine Antwort auf dieses Bild war ein Lächeln, das sich wie von selbst ausbreitete. Es ist verrückt, was man in dieser kurzen Zeitspanne wahrnehmen kann. Ich sah ein halbwüchsiges Mädchen mit glatten langen Haaren, rötlich. Ein weißes kleines Gesicht mit braunen Augen. Einen zarten Mund, etwas schief, leicht offen, man sah vorstehende Zähne. Das Mädchen trug ein zu kurzes Oberteil, Top nennt man das wohl, in einer Bonbonfarbe, die ihm nicht stand und die nicht zu den Sommerfarben der Landschaft passte. Es war zu eng, aber das Mädchen schien stolz zu sein, seine kleinen rührenden Brüste zeigen zu können. In seinem Bauchnabel glitzerte ein Schmuckstein. Christina trug halblange, mit vielen Taschen besetzte Shorts, aus denen ihre weißen Beine wie lange dünne Stöcke ragten. Sie stand mitten im Bach. Ich sah die Venus von Botticelli und Pippi Langstrumpf. Ich musste einfach lächeln.

»Stimmt«, sagte ich. »Ich kann stundenlang hier sitzen, aufs Wasser schauen und träumen.«

»Ist das nicht langweilig?«, fragte das Mädchen.

»Das Leben ist langweilig. Träume nicht«, antwortete ich. Ich sah, wie es in Christinas Augen aufblitzte. Sie wollte widersprechen, öffnete schon den Mund. Dann senkte sie den Blick und begann, das Wasser zu treten. Sie spritzte ein wenig herum, wie kleine Kinder das tun. Die Hände in den Taschen der viel zu weiten Hose, die sie nach unten zog. Abrupt hörte sie mit dem Wassertreten auf.

»Stimmt«, sagte sie. Ich hätte damals, bei dieser ersten Begegnung, gerne gewusst, was ihr alles durch den Kopf gegangen war, bevor sie mir zustimmte. Später, als wir vertrauter miteinander waren, hat sie es mir verraten. Wie wundervoll es sei, Brad Pitt im Kino oder zu Hause, zusammen mit Freundinnen, auf Video zu sehen. Da wisse man genau, was das sei, Liebe und Sehnsucht und so. Ihn zu küssen müsse wundervoll sein. In Ohnmacht fallen würde sie, diesen Kuss würde sie nie überleben, niemals, nun ja, vergessen würde sie ihn jedenfalls nie. Aber diese Ronnys und Svens und Wolles, die es im Leben so gebe, hätten von so etwas keine Ahnung. Ihre Küsse seien eklig, und ihre groben Hände auch. In Wirklichkeit mache sie das nur mit, damit sie ihren Freundinnen etwas erzählen könne. Eigentlich sei sie am glücklichsten, wenn sie einen Brief in ihrer Schultasche finde, einen mit Herzchen und »h.d.g.d.l.« – das übersetzte sie, die Fünfzehnjährige, mir, dem alten unwissenden Mann, mehr als bereitwillig: »hab dich ganz doll lieb« –, den könne sie ihrer besten Freundin als Geheimnis und unter dem Siegel der Verschwiegenheit zeigen, und dann weiter an Brad Pitt denken.

Das alles wusste ich damals nicht. Aber ich sah ihre Verletzbarkeit, ihren Trotz, ihre Jugend, und so viel, vor dem ich sie bewahren konnte. Jetzt steigen schon wieder Tränen in meine Augen. Ich wehre mich nicht dagegen. Heute morgen habe ich die Schlagzeile gelesen.

CHRISTINA (14) SEIT DREI TAGEN VERMISST.
DIE POLIZEI BEFÜRCHTET SEXUALVERBRECHEN.

Ich werde meine kleine Liebste nicht wiedersehen. Dieses Wissen überlagert meine Erinnerung an unsere erste Begegnung, die mir nun, zitternd in der Winterkälte, wie ein Traum vorkommt. Es verklärt jenes erste Gespräch, und es macht es fast unmöglich, die Leichtigkeit unseres Redens zu erinnern.

Ich weiß noch, dass ich körperlich schmerzhaft wahrnahm, dass sie, die Weißhäutige, ungeschützt in der gleißenden Sonne stand. Ihre Schultern und ihre Nase färbten sich rosa, und ich bat sie, zu mir in den Schatten zu kommen. Christina – da hatte sie mir ihren Namen schon genannt – lachte spöttisch.

»Da hätte ich ja gleich bei den Alten bleiben können!«, rief sie. »Diese Sprüche höre ich den ganzen Tag, und sie kotzen mich an! Kind, hast du dich auch eingeschmiert? Geh nicht ins Tiefe! Rede nicht mit fremden Männern! Und wenn du um elf nicht zurück bist, kriegst du zwei Wochen Hausarrest! Von Ihnen hätte ich so was nicht erwartet …« Attacke und Kompliment. Erwachsene Frauen bringen es spielend fertig, in einem Mann die widersprüchlichsten Gefühle auszulösen, gleichzeitig. Ich habe lange gebraucht, um zu verstehen, was da passiert und wie es passiert. Christina schaffte das noch nicht. Ihre Verzweiflung war zu echt, und ihr Wunsch, ernstgenommen zu werden, rührte mich. Sie hatte einen Charme, der nicht zu beschreiben ist.

»Ich habe dich bloß gebeten, in den Schatten zu gehen, oder habe ich dich etwa rumkommandiert?« Ich musste mich gar nicht zwingen, ruhig zu bleiben. Ich war es. Ich war ruhig und entzückt zugleich. »Ich selbst bekomme ja keinen Sonnenbrand, aber du ganz bestimmt. Wie meine Frau. Jahr für Jahr durfte sie ihn kriegen, ich habe mich da herausgehalten. Sie hat sich dann aber nicht getraut, zu jammern, wenn's wehtat, denn sie wusste ja, dass sie selbst schuld war. Am Ende hat sie mir vorgeworfen, dass ich sie nicht daran gehindert habe, sich zur Mittagszeit in Spanien an den Strand zu legen. Dabei wusste sie genau, dass wir uns gestritten hätten, wenn ich das versucht hätte. Ganz abgesehen davon, dass sie ganz bestimmt nicht auf mich gehört hätte. Frauen.«

Ich musste schon wieder lächeln. Elisabeths Dickkopf hatte unsere Ehe äußerst lebendig gehalten …

»Und? Was macht sie jetzt, wo sie alt ist?« Da saß das Mädchen schon neben mir. Es schlenkerte mit den Beinen, dass die Wassertropfen wegspritzten.

»Sie ist schon lange tot.«

Christine sah mich großäugig an. »Sie sind also ganz allein?« Ich wollte dieses Kind nicht belügen. Ich dachte an meine Söhne und deren wechselnde Familien, die mich selten besuchten, aber immer von sich hören ließen, wenn sie Geld brauchten. An die paar Menschen, mit denen ich reden konnte, die aber zu weit weg wohnten, um Freunde sein zu können. An meine oberflächlichen Beziehungen zu den Dorfbewohnern, denen ich als intellektueller Städter galt, sonderlich eben. Und an die letzte Frau, in die ich mich verliebt hatte, vor vielen Jahren schon, die mich verlassen hatte, um frei zu sein.

»Ja«, sagte ich.

So fing es an. Am Ende dieses Sommers, in dem ich mich lebendig fühlte wie nie, schenkte sie mir einen Freundschaftsring, ein geflochtenes Schmuckstück aus drei verschiedenen Metallen. Der Ring war zu klein für meine Finger, und ich versprach ihr, ihn als Anhänger an einem Lederband zu tragen. Der Ring war ein Geschenk ihrer besten Freundin, und ich wusste ihre Geste zu schätzen.

»Rede mit keinem über mich«, bat sie an unserem letzten Tag. Am nächsten musste sie mit ihrer Familie wieder in die Stadt zurückkehren. »Ich habe es auch nicht getan. Wenn ich weggegangen bin, habe ich immer gesagt, dass ich allein sein will, weil ich endlich mal Ruhe vor meinen kleinen doofen Brüdern haben wollte. Von dir weiß keiner was. Das soll unser Geheimnis bleiben.« Ihre braunen Augen forderten ein Indianerehrenwort. Ihr erwartungsvoll geöffneter Mund eine Liebeserklärung.

»Ich verspreche es«, sagte ich. »Wem sollte ich auch etwas erzählen? Und überhaupt, es ist ja nichts geschehen, das man erzählen könnte.«

»So?« Ich verstand ihren Zorn, aber ich wollte es uns nicht schwer machen, und so fragte ich, als kleine Wiedergutmachung, ob sie meine Telefonnummer haben wolle. Sie schüttelte den Kopf.

»Ich werde wiederkommen. Keine Anrufe, keine Briefe. Von SMS hast du sowieso keine Ahnung. Wenn du an mich denkst, wirf etwas ins Wasser. Etwas, das schwimmt. Es kommt bei mir an, bestimmt. Der Bach fließt in einem Kanal direkt hinter unserem Haus.«

Nachdem sie abgereist war, hatte ich mir Landkarten besorgt. Zwanzig Kilometer flussabwärts verschwand unser Bach in einem künstlich angelegten unterirdischen Abfluss; es war nicht auszuschließen, dass auch er den Kanal speiste, der die Stadt durchzog, in der Christina wohnte. Der Herbst war lang und schön und traurig. Ich warf Korken ins Wasser, in die ich den Buchstaben C geritzt hatte. Segelschiffchen aus Styropor mit einem tiefrotem Ahornblatt als Segel. Ein Weidenherz. Setzte eine Flaschenpost ab, die nur aus der Frage: »Geht es dir gut?« bestand. Man sah mir nichts an. Und als der Bach zufror, stellte ich mir vor, wie sich Fische, die unterwegs Atemlöcher finden mochten, auf den Weg in die Stadt machten.

Vor drei Tagen habe ich Christina wiedergesehen. Ich war wie jeden Nachmittag an unserem Platz. Es war kalt, und ich wärmte mich an der Erinnerung meiner ersten und letzten Umarmung beim Abschied. Ich hatte ihren Scheitel geküsst. Wie ich darauf gekommen war, wusste ich nicht. Darüber dachte ich gerade nach, den Geruch von ihrem Pfirsichshampoo wieder in der Nase. Ob ich sie segnen wollte? Oder väterliche Distanz ausdrücken? Die ideale Liebe feiern?

Hässlich kratzende Geräusche unterbrachen meine Gedanken und die Winterstille. Christina auf Schlittschuhen. Fast hätte ich sie nicht erkannt. Sie trug flauschige Ohrenschützer, die wie Kopfhörer aussahen. Ihre Haare waren halblang, fransig geschnitten und weißblond gefärbt. Ihre Lippen hatte sie in einem fast schwärzlichen Farbton geschminkt, Nase und Wangen waren rot vor Kälte und Anstrengung. Sie bohrte die Spitzen der Kufen in das raue Eis, warf mir ein »Hallo!« hin und atmete heftig. Ich starrte sie an, als sei sie eine Erscheinung. Eine sehr irdische, denn Christina zog die Nase hoch, was offenbar nichts nützte. Jetzt drückte sie die triefenden Nasenlöcher gegen den Handrücken und zog ihn bis zur Spitze des ausgestreckten Zeigefingers an der Nase entlang, woraufhin sie die Hand an ihrer Thermohose abwischte.

»Kalt, nicht?« Ich nickte stumm und wartete auf ihren nächsten Zug. »Bin ausgerissen. Habe es zu Hause nicht mehr ausgehalten. Meine Brüder dürfen alles und ich nichts. Kann ich bei dir bleiben?«

»Nein«, ich versuchte, klar und hart zu sein, aber verständnisvoll zu klingen. »Du weißt, dass das nicht geht. Du kannst gerne zu mir kommen, dich aufwärmen, und dann reden wir. Aber danach rufen wir deine Eltern an.«

»Ich habe keine Eltern!«, stieß sie hervor. »Keine, die mich lieben. Die können nur meckern, mehr ist nicht drin. Aufwärmen kann ich mich auch in unserem Bungalow. Aber da finden sie mich ja sofort. Das will ich nicht! Einmal im Leben sollen sie Angst um mich haben. Mich vermissen! Verdammt, und du willst mir nicht helfen?« Vielleicht wäre alles anders gekommen, wenn ich so getan hätte, als ginge ich auf ihren Vorschlag ein. Ich habe versagt in diesem Moment, so sehe ich das jetzt. Ich war zu alt. Ich war zu weit weg von der Verzweiflung dieser frühen Jahre, die einem das Leben, das Eingesperrtsein, unerträglich vorkommen lässt. Ich sah nur, wie alltäglich und durch bloßen Zeitablauf überwindbar ihre Krise war und wie bedeutungslos im Vergleich zu den Schrecken, die das Leben noch bereithält.

»Nein«, wiederholte ich. »Nicht auf deine Art.«

»Und wenn ich mit dir penne? Was dann?« Sie verzog den Mund, wie erschreckt über ihre eigenen Worte. Sie war dabei, alles zu zerstören. Mein Herz schlug schneller.

»Bitte geh. Geh jetzt. Und komm nicht wieder.«

»Erst, wenn du den Ring zurückgibst«, sagte sie. Ihre Stimme war ruhig, und ihr Gesichtsausdruck verriet Entschlossenheit. Ich tastete nach dem Taschenmesser, das ich immer in der Innentasche meines Mantels aufbewahrte. Ich zog es hervor, klappte es auf, nestelte den verknoteten Lederriemen hervor, den ich um den Hals trug, und schnitt ihn durch. Ich ließ den Ring auf meine Handfläche rollen und schloss die Faust darum. Das Aufstehen schmerzte in allen Gelenken, von der Hüfte abwärts. Langsam, mit vorsichtigen Schritten, näherte ich mich der kleinen Böschung. Bloß nicht abrutschen, dachte ich. Christina fuhr hart an den Rand der Eisfläche und streckte die Hand aus. Ich sah ihr nicht ins Gesicht, als ich den Ring in ihre Hand legte.

»Ich werde sagen, dass du mich angefasst hast«, sie sprach für sich selbst, als ob sie Worte erproben wolle. »Das wolltest du doch, oder? Wie eklig das war, von so einem Opa betatscht zu werden. Konnte mich ja nicht wehren, ich bin ja noch ein Kind.«

»Ein Kind? Du bist doch fünfzehn, und was du alles schon

mit Sven und den anderen erlebt hast …« Ich war wie vor den Kopf geschlagen. Christina lachte. Nicht so wie im Sommer. Ein unbeschreibliches Lachen.

»Ich bin gestern vierzehn geworden. Und mit Sven und den anderen war nichts. Das habe ich denen nicht erlaubt. Schon gar nicht das, was du alles mit mir gemacht hast. Ich hasse dich! Sieh her!« Sie warf den Ring auf das Eis und hackte die Kufe ihres Schlittschuhs hinein. Wieder und immer wieder. Bis er zerbrach. Das war das Ende.

Die Schlagzeile der Zeitung ist in mein Gehirn gebrannt. Christina hatte nicht gelogen. Sie war erst dreizehn in unserem Sommer. Ich werde meine Liebste so in Erinnerung bewahren, wie sie in diesem Sommer war. Wenn es mir gelingt. Ich bin zu traurig und zu aufgewühlt, um daran zu glauben. Ob mir genug Zeit bleibt, eines Tages nur noch mit Sehnsucht und Freude an sie denken zu können? Ob es Strömung unter dem Eis gibt, fließendes Wasser, einen Sog? Als ich mit einem Stein das Eis aufschlug, erst den Halbkreis ihres Namens eingravierend, dann den Kreis vollendend, war das Wasser unter den Schollen ganz still und schwarz. Gestern hat es geschneit, und man kann die Stelle nur noch erkennen, wenn man weiß, wo sie ist. Das Loch wird wieder zufrieren. Ich weiß nicht, wo man Christina finden wird. Ich weiß nur, wann. Wenn es wieder Frühling werden will. Wenn das Tauwetter einsetzt. Wenn es keine Schlagzeilen mehr gibt. Die Winter hier sind lang und kalt.

Biografien

Jürgen Alberts
*1946 in Kirchen/Sieg, lebt in Bremen. Er hat eine zehnbändige Serie von Polizeiromanen geschrieben, die zwischen 1975 und 1993 in der Hansestadt spielen. Zusammen mit seiner Frau Marita schreibt er Reiseromane, zuletzt: »Die Farben des Fado«. Gegenwärtig arbeitet er an einer hanseatischen Juristentrilogie, deren letzter Band in diesem Herbst erscheint: »Familiengift«. Er ist *spiritus rector* der literarischen Asservatenkammer, der einzigen deutschen Krimibibliothek in Bremen, sowie der Festivals *Prime Time Crime Time* und *Morden im Norden.*
Mehr unter: www.juergen-alberts.de

Maeve Carels
*1956 in Jever geboren und nach zwanzig Jahren Düsseldorf wieder dort ansässig, entschied sich nach Journalismus, Sozialarbeit und Wahrsagerei für das Schreiben von Kriminalromanen. Ihre Spezialität ist die psychologische Feinarbeit und ihr Biotop die Grauzone, in der Gut und Böse sich bis zur Unidentifizierbarkeit mischen. Wie die Malerin Hannah Bäumer, Protagonistin ihres soeben für das Fernsehen verfilmten Romans »Arnies Welt«, in ihren fantastischen Gemälden, arbeitet auch Maeve Carels gelegentlich mit vor-

dergründigen Idyllen, die auf den zweiten Blick unheimlich werden.
Ihr zweiter Serienkommissar Johannes Papinga führt ein Doppelleben – der Tänzer John Percival ist seine Zweitpersönlichkeit und oft stärker als Johannes, der selbst Opfer eines Verbrechens ist und manchmal noch gegen seine eigenen Erinnerungen kämpft. Johannes Papingas grimmiger Humor gleicht dem der Autorin. Böse Zungen behaupten, das gälte für seine Macho-Allüren – zuletzt zu bewundern in »Das Amulett des Toten« (Rowohlt, Reinbek, 2005) – auch.
Der falsche Film, Erstveröffentlichung in »Mordlichter«, herausgegeben von Peter Gerdes, Leda Verlag, Leer, 2001, © by the author

Thea Dorn
*1970 in Offenbach am Main, studierte Philosophie in Frankfurt, Berlin und Wien, von 1995 bis 2000 unterrichtete sie an der FU Berlin. Ihr erster Roman »Berliner Aufklärung« erschien 1994 und wurde 1995 mit dem *Marlowe* ausgezeichnet. »Die Hirnkönigin« erhielt den »Deutschen Krimipreis« 2000. Im selben Jahr wurde auch ihr Theaterstück »Marleni« am Deutschen Schauspielhaus in Hamburg uraufgeführt. Thea Dorn moderiert alle zwei Wochen im SWR-Fernsehen den Büchertalk »Literatur im Foyer«. Ihr letzter Roman »Die Brut« erschien 2004. www.theadorn.de
Verstrickt, (zuerst erschienen in *XY – Das Männermagazin von Ludwig Beck,* No 1, München 1998) © by the author

Virginia Doyle (Unter diesem Pseudonym)
schreibt der Hamburger Krimi-Autor Robert Brack historische Kriminalromane. Zuletzt erschien unter diesem Namen die zwischen 1900 und 1945 angesiedelte St. Pauli-Tri-

logie mit den Titeln »Die rote Katze«, »Der gestreifte Affe« und »Die schwarze Schlange« im Heyne Verlag. Von Robert Brack wurde zuletzt der Lenina-Rabe-Roman »Haie zu Fischstäbchen« in der Edition Nautilus veröffentlicht. Mehr zu Brack und Doyle unter www.gangsterbuero.de
Böse Augen, 2002 © by the author

Horst Eckert
*1959 in Weiden/Oberpfalz, Studium in Erlangen und Berlin, Diplompolitologe. Lebt seit 1987 in Düsseldorf. Arbeitete 15 Jahre lang als Fernsehjournalist für verschiedene Sender (u.a. Tagesschau, RTL-Nachtjournal). 1995 erschien mit »Annas Erbe« sein erster von bislang acht Kriminalromanen, laut Kritikern »im besten Sinne komplexe Polizeithriller, die man nicht nur als spannenden Kriminalstoff lesen kann, sondern auch als ein Sittenbild, als einen Kommentar zur Zeit« (Deutschlandfunk). Eckert erhielt den Marlowe-Preis sowie den Friedrich-Glauser-Preis und wurde ins Französische und Tschechische übersetzt. Zuletzt erschien »617 Grad Celsius«, ein Kriminalroman um Familiengeheimnisse und Intrigen in der Politik. www.horsteckert.de
Teure Steine © by the author

Jürgen Ehlers
*1948 in Hamburg geboren. Er arbeitet im Geologischen Landesamt Hamburg der Behörde für Stadtentwicklung und Umwelt. Ehlers befasst sich darüber hinaus mit Fragen der Eiszeit- und Küstenforschung. Außerdem schreibt er Kurzkrimis, von denen über 40 in Deutschland, England, Bulgarien und den U.S.A. veröffentlicht worden sind. Zum Jahr der Geowissenschaften 2002 hat er zusammen mit Jürgen Alberts eine Anthologie mit Geo-Krimis mit dem Titel

»Mord und Steinschlag« herausgegeben. 2005 erschien sein Roman »Mitgegangen« über die Jagd auf den Düsseldorfer Serienmörder Peter Kürten. Ehlers lebt mit Frau und zwei Kindern in einem kleinen Dorf in der Nähe von Hamburg.
Dick als doof, zuerst erschienen 2000, in: Tatjana Kruse & Martina Bick (Hrsg.): Mordsgewichte. Serie Piper. © by the author

Kai Engelke
* 1946 in Göttingen, aufgewachsen in Hildesheim, Berlin und Wyk auf Föhr; Abitur in Gießen, Redaktionsvolontariat in Frankfurt, Pädagogikstudium in Hildesheim; bisher 26 Einzelveröffentlichungen bzw. Herausgaben (Lyrik, Erzählungen, Dokumentationen, Sachliteratur, Anthologien, Romane), vertreten in mehr als 100 Anthologien (Rowohlt, Fischer, Heyne, dtv, Klett u.a.); ständige Zusammenarbeit mit Musikern und bildenden Künstlern; Mitarbeit bei Rundfunk und TV; mehrfach ausgezeichnet (u. a. Georg-Weerth-Literaturpreis 1989, 1. Platz beim Poetry-Slam in Hamburg-Wilhelmsburg 1999, Bestenliste »Das neue Buch in Niedersachen und Bremen« 2001); zuletzt erschienen: »Der Totdenker«, Psychokrimi, Leer 2005; lebt als Autor, Kulturveranstalter und (Teilzeit-)Grundschullehrer im Emsland.
Der Grabredner © by the author

Anke Gebert
wurde 1960 geboren, studierte Kunsterziehung, Germanistik, Journalistik und Film mit dem Schwerpunkt Drehbuch und arbeitete in verschiedensten Berufen.
Seit einigen Jahren lebt sie als freie Autorin von Büchern und Drehbüchern in Hamburg. Für ihre Arbeiten erhielt sie Preise und Förderungen. Die wichtigsten Veröffentlichun-

gen: »Im Schatten der Mauer« (Sachbuch, S. Fischer Verlage), »Frauenräume« (Bildband, Gerstenberg Verlag) und »Besuchsreise« (Roman, Krüger Verlag). Anke Gebert ist verheiratet und hat einen Sohn. www.ankegebert.de
Zwei in einem Boot © by the author

Nina George
*1973 in Bielefeld, lebt als freie Autorin in Hamburg. Sie schreibt Krimis (»Kein Sex, kein Bier und jede Menge Tote«, »Bube, Dame, Karo, Tod« (Schwarze Hefte), Kurzgeschichten, Sachbücher (»Herzkönigin – So liegen Ihnen die Männer zu Füßen«); ist als Journalistin und Kolumnistin für Cosmopolitan, TV Movie, MISS – die Junge Wienerin u. a. tätig.
Nina George glaubt an Universumsbestellungen, Liebe auf den ersten Blick und die Macht erstklassiger italienischer Küche. Unter ihrem Pseudonym Anne West erschienen bisher fünf Erotikratgeber, zuletzt »Erste Hilfe für Verliebte«; jüngste Kurzgeschichte »Augsburger Schatten« in Tatort Bayern (Grafit). www.ninageorge.de und www.annewest.de
Bitter Blues Bergkamen © by the author

Doris Gercke
Geboren 1937 in Greifswald, nach Hamburg umgesiedelt 1949, seit der Zeit in Hamburg und in Niedersachsen lebend, wenn nicht zum Recherchieren unterwegs.
Lieblingsländer: Spanien und Russland.
Ausgebildete Verwaltungsbeamtin und Juristin, arbeitet seit 1988 als freie Schriftstellerin. Schreibt Kriminalromane, Gedichte, Kinderbücher, Hörspiele und arbeitet zurzeit an einem Theaterstück.
Hafenrand © by the author

Peter Gerdes
*1955 in Emden, lebt in Leer (Ostfriesland). Studium der Germanistik und Anglistik, anschließend als Journalist und Lehrer tätig. Literarische Anfänge Ende der 70er Jahre; schreibt seit 1995 vor allem Kriminalliteratur (bisher sechs Romane) und betätigt sich als Herausgeber. Mitglied im Landesvorstand Niedersachsen/Bremen des *Verbandes deutscher Schriftsteller* (VS), Mitglied im *Syndikat*, Leiter der *Ostfriesischen Krimitage*.
Letzte Veröffentlichungen (Kriminalromane): »Fürchte die Dunkelheit« (2004); »Solo für Sopran« (2005).
Blondes Gift © by the author

Gunter Gerlach
wurde in Leipzig geboren und lebt in Hamburg am Rande einer Bahnlinie. Obwohl das Haus bei jedem vorbeifahrenden Zug erzittert, ist es ihm gelungen, schon einige Bücher zu schreiben (mehrere Literaturpreise), puristische Schreibregeln ins Leben zu rufen (Hamburger Dogma), nach denen er sich nicht richtet und Parklandschaften zu beschriften (Visuelle Poesie).
Letzte Buchveröffentlichungen: »Irgendwo in Hamburg« Krimi, Rotbuch-Verlag 2004, »Ich bin nicht«, Roman, Yedermann Verlag 2005.
www.gunter-gerlach.de
»*Und Vater schießt mit dem Luftgewehr*«, zuerst erschienen in »Bloody Mummy«, Hrsg. Uta-Maria Heim, Rowohlt-Verlag 1997 © by the author

Frank Göhre
* 1943, wuchs in Bochum auf. Er arbeitete im Technischen Großhandel, als Werbetexter, Buchhändler und als Verlags-

mitarbeiter im Ruhrgebiet, Köln und in München. Seit 1981 lebt er in Hamburg. Er schrieb u.a. eine Hamburger Kiez-Trilogie, die Drehbücher zu den Kinofilmen »Abwärts«, »Hard days, hard nights«, »Die Ratte« und »St. Pauli Nacht.« Die Kriminalromane Friedrich Glausers wurden von ihm neu herausgegeben und eingeleitet. Zudem schrieb er die Bildmonografie »Zeitgenosse Glauser«. Er ist Autor der NDR-Heimatabend Soap »Schamlos« und der Vorabend-serie »Großstadtrevier«. Gemeinsam mit Ulrich Waller und Ulrich Tukur schrieb er das Theaterstück »Der Lord von Barmbek«. 2006 erschien sein neuer Roman »Zappas letzter Hit« und in Dortmund erfolgte die Uraufführung seiner Revue »Fußballfieber« mit den ehemaligen »Missfits«, Herbert Knebel und weiteren Ruhrgebietskabarettisten.
Mutters Tag © by the author

H.P. Karr
lebt seit 1961 in Essen. Er studierte in Bochum Publizistik, arbeitete neben- und nacheinander als Reporter, Redakteur und Ghostwriter und veröffentlichte bisher rund ein Dutzend Romane und mehr als 1000 Kriminalstorys. Gemeinsam mit seinem Kollegen Walter Wehner schrieb er die vier »Gonzo«-Thriller »Geierfrühling«, »Rattensommer«, »Hühnerherbst« und »Bullenwinter«, für die das Team mit dem »Glauser« und dem Literaturpreis Ruhrgebiet ausgezeichnet wurde. Zuletzt erschien von Karr »Hotel Terminus« (2005) ein Hotelroman von 12 preisgekrönten Krimi-Autoren.
Wofür halten Sie mich? © by the author

Jürgen Kehrer
* 1956 in Essen. Nach einem Studium und Erfahrungen im

Journalismus lebt und arbeitet er als freiberuflicher Schriftsteller in Münster.
In 16 seiner insgesamt 25 Bücher ermittelt der sympathische, unter chronischem Geldmangel leidende Privatdetektiv Georg Wilsberg, der ebenso wie sein Autor in Münster tätig ist. 1995 wurde Wilsberg vom ZDF entdeckt und ist inzwischen Protagonist einer Fernseh-Krimireihe am Samstagabend. Neben den Wilsberg-Romanen schreibt Jürgen Kehrer historische und in der Gegenwart angesiedelte Kriminalromane, Drehbücher fürs Fernsehen und Sachbücher über realen Mord und Totschlag.
Letzte Veröffentlichung: Petra Würth/Jürgen Kehrer: »Blutmond – Wilsberg trifft Pia Petry«.

Carmen Korn
lebt in Hamburg und arbeitete als Redakteurin bei der Zeitschrift STERN, bevor 1989 ihr erster Roman THEA UND NAT erschien, der für das Zweite Deutsche Fernsehen verfilmt wurde.
Es folgten weitere Romane und Erzählungen. Die Kriminalerzählung DER TOD IN HARVESTEHUDE wurde 1999 mit dem MARLOWE der Raymond-Chandler-Gesellschaft ausgezeichnet.
Im Mai 2004 erschien der Roman TOD EINES KLAVIERSPIELERS, im Februar 2005 TOD EINES POLITIKERS, im August 2005 TOD EINER GÖTTIN.
2004 erhielt sie den Glauser, den Krimipreis der Autoren, für ihre Kurzgeschichte Unter Partisanen.
Carmen Korn lebt mit ihrem Mann, dem Journalisten Peter Christian Hubschmid, und Tochter und Sohn in Hamburg.

Ralf Kramp
*1963 in Euskirchen, lebt und arbeitet als Karikaturist, Krimiautor und Veranstalter der erfolgreichen Krimi-Erlebniswochenenden »Blutspur« in der Eifel. Für sein Debüt »Tief unterm Laub« erhielt er 1996 den Förderpreis des Eifel-Literatur-Festivals. Seither erschienen mehrere Kriminalromane bei KBV, unter anderem auch die Reihe um den kauzigen Helden Herbie Feldmann und seinen unsichtbaren Begleiter Julius. Er stellte bereits zahlreiche Krimi-Anthologien zusammen und erhielt im Jahr 2002 den Kulturpreis des Kreises Euskirchen. Letzte Veröffentlichung: »Hart an der Grenze« (KBV 2003).

Sandra Lüpkes
* 1971 in Göttingen, lebt und arbeitet mit ihrer Familie auf Juist. Das Meer, die Küste, die Enge der kleinen Inseln, lassen sich oft als Motive in ihren zahlreichen Kriminalromanen und Kurzgeschichten wieder finden. Mit ihrer Auricher Kommissarin Wencke Tydmers, deren neuester Fall »Die Wacholderteufel« im Mai 2006 bei rororo erschienen ist, wurde die freie Autorin inzwischen jedoch weit über die norddeutschen Grenzen hinaus bekannt. Ihre Geschichte »Klackklack-klackklack« wurde für den Friedrich-Glauser-Preis 2005 in der Sparte Kurzgeschichte nominiert. Als Sängerin bereichert Sandra Lüpkes ihre Lesungen gemeinsam mit der Orchesterakkordeonistin Edda Liebermann, kriminelle Chansons um Sünde und Liebe verbunden mit spannendem Küstenflair – verboten gut!
www.inselkrimi.de

Michael Molsner
* 1939, hat überwiegend in München, Augsburg, Hannover und im Allgäu gelebt. Jetzt in Duisburg. STARKER ZAUBER ist der Titel seines neuen Kriminalromans, der im Herbst 2004 erschienen ist. »Ich hoffe natürlich, dass alles, was ich seit 1968 erzählt habe, starken Zauber ausstrahlt. In Romanen (meist Krimis), Fernsehfilmen (Tatorte, einige Serienfolgen) und Hörspielen (überwiegend Krimis) erzähle ich von Menschen, die in einer Falle sitzen. Und ihren Versuchen, da rauszukommen. Was es kostet und vor allem, was es bringt.« *Vier* seiner Kriminalromane standen auf der Jahresbestenliste der Krimi-Kritiker (sie erhielten den Deutschen Krimi-Preis). 1998 sprach ihm die »Autorengruppe deutschsprachige Kriminalliteratur DAS SYNDIKAT« den Ehrenglauser »für seine Verdienste um die deutsche Kriminalliteratur« zu. Näheres in KREUZVERHÖRE (Gerstenberg Verlag, 99).

Ingrid Noll
*1939 in Shanghai, wuchs zusammen mit drei Geschwistern in Nanking auf. 1949 verließ die Familie China und zog nach Deutschland. Nach dem Abitur studierte sie ab 1954 Germanistik und Kunstgeschichte, brach aber das Studium ab und heiratete. Mit dem Schreiben fing sie erst mit 55 Jahren an, nachdem die drei Kinder aus dem Haus waren. Ihr erster Roman hieß »Der Hahn ist tot« – der schnell zum Bestseller wurde; es folgten weitere sechs Romane, die zum Teil verfilmt wurden, und viele Kurzgeschichten. Ingrid Noll lebt zusammen mit ihrer 105-jährigen Mutter und ihrem Mann in Weinheim.
Die Sekretärin, zuerst erschienen im gleichnamigen Bänd-

chen mit dem Untertitel: Drei Rachegeschichten © Diogenes Verlag

Petra Oelker
*1947, lebt und arbeitet in Hamburg. Neben einigen Sachbüchern und in der Gegenwart angesiedelten Kriminalromanen schrieb sie die bisher sieben historischen Kriminalromane, in deren Mittelpunkt Hamburg und die Komödiantin Rosina stehen. Ihre letzte Veröffentlichung ist die Biographie: »Ich küsse Sie tausendmal! – Das Leben der Eva Lessing.«
Das leise Lied vom Aufruhr © by the author

Maj Sjöwall
* 1935, lebt in Stockholm. Zusammen mit ihrem Mann Per Wahlöö hat sie die wohl berühmteste Krimiromanserie Europas geschrieben. Gegenwärtig arbeitet sie an Übersetzungen aus dem Englischen und Norwegischen und schreibt zusammen mit Jürgen Alberts nur noch Geschichten, die ihr Vergnügen bereiten.
Tod eines Multimilliardärs © by the authors

Regula Venske
*1955, Dr. phil., lebt als freie Schriftstellerin in Hamburg. »Mit ihren wissenschaftlichen Arbeiten, ihren Kriminalromanen und ihren sprachexperimentellen Texten hat sie sich einen eigenen Platz in der deutschsprachigen Literatur gesichert«, so die Jury-Begründung zum Lessing-Stipendium der Stadt Hamburg; Ginka Steinwachs nannte sie in ihrer Laudatio einen »weiblichen Kafka der Kriminalliteratur«. Zuletzt erschien der von ihr herausgegebene Sammelband »Du sollst nicht töten! Zwölf Verbrechen aus der Bibel«;

im Herbst 2006 folgen die Kriminalerzählung »Mord im Lüstspielhaus« sowie ihr Roman »Marthes Vision«.
Samtkrimi oder: Mord im Literaturhaus, zuerst erschienen in: Regula Venske »Herzschlag auf Maiglöckchensauce«, Scherz-Verlag, © by the author

Gabriele Wolff
* 29.11.1955 in Düsseldorf, seit 1985 als Staatsanwältin in Duisburg tätig. 1994 siedelte sie nach Neuruppin über, wo sie als Oberstaatsanwältin arbeitet.
Mit KÖLSCHER KAVIAR veröffentlichte sie 1990 ihren Krimi-Erstling, in dem sie die Figur der jungen Kölner Staatsanwältin Beate Fuchs einführt, die in den darauf folgenden vier Romanen die Hauptrolle spielt. Für den siebten Roman DAS DRITTE ZIMMER, einen Psychokrimi um Macht und Moral, wurde sie mit dem Friedrich-Glauser-Preis 2004 ausgezeichnet. Zuletzt erschien der Kriminalroman EIN DUNKLES GEFÜHL, Haymon Verlag, Innsbruck 2006.
Neben ihrer Beschäftigung mit der Kriminalliteratur veröffentlicht Gabriele Wolff Beiträge in den Publikationen der Karl May Gesellschaft, der sie seit 1974 angehört.
Wasserflut © by the author